W0302200

Léo Malet

Ermittlungen des Nestor Burma

Léo Malet

Ein Toter hat kein Konto

(Les paletots sans manches)

Aus dem Französischen
von Hans-Joachim Hartstein

Elster Verlag
Moos & Baden-Baden

Die Deutsche Bibliothek – CIP-Einheitsaufnahme
Malet, Léo:
Ein Toter hat kein Konto / Léo Malet.
Aus dem Franz. von Hans-Joachim Hartstein. –
Moos; Baden-Baden: Elster-Verl., 1992
ISBN 3-89151-134-5

Copyright © by Léo Malet, 1949 und Presses de la Cité Poche, 1990, Paris
Copyright © der deutschen Übersetzung by Verlagshaus
Elster Verlag GmbH u. Co KG, 7580 Bühl-Moos, Engelstr. 6, 1992
Alle Rechte vorbehalten.
Lektorat: Anima Kröger
Einbandgestaltung: Christoph Brudi
Satz: Fotosatz Amann, Aichstetten
Reproduktion: Die Repro, Tamm
Druck: Clausen & Bosse, Leck
ISBN 3-89151-134-5

I

Der tote Araber

Die Straße fiel merklich ab, und der Bus nahm forsch eine scharfe Kurve. Wie ein Schiffbrüchiger klammerte ich mich an die Haltestange, die Augen gen Himmel gerichtet. Oben auf dem Hügel sah ich zwischen zwei Pfeilern die riesigen Metallflügel einer Windmühle, die in der blassen Sonne des schäbigen Apriltages blinkten.

„Sind wir schon in Holland?" fragte ich den Schaffner.

„Das ist die Festung von Châtillon", erwiderte er.

„Und das Ding da?"

„Keine Ahnung. Die scheinen damit ihren Strom selbst zu produzieren."

„Werden die Todeskandidaten denn jetzt auf dem elektrischen Stuhl umgebracht?"

„Auf der Festung wird überhaupt niemand mehr umgebracht. Das ist jetzt ein atomares Forschungszentrum."

„Ach, davon hab ich tatsächlich gehört! Dann lag ich mit Holland doch gar nicht so falsch. Im Falle eines Krieges..."

Wir zwinkerten uns zu. Der Schaffner schien so einiges hinter sich zu haben und schnell zu kapieren.

„Beim nächsten Krieg", sagte er lachend, „werden alle was abkriegen. Holland, Benelux, alles ab in die Kiste!"

Und mit diesen ernüchternden Worten streichelte er seine Geldkatze.

„Zerbrechen Sie sich mal nicht den Kopf über den nächsten Krieg", brummte ein Mann auf der Plattform, der wie ein Vertreter von Borniol aussah. „Bis es soweit ist, werden wir noch viel Spaß an der Revolution haben. Mit all den Waffendepots, die im Moment entdeckt werden..."

„Komische Zeiten", seufzte der Schaffner. „Wenn man sich überlegt, daß Riton der Spinner immer noch frei rumläuft..."

„Vorgestern hat er wieder einen Kassierer überfallen."
„Und er wird einfach nicht geschnappt!"
„Der wird nie geschnappt werden! Das Ganze ist doch Absicht!"
Der Schaffner sah hinaus.
„Gare de Robinson", rief er.
Der Bus fuhr unter der Metrobrücke hindurch. Ich drückte auf die Halteklingel. Der Bus rollte noch ein paar Meter entlang der Eisenbahnlinie weiter und hielt dann direkt vor dem Bahnhof. Ich stieg aus und ging zu einem anderen Wagen der Pariser Verkehrsbetriebe, der auf der anderen Seite des Vorplatzes wartete. Er würde gleich losfahren und mich kurz darauf in Sceaux absetzen.

* * *

Man hatte mir erzählt, daß es eine stinkvornehme Straße sei. Genauso war es. Und die Villa *La Feuilleraie,* die so abseits lag, daß man sie nur erahnen konnte, verströmte eine Atmosphäre von Macht und Reichtum.

Durch eine kleine Tür neben dem Haupttor, das an einem Privatweg lag, gelangte ich auf das Grundstück. Dann wanderte ich an einer Mauer entlang, deren Länge einen zusätzlichen Eindruck von der Größe des Anwesens vermittelte.

Die Villa selbst, ein zweistöckiges Schlößchen, lag weitab von der Straße, wie jemand, der Distanz wahrt.

Wie das gesamte Viertel war das Haus bemerkenswert ruhig, vielleicht eine Spur melancholisch. Zur musikalischen Untermalung rauschten die Bäume im Park leise in der sanften Brise. Von der Straße drang das gedämpfte Motorengeräusch eines Autos an mein Ohr. In einem kleinen Pavillon nebenan dudelte ein Radio.

* * *

Gemächlich stopfte ich mir eine Pfeife, zündete sie an und betrachtete in aller Ruhe die Villa durch das riesige schmiedeeiserne Gartentor.

Ein Rundweg umrahmte den Rasen, den man sich gepflegter vorgestellt hätte. Dahinter erhob sich das Schlößchen. Über eine zweiläufige Freitreppe stieg man zum Haupteingang hinauf. Rechts und links der massiven, von Mattglas überdachten Tür standen zwei Lampen. Sie waren bestimmt schon seit langem nicht mehr als solche benutzt worden und dienten nur noch rein dekorativen Zwecken: zwei Frauen, nackt und so üppig wie Jane Russel – nur etwas fester im Fleisch – hielten je eine ziselierte Lampe.

Ich sah auf meine Armbanduhr. Die Eile, mit der ich die Sache hinter mich bringen wollte, hatte mich in aller Herrgottsfrühe aus dem Bett getrieben. Ich war überpünktlich, und es erschien mir taktisch wenig klug, zuviel Arbeitseifer an den Tag zu legen. Im lahmen Schlenderschritt eines rheumageplagten Rentners machte ich mich daran, die Umgebung zu erkunden.

* * *

Am Abend zuvor – ich saß in meinem Büro und war mit meinen Fingernägeln beschäftigt – hatte das Telefon meine Schönheitspflege unterbrochen.

„Agentur Fiat Lux?“

„Und ihr Direktor Nestor Burma persönlich am Apparat“, ergänzte ich.

„Hier spricht Gérard Flauvigny“, stellte sich der Anrufer vor, ein wenig so, als hätte er gesagt: Hitler, Stalin oder Rita Hayworth. „Ich würde Sie gerne mit einer vertraulichen Sache betrauen.“

„Ganz zu Ihren Diensten.“

„Ich kann nicht zu Ihnen kommen. Ich wohne in Sceaux, Villa *La Feuilleraie,* Rue Decomble, Gérard Flauvigny“, wiederholte er. „Ich möchte mit Ihnen sprechen.“

„Wann?"

„Morgen vormittag um Punkt elf Uhr. Und noch etwas: Sie müssen nicht unbedingt überall herumerzählen, daß Sie für mich arbeiten werden. Und stellen Sie sich bitte meinem Personal unter einem anderen Namen als dem Ihren vor. Das erspart mir Klatsch und Tratsch."

„Martin", schlug ich vor. „Wird das gehen?"

„Ja."

Ohne ein weiteres Wort – etwa des Abschieds – hatte er aufgelegt. Ich hatte mich sofort in ein dickes Buch vertieft, auf dessen Rücken nur der Name des Herausgebers stand: Maténier. Dieser Pamphletist, der wußte, was gespielt wurde, hatte ein Verzeichnis aller Leute herausgegeben, die in der Welt der Industrie, der Finanzen und der Politik Rang und Namen hatten. So wie Flauvigny sich ausgedrückt hatte, mußte er in diesem Spezialband zu finden sein.

Und er war tatsächlich zu finden.

Flauvigny, Gérard-Hippolyte, Sohn des Georges-Ambroise (siehe dort) und seiner Frau Félicie-Irma, geb. Darbois (siehe dort). Geb. am 8. April 1888 in Paris…

Seine Nachkommenschaft bestand aus zwei Kindern aus zwei verschiedenen Ehebetten, einer Tochter und einem Sohn, ihren Geburtsdaten zufolge zwanzig bzw. dreiundzwanzig Jahre alt. Flauvigny hatte anscheinend einen hohen Verschleiß an Ehefrauen. Jedenfalls war er den beiden Damen nicht gut bekommen. Nachdem sie je einem Kind das Leben geschenkt hatten, hatten sie ihres ausgehaucht – aufgrund eines unerbittlichen Naturgesetzes ausgleichender Ungerechtigkeit oder so. Als Maténier sein Buch herausgebracht hatte, war Flauvigny wieder frisch verwitwet gewesen. Mir war nicht bekannt, ob er in der Zwischenzeit ein drittes oder gar viertes Mal in den heiligen Stand der Ehe getreten war. Und wenn ja, ob mit demselben traurigen Ergebnis… Beruf? Er herrschte über verschiedene Unternehmen: *International-Color, Métallyon, Centrale de Construction, Tréfileries de la Seine*… Den letzten Namen, den einer Eisenhütte, hatte ich mit leichtem

Herzklopfen gelesen, oben links, dort wo sich mein Herz und meine Brieftasche befanden. Ob das Organ oder das Leder erregter waren, weiß ich nicht.

Und dann hatte ich leise in mich hineingelacht. *Tréfileries de la Seine?* Wie klein die Welt doch ist! So war also Flauvigny, der Mann, der sich meiner Talente bedienen wollte, der Chef jener Eisenhütte, in der ich früher einmal als Hilfsarbeiter wenig Geld verdient hatte? Na schön! Ich würde versuchen, Rache zu nehmen und seine Brieftasche ordentlich zur Ader zu lassen. Gérard Flauvigny konnte auf mich zählen.

***

So in Gedanken versunken, legte ich eine anständige Strecke zurück, wobei ich alle fünf Minuten auf meine Armbanduhr sah. Ich bog von einer eleganten Straße in einen Seitenweg ein, wechselte auf eine Landstraße über, um von dort wieder in einen Feldweg mit tiefen Radspuren einzubiegen; ich kam zunächst an einer bunt angestrichenen Villa vorbei, dann an einer Hütte aus Teerpappe, die einen kümmerlichen Gemüsegarten bewachte. Garantiert farbecht, hatte die „stinkvornehme" Rue Decomble auf diesen Teil der Vorstadt offensichtlich nicht abgefärbt. Ich mußte wohl die Grenze von Sceaux überschritten haben und in Bagneux oder einem ähnlichen Außenbezirk gelandet sein.

Paris lag ganz weit hinten. Die Spitze des Eiffelturms überragte einen Hügel. Zu meinen Füßen erstreckte sich ländliches Gebiet, ein wenig armselig trotz eines kleinen Wäldchens, eines Gemüsefeldes, einiger rosa- und weißblühender Bäume und zwei oder drei Gartenhäuschen.

Am Ende des Feldwegs stand ein gedrungenes Haus mit der Aufschrift *Café-Liqueurs*. Ein weiterer Blick auf die Uhr, und ich beschloß, dort noch schnell ein Gläschen zu trinken, bevor ich wieder kehrtmachen würde.

Es kam mir ziemlich komisch vor, daß ich bald einem Mann sozusagen von Gleich zu Gleich gegenübertreten sollte, der damals die Höhe meines Lohnes bestimmt hatte. Heute würde ich es sein, der die Höhe festsetzte.

Ich rauchte eine hübsche Pfeife mit Indianerkopf – das Geschenk einer Verehrerin –, während ich für meine Unterredung mit Flauvigny eine seriöser wirkende Pfeife von klassischer, gerader Form bereithielt, à la Sherlock Holmes, mit einem Wort: englisch.

Plötzlich erhob sich ein leichter Wind, und ein übler Geruch stieg mir in die Nase. Mißtrauisch schnupperte ich an dem Indianerkopf.

Der Gestank mußte mich verwirrt haben. Nehme ich jedenfalls an. Ich weiß nicht, wie es dazu kam, aber mein Komantsche fühlte sich wohl beleidigt oder meinte, er befände sich in den Ewigen Jagdgründen – kurz und gut, er entglitt meiner Hand. Das würde mich lehren, meiner guten Stierkopf-Pfeife untreu zu werden! Da ich gerade an einer öffentlichen Mülldeponie entlangging, rutschte der untreue Indianer den steilen Abhang hinunter – wie in einem richtigen Western! –, gesellte sich zu den verschiedensten Abfallprodukten und ward nicht mehr gesehen. Ich dachte an die verdammte Drecksarbeit, die nötig sein würde, um die Pfeife wiederzufinden. Fluchend machte ich mich an den Abstieg.

Unten lag jede Menge Müll: kaputte Dachziegel und ebensolche Ziegelsteine, Gipsschutt, durch den drahtige Heidekrautsträucher ihre kümmerlichen Zweige streckten, aufgeschlitzte Matratzen mit und ohne Federn, Federn ohne Matratzen, verrostete Öfen, die aussahen wie von Motten zerfressen, alte Töpfe, ausgemusterte Bidets ... und überall dieser scheußliche Gestank.

Auch ein Araber lag da.

Er war so dreckig wie ein alter Kamm. Und wie einem alten Kamm fehlten auch ihm Zähne. Der offenstehende, verzerrte Mund ließ mich das sogleich erkennen. Der Gestank hatte nichts mit den Düften des Orients zu tun.

Der Araber war so tot wie Hammelragout.

2
Ein Boß auf absteigendem Ast

Nach dem Zustand der Leiche zu urteilen, roch der Araber schlechter, als es die Naturgesetze vorschrieben. Der Tod hatte ihn erst vor kurzem ereilt.

Angewidert drehte ich den mageren Körper mit dem Fuß herum. Weder auf seiner Vorder- noch auf der Rückseite konnte ich eine Verletzung entdecken. Seine Hose war furchtbar dreckig. Ich überwand meinen Ekel und durchwühlte die Taschen des schäbigen Kleidungsstückes. Sie waren leer.

Ich wandte mich ab und machte mich wieder auf die Suche nach meiner Pfeife. Falls ich sie finden sollte, würde ich sie stundenlang in einem Desinfektionsmittel schwimmen lassen müssen, bevor ich sie wieder benutzen könnte.

Ich fand sie aber nicht.

Da es nun Zeit für meine Verabredung war, hielt ich eine mit Flüchen garnierte Grabrede und kletterte den Abhang zu dem Feldweg hinauf, um mich schnell zum Hause von Gérard Flauvigny zu begeben. Für ein stärkendes Gläschen in dem Lokal blieb mir keine Zeit mehr. Dabei verspürte ich ein dringendes Verlangen danach.

* * *

Ich mußte eine Weile in einer mit Rüstungen bevölkerten Eingangshalle warten, bevor mich ein stilechter Butler – gestreifte Weste, weißes Hemd, schwarze Hose, leise Sohlen – in einen großen Raum führte, der gleichzeitig als Bibliothek und Kunstgalerie diente. Die blühenden Zweige der Bäume schlugen gegen die geschlossenen Fenster.

In einen prachtvollen Morgenmantel gehüllt, thronte Gérard Flauvigny auf einem hohen Lehnsessel hinter einem mit

Papierkram übersäten Schreibtisch, auf den schräg die Sonne fiel. Der Hausherr schien es nicht eilig zu haben, die Unterhaltung mit mir zu beginnen. So konnte ich ihn in aller Ruhe mustern.

Als Industriekapitän, der sich seiner Verantwortung bewußt war, versuchte er, sein Alter auf den eigenen Schultern, aber in Würde zu tragen. Er thronte wie ein König am Vorabend einer Revolution. Schließlich kann man seine Sitzgelegenheit nicht austauschen, nur weil das Volk murrt...

Der Greis war hager, hatte ein kantiges Gesicht und den Blick eines Raubvogels. Eines Raubvogels mit Blei in den Flügeln, jedoch immer noch mit Mordgedanken im kranken Herzen. Um seine blauen Augen lagen die tiefen Ringe eines Herzkranken.

Sein Wolfsblick durchbohrte mich und biß sich dann schließlich an meiner Lammfelljacke fest.

„Sie sind also Nestor Burma?" fragte er, ohne seine Zeit mit unnützen Höflichkeitsfloskeln zu verplempern.

Seine Stimme überraschte mich. Schroff, schneidend und autoritär kam sie aus diesem so hinfälligen Körper. Der Kerl war noch im Vollbesitz seiner Kräfte und hätte mit einem einzigen Wort Holz spalten können.

„Ja, ich bin der berühmte Nestor Burma", korrigierte ich ihn.

„Völlig unwichtig, ob Sie berühmt sind oder nicht", brummte er. „Ich habe nicht die Absicht, Unmögliches von Ihnen zu verlangen."

„Das ist ein Fehler! Ich kann Ihnen zwar nicht garantieren, das Unmögliche möglich zu machen; aber zumindest könnte ich Ihnen die Illusion verschaffen."

„Ich brauche keine Illusionen, sondern Gewißheit..."

Manchmal wurde seine Stimme schwächer. Sie schien aufzugeben wie ein Grammophon, dessen Feder abgelaufen ist und das wieder angekurbelt werden muß.

„Sie können sich setzen und Ihren Hut abnehmen."

Ich ließ mich in einen Sessel fallen, nahm meinen Hut ab und legte ihn auf die Armlehne.

„Entschuldigen Sie", sagte ich, „ich kenne mich in der feinen Gesellschaft nicht so aus."

„Völlig unwichtig", brummte er wieder. „Um mir Gewißheit zu verschaffen, werde ich Sie nicht in den Faubourg Saint-Germain schicken."

Um seine Gedanken zu sammeln, griff er in eine kunstvolle Schatulle, nahm eine Zigarette heraus, steckte sie sich in den Mund und zündete sie mit einem Feuerzeug aus massivem Gold an. Wortlos schob er die Schatulle in meine Richtung.

„Vielen Dank", sagte ich, „aber wenn es Ihnen nichts ausmacht, würde ich lieber Pfeife rauchen."

Er runzelte die Stirn, und ich wartete darauf, daß er frei heraus sagen würde, was er von meiner läßlichen Sünde hielt.

„Von mir aus können Sie Ihre Pfeife rauchen", knurrte er.

Er akzeptierte also, daß ich ihm die Bude verpestete (so ähnlich mußte er wohl denken). Seine Stimme klang zwar nicht müde, aber auch nicht sehr kämpferisch. Ich ahnte etwas: Gérard Flauvigny wurde alt. So langsam wurde seine Autorität untergraben.

Ich zündete meine Pfeife an (die seriöse, englische), und ihr Rauch vermischte sich mit dem seiner Zigarette.

„Können Sie auch ernsthaft reden, oder ist das zuviel verlangt?" sagte er schließlich.

„Sehr ernsthaft sogar", antwortete ich mit der Unschuldsmiene eines Jungen, den man bei einem Streich erwischt hat.

Wenn ich weiter den Hanswurst spielte, würde ich mich am Ende noch um den Auftrag bringen.

„Na wunderbar... Unnötig, Ihnen zu sagen, daß unser Gespräch streng vertraulich ist, oder?"

Ich klärte ihn über die Grenzen meiner Verschwiegenheit auf:

„Es gibt Fälle, bei denen die Öffentlichkeit informiert werden muß. Vor allem, wenn der Tod seine Hand im Spiel hat, ist das unvermeidbar. Es kommt ganz darauf an, welchen Verlauf die Ereignisse nehmen..." Ich lächelte. „Aber nicht alle Fälle, die ich übernehme, enden so tragisch."

„Es hat keinen Toten gegeben, und es wird auch keinen geben", versicherte mir der Alte.

Er sah aus dem Fenster und fuhr fort:

„Ihr Beruf zwingt Sie, mit allen möglichen Leuten und Kreisen in Berührung zu kommen..."

Er vertauschte den Baum vor dem Fenster als Gegenstand seiner Aufmerksamkeit wieder mit mir.

„Kennen Sie *Antinéa*?"

„Wie jeder, der gelesen hat, was Pierre Benoît über die Dame geschrieben hat. Allerdings wird behauptet..."

„Diese Antinea meine ich nicht", unterbrach er mich. „*Antinéa* ist ein Cabaret, ein Nachtlokal. Genau weiß ich es nicht. Vielleicht einer dieser Clubs, die im Moment in Saint-Germain-des-Prés und im Quartier Latin wie Pilze aus dem Boden schießen. Das *Antinéa* unterscheidet sich von den anderen Lokalen dadurch, daß es von Arabern betrieben wird."

Er drückte seine Zigarette aus.

„Von Arabern?"

„Ja. Kennen Sie es?"

„Nein."

Ich unterdrückte ein aufkommendes Ekelgefühl. Die Erinnerung an einen üblen Gestank überfiel mich. Ich mußte an den Araber denken, der ganz in der Nähe auf einer öffentlichen Mülldeponie lag. Und auch an die Exoten, die Flauvigny in seinen Fabriken beschäftigte, mußte ich denken. Hatte der Fabrikbesitzer womöglich Ärger mit unseren ausländischen Mitbürgern? Ich stellte ihm diese Frage.

„Nein", antwortete er. „Meine Unternehmen haben nichts damit zu tun. Es ist eine Privatangelegenheit."

„Sehr privat sogar, scheint mir."

„Sehr privat, ja. Vergessen Sie das bloß nicht!"

„Trotzdem müßte ich etwas mehr darüber erfahren, Monsieur. Oder soll ich raten, warum Sie mich herbestellt haben? Auch wenn mein Slogan von mir behauptet, daß ich das Geheimnis k.o. schlage..."

„Was denken Sie über die Frauen, Monsieur Burma?“ fragte er unvermittelt.

Wollte er einfach nur nett mit mir plaudern? Na schön. Besser, wir redeten über Frauen als über die Wettervorhersage.

„Nur Gutes“, antwortete ich auf seine Frage. „Ohne die Frauen säßen wir jetzt nicht hier, um über dieses oder jenes zu plaudern.“

Er unterbrach mich mit einer Handbewegung.

„Das ist keine Frauengeschichte.“

„Das wollte ich auch nicht damit sagen.“

Er zündete sich eine weitere Zigarette an und betrachtete verträumt die Rauchspirale.

„Ich hatte nicht viel Glück mit meinen Frauen“, sagte er.

„Sacha Guitry auch nicht. Daran ist er aber nicht gestorben.“

„Es geht nicht um Treue.“

„So langsam wüßte ich wirklich sehr gerne, worum es geht“, sagte ich leicht ungeduldig.

Flauvigny entschloß sich, konkret zu werden.

„Es geht um meinen Sohn. Er macht mir Sorgen. Und meine Tochter ebenfalls.“

„Sitzen die beiden in der Klemme?“

„Das will ich nicht hoffen. Eben darüber sollen Sie mir Gewißheit verschaffen.“

„Was gibt es über die beiden Wissenswertes zu sagen?“

„Roland studiert Jura. Ich weiß allerdings nicht, ob er sein Studium jemals abschließen wird. Wahrscheinlich bleibt er ein ewiger Student. Er war… ist es immer noch… ein schwieriges Kind…“

Jetzt sprach er in einem leicht bewegten Ton, ohne jede Bitterkeit. Im selben Augenblick wurde aus einer seiner Fabriken ein Arbeiter rausgeschmissen, der Schwierigkeiten mit dem Aufstehen hatte und in zwei Wochen dreimal zu spät gekommen war. Nun, hier ging es jetzt um Roland, den Sohn des Generaldirektors.

Ich wies mit meiner Pfeife auf das gerahmte Foto, das neben

dem Telefon auf dem Schreibtisch stand. Es zeigte einen jungen Mann mit einem Gesichtsausdruck, der so intelligent war wie der eines Käsehobels.

„Ist er das?" fragte ich.

„Ja."

Flauvigny schlug mit der Faust auf den Schreibtisch, wieder ganz der Chef, vor dem alles zitterte.

„Dieses Jahr noch, dann ist Schluß!" rief er. „Ob mit oder ohne Examen, er wird die Universität verlassen und in einem meiner Unternehmen arbeiten."

Dieser energische Entschluß ging mich eigentlich nichts an. Worin meine Rolle in dem Generationskonflikt bestand, wußte ich immer noch nicht. Vater Flauvigny beruhigte sich genauso plötzlich, wie er sich erregt hatte.

„Roland ist ein schwieriger Junge, ein wenig labil. Er läßt sich leicht beeinflussen. Ich fürchte, er hat einen schlechten Umgang im Quartier Latin. Er wohnt in der Nähe der juristischen Fakultät, und seit einiger Zeit sehe ich ihn nur noch an den Wochenenden und in den Ferien..."

Er verstummte. Ich versuchte, ihn wieder zum Reden zu bringen:

„Haben Sie etwas Ungewöhnliches an ihm bemerkt?"

„Ich nicht, nein."

„Wer dann?"

„Meine Tochter. Ich weiß nicht, wie sie das alles erfahren hat."

„Das alles? Was?"

„Das über Rolands Umgang... Das mit dem *Antinéa* und seinen Betreibern... Aber wenn sie so eine Lügnerin ist wie ihre Mutter..."

„Ihre Mutter war eine Lügnerin?"

Flauvigny schwieg eine Weile.

„Wie ich schon sagte, ich hatte nicht viel Glück mit meinen Frauen. Ich weiß nicht, warum ich Ihnen das erzählt habe, aber ich hab's nunmal getan..."

„Je mehr Informationen ich besitze, desto besser", sagte

ich. „Aber Sie können sich aufs Nötigste beschränken. Wenn ich Sie recht verstehe, hat Ihre Tochter Ihnen berichtet, daß Ihr Sohn im *Antinéa* mit seltsamen Leuten zusammenkommt. Und jetzt wollen Sie wissen, ob das stimmt, um gegebenenfalls die nötigen Konsequenzen zu ziehen. Das reicht erst einmal. Noch heute abend werde ich mich dort umsehen und Ihrem Erben aus der Patsche helfen... falls er in irgendeiner Patsche sitzt. Und falls Sie mich engagieren, natürlich..."

„Hiermit engagiere ich Sie", sagte mein Gastgeber in einem Ton, als würde er sagen: ‚In Gottes Namen!'

„Mein Tarif..."

„Den bestimme ich. Und Sie werden sich nicht beklagen können."

Ich gab keine Antwort. Besser, ich ließ ihm die Illusion seiner Autorität, die mir recht angeknackst zu sein schien.

Er nahm ein Scheckbuch zur Hand, legte es aber wieder weg, öffnete eine Schublade und zauberte ein Bündel Banknoten hervor. Er strich die Scheine glatt und legte sie auf den Schreibtisch, genau zwischen uns.

„Zwanzigtausend Francs bekommen Sie, wenn Sie hier hinausgehen. Falls es nötig werden sollte, bekommen Sie mehr."

„Sehr großzügig", bemerkte ich.

„Das will ich meinen. Und nun werde ich Ihnen alles Nötige erzählen. Ich hoffe, daß Sie genauso offen und ehrlich zu mir sind wie ich zu Ihnen. Protestieren Sie nicht!" herrschte er mich an, als er meine empörte Reaktion bemerkte. Ein Chef von Gottes Gnaden! „Ich habe häufig Privatdetektive in meinen Fabriken beschäftigt. Auch wenn sie persönlich keine Streiks angezettelt haben, so sind sie doch mit Vorsicht zu genießen. Ich kenne die Sorte. Die geringste Unklarheit, die kleinste Unregelmäßigkeit interpretieren sie zuungunsten ihres Auftraggebers, der sie bezahlt. Vielleicht ist das eine bedauerliche Berufskrankheit, aber so ist es nun mal. Sie zum Beispiel werden sich bestimmt schon gefragt haben, warum ich nicht die Polizei eingeschaltet habe..."

„Ich glaube nicht, daß Ihr Problem ins Ressort der Polizei fällt."

„Nein, das fällt nicht in deren Ressort. Dennoch werden Sie meinen, ich hätte aufgrund meiner gesellschaftlichen Stellung und trotz gewisser ‚Säuberungen' oder ähnlichem Quatsch den einen oder anderen Freund unter den Inspektoren und Kommissaren, der genausogut wie Sie im *Antinéa* herumschnüffeln könnte... Nun, Sie irren sich! Ich kenne niemanden mehr. Nirgendwo!"

„Sie könnten aber Ihren Sohn herzitieren und ihm eigenhändig die Ohren langziehen", schlug ich vor, „oder ihm einen Überraschungsbesuch abstatten."

„Ich bin mehr oder weniger an diesen Stuhl gefesselt", erwiderte er, „und bewege mich so gut wie nie von hier fort. Und meinen Sohn ziehe ich am liebsten in meinem eigenen Hause zur Rechenschaft. Meine Privatangelegenheiten gehen niemanden was an. Ich lege keinen Wert auf Zeugen. Mit Ihnen ist das was anderes."

Ich nickte verständnisvoll.

„Er hat seine Osterferien hier verbracht", fuhr er fort. „Ich habe an seinem Verhalten nichts festgestellt, was mich beunruhigt hätte. Dann ist er wieder ins Quartier Latin zurückgekehrt, und da muß es angefangen haben... Mit seinem schlechten Umgang und all dem."

„All dem was? Ist eine Frau im Spiel?"

„Ich habe nicht die geringste Ahnung... Am darauffolgenden Sonntag ist er nicht gekommen, und am letzten Wochenende auch nicht. Sie müssen aber nicht glauben, daß er verschwunden ist", fügte er hinzu. „Seine Schwester hat ihn in der Zwischenzeit gesehen, und danach hat sie mir ihre Vermutungen mitgeteilt."

„Nämlich?"

„Schlechter Umgang... Er treibt sich ständig im *Antinéa* rum. Konkreter ist sie nicht geworden... Und vielleicht hat sie alles nur erfunden..."

Offensichtlich hoffte er das.

„Sie ist... äh... mythomanisch, haben Sie gesagt?"
„Wie ihre Mutter, ja... Unehrlich und bösartig."
„Könnten Sie für mich ein Treffen mit Ihrem Fräulein Tochter arrangieren? Ich hab gewisse Erfahrungen mit Lügnern..." Weil ich so oft in den Spiegel sehe, fügte ich innerlich hinzu. Doch das sagte ich nicht laut. Zwanzigtausend Francs warteten darauf, in meine Tasche zu wandern. Das wollte ich mir nicht verscherzen. „Ich benötige nur wenige Minuten, um mir ein Bild zu machen."
„Sie können meine Tochter gleich kennenlernen. Joëlle wohnt hier. Doch ich glaube, Sie kommen der Wahrheit besser und schneller auf die Spur, wenn Sie ins *Antinéa* gehen und meinen Sohn beobachten."
„Natürlich", stimmte ich ihm zu. „Würden Sie mir die Adresse Ihres Sohnes in Paris geben?"
„Rue Tournefort 22a."
„Und das *Antinéa*?"
Er machte eine unbestimmte Handbewegung.
„Dort ganz in der Nähe. Wird nicht schwer sein, es zu finden."
„Nein", sagte ich, „das wird nicht schwer sein."
„Stecken Sie's ein", forderte er mich auf, indem er die Geldscheine zu mir herüberschob. „Stecken Sie's ein und geben Sie Ihr Bestes."
Ich legte das Geld in meine Brieftasche, die sich stolz aufblähte. Ich verstaute sie an meinem Herzen und machte Anstalten, mich zu erheben.
„Einen Moment noch!" bremste mich Flauvigny, plötzlich mißtrauisch geworden. „Joëlles Mutter log bei jedem Atemzug. Möchten Sie nicht wissen, welche unangenehme Eigenschaft Rolands Mutter besaß?"
„Rolands Mutter?"
„Meine Kinder entstammen nicht derselben Ehe. Rolands Mutter war... äh... sehr nervös."
„Ja, ja."
„Sie verstehen?"

„Ich verstehe."

„Dann verstehen Sie bitte auch das, Burma: Ich möchte keine Scherereien. Ich kann keine mehr verkraften. Scherereien habe ich nämlich seit acht Jahren. Krieg, Besatzung, Befreiung, das alles ist mir auf die Beine geschlagen. Die Deutschen haben mir meine Fabriken weggenommen, und die ‚anderen' haben sie verstaatlicht. Sicher, mir ist noch einiges geblieben, was andere ärgert. Und genau deshalb will mir noch so mancher an den Kragen... Leute der Industrie und der Presse..."

Ich schüttelte den Kopf.

„Sie werden keinen Ärger mehr bekommen", beruhigte ich den Industriekapitän. „Kein Grund, sich Sorgen zu machen. Ihr Sohn stößt sich die Hörner ab, das ist alles. Ich hab schon größere Hitzköpfe zur Vernunft gebracht. Sie betrauen mich mit einer vertraulichen Angelegenheit. Ihr Vertrauen ist in guten Händen. Noch heute abend suche ich Ihren Sprößling auf, und in zwei, drei Tagen bringe ich ihn zu Ihnen zurück, brav wie ein Engel. Dann werde ich Ihnen auch sagen können, ob es angebracht ist, ihn in einer Ihrer Fabriken ans Arbeiten zu gewöhnen. Kommt drauf an, wie offen er für meine Ratschläge sein wird."

„Sehr gut", sagte Gérard Flauvigny. „Sie..."

Er verstummte. Fragend hob ich mein Kinn.

„Ach, nichts", wehrte er ab.

Das Bild an der Wand rechts neben ihm, auf dem Fische abgebildet waren, schien er zum ersten Mal zu sehen.

Er war schon drauf und dran, sich durch meine kleine Ansprache getröstet zurückzulehnen. Doch im letzten Augenblick hinderte sein Stolz als Generaldirektor ihn daran. Stattdessen entschloß er sich, mich mit einem Minimum an Höflichkeit zu entlassen.

„Halten Sie mich auf dem laufenden", schnarrte er.

Wollte er wirklich auf dem laufenden gehalten werden? Oder wollte er nur von mir hören, daß an den Vermutungen seiner Tochter nichts dran war... selbst wenn was dran war?

In dem Fall würde ich die Scherben wieder zusammenkleben müssen. In aller Stille, diskret und schnell.

„Sie werden keinen Ärger bekommen", wiederholte ich.

Er verabschiedete mich mit einer knappen Kopfbewegung.

„Albert wird Sie hinausbegleiten."

Er drückte auf einen Knopf.

Ich schnappte meinen Hut und stand auf. Der Butler, der mich hineingeführt hatte, erschien.

„Bringen Sie Monsieur zu Mademoiselle Joëlle", befahl Gérard Flauvigny.

„Mademoiselle ist soeben aus dem Haus gegangen, Monsieur", sagte der Butler.

Flauvigny sah mich irritiert an. Ich lächelte.

„Das kann warten", sagte ich. „Auf Wiedersehen, Monsieur."

Auf der Türschwelle drehte ich mich noch einmal zu meinem Auftraggeber um. Es juckte mich – nur um seine Reaktion zu beobachten –, ihn darüber aufzuklären, daß ich schon einmal in seinen Diensten gestanden hatte, allerdings in einer anderen Funktion als der eines diskreten Privatdetektivs. Als ich ihn jetzt so sah, verkniff ich es mir. Er saß zusammengesunken auf seinem Thron, erschöpfter als alle Arbeiter seiner Fabriken. Zu Beginn einer Unterhaltung konnte er noch darüber hinwegtäuschen. Doch dann ließ seine Selbstbeherrschung nach, und die Realität kam unverkennbar zum Vorschein.

Der mächtige Flauvigny war am Ende.

3

Ein modisches Kind

Ich stand wieder auf der sonnenbeschienenen Straße. Pfeife im Mund und sehr nachdenklich, schlug ich die Richtung zur nächsten Bus- oder Metrostation ein, ohne mir sicher zu sein, ob ich wirklich eine finden wollte.

Plötzlich tauchte neben mir ein Kabriolett mit offenem Verdeck auf. Es war ein älteres Modell.

„Guten Tag, Herr Privatdetektiv!" sagte das Mädchen (ein jüngeres Modell), das am Steuer saß.

Von Kopf bis Fuß nach dem letzten Schrei gekleidet, hätte die kleine Blondine eigentlich ein angemesseneres Fahrzeug verdient. Sie trug ein Kostüm mit grünrotem Schottenmuster. Rechts und links der Reihe von Knöpfen, die sich vollständig von ihren jeweiligen Löchern befreit hatten, sprang mir je eine angriffslustige Brust ins Auge. Sehr vielversprechend, wie sich das alles so präsentierte, ein wenig Haut bloßlegend und schwindelerregende Abgründe verheißend. Hinter dem Hutschleier schimmerten drei bunte Schmetterlinge: ein roter Mund und zwei mandelbraune, goldbewimperte Augen.

Dennoch hätte man nicht behaupten können, daß sie die ganze Frische ihrer zwanzig Jahre – älter war sie bestimmt noch nicht – ausstrahlte. In ihrem Blick lag genau die richtige Mischung von Unschuld und Verruchtheit, die jeden Mann dazu veranlaßt, Dummheiten zu begehen. Doch, sie sah zum Anbeißen aus; aber ich hatte das unbestimmte Gefühl, daß das den Zähnen nicht gut bekommen würde. War der Grund dafür in ihren Augen oder an ihren Händen zu suchen? Die linke Hand ruhte auf dem Lenkrad, und die rechte klammerte sich an den Griff der Innentür auf meiner Seite. Beide waren schlank und wohlgeformt. Der Gesamteindruck wurde jedoch durch ungepflegte, beinahe schmutzige Fingernägel verdorben. Der karminrote Lack war nachlässig aufgetragen worden oder schon einige Tage alt. Jedenfalls blätterte er ab.

Ich nahm meine Pfeife aus dem Mund und zog übertrieben höflich den Hut.

„Guten Tag, Mademoiselle", grüßte ich.

Sie schenkte mir ein breites Lächeln. Zwei Zähne waren weniger weiß als die anderen. Doch das tat der verführerischen Macht ihres Lächeln keinen Abbruch.

„Waren Sie bei Papa?"

„Weiß ich nicht. Wer ist Papa?"

„Ich heiße Joëlle Flauvigny."

„Oh!" Ich lieferte ihr den Beweis dafür, daß auch ich meinen Zahnarzt verhungern ließ. „Ja, ich war soeben bei Papa", fügte ich hinzu.

Wir befanden uns auf dem besten Wege, viel Spaß miteinander zu haben. Sie lachte offen heraus.

„Wollen Sie mich auf den Arm nehmen oder ich Sie? Entschuldigen Sie, aber ich hab den Eindruck, daß Sie sich über mich lustig machen. Reden Sie immer so? Da ist Stottern ja nur halb so schlimm... Was normalerweise eine Minute dauert, nimmt bei Ihnen wohl Stunden in Anspruch... Gott sei Dank scheinen Sie jemand zu sein, in dessen Gesellschaft man sich wohl fühlt."

Ich wehrte ab:

„Schmeichlerin! Ich bin eher ein schüchterner Mensch. Gleich werd ich noch rot."

„Das steht Ihnen bestimmt ausgezeichnet", erwiderte sie, den Kopf ein wenig zur Seite geneigt. „Ich freue mich wirklich, Sie getroffen zu haben."

„Ich mich auch."

„Warum?"

Ich gab keine Antwort, sondern konzentrierte mich darauf, sie mit meinen Blicken auszuziehen. Nur den Hutschleier ließ ich ihr. Sie klimperte mit den Wimpern, sah nach vorne und betrachtete die Straße durch die Windschutzscheibe.

„Erzählen Sie keinen Unsinn", ermahnte sie mich.

„Ich hab gar nichts gesagt."
„Aber gedacht."
„Schon möglich."
Jeanne d'Arc und sie hatten nichts miteinander gemein. Verträumt lauschte sie dem schnurrenden Motorengeräusch oder der gedämpften Musik, die aus ihrem Autoradio kam. Dann richtete sie ihre Augen wieder auf mich.
„Sie sind ein typischer Privatdetektiv", stellte sie fest. „Ich hab das Gefühl, einen Roman zu lesen oder einen Film zu sehen."
„Privatdetektive reden weder in Büchern noch in Filmen so... Wer hat Ihnen übrigens verraten, daß ich einer bin?"
Sie verzog schmollend den Mund.
„Also, kommen Sie, kein Versteckspiel, bitte! Ich weiß Bescheid... Nur Ihren Namen kenne ich nicht. Sie sind Monsieur Mercadier oder einer seiner Mitarbeiter, stimmt's?"
Ich setzte meine bedauerndste Miene auf.
„Tut mir leid, ein so bezauberndes Geschöpf wie Sie zu enttäuschen! Doch ich bin weder Monsieur Mercadier noch einer seiner Mitarbeiter. Wer ist denn überhaupt Monsieur Mercadier?"
Ich wußte sehr gut, wer Mercadier war: ein etwas zwielichtiger Kollege von mir, mit dem ich nicht auf besonders gutem Fuß stand. Aber ich hielt es nicht für nötig, das Mädchen darüber aufzuklären. Da sie anscheinend Filmdetektive mochte, wollte ich ihr die Freude nicht verderben.
Sie runzelte die Stirn. Das Mandelbraun ihrer Augen spielte jetzt ins Kastanienbraune. Ihre Hände wanderten unschlüssig über ihr Kostüm, strichen hier und da eine Falte glatt...
„Sie sind nicht Monsieur Mercadier?"
„Mein Name ist Burma." Ich verbeugte mich leicht. „Nestor Burma. Entschuldigen Sie bitte den etwas seltsamen Vornamen. Man gewöhnt sich dran. Davon abgesehen, bin ich der Detektiv, der das Geheimnis k. o. schlägt und wie eine Ladung Dynamit wirkt."

„Soll ich das so verstehen, daß Sie ein hervorragender Detektiv sind?"

Sie lächelte wieder. Ich gab ihr ihr Lächeln zurück. Wär schade gewesen, wenn es verlorengegangen wäre.

„Hervorragend ist das richtige Wort. Doch auch ich stoße an meine Grenzen. Zum Beispiel verstehe ich nicht, wie Sie mich für Monsieur... Wie war das noch? Ach ja, Mercadier... Also, wie Sie mich für Monsieur Mercadier halten konnten. Sehe ich ihm ähnlich?"

„Ich hab ihn nie gesehen", gestand sie. „Papa hat von ihm gesprochen. Ich glaube, er wollte sich mit ihm in Verbindung setzen."

„Dann ist er also ein Kollege von mir?"

„Ja."

Sie trommelte mit ihren Fingern auf das Lenkrad. Der Nagellack blätterte noch weiter ab.

„Tja, ich kenne ihn nicht", sagte ich. „Man kann schließlich nicht jeden kennen... Ich hoffe, Sie sind mir nicht böse?"

„Weswegen?"

„Weil ich nicht Monsieur Mercadier bin."

„Überhaupt nicht."

„Da bin ich aber froh... Sagen Sie, sollten wir nicht die Gelegenheit nutzen und uns ein wenig über Ihren Bruder unterhalten?"

„Das wollte ich Ihnen auch gerade vorschlagen. Haben Sie Ihren Wagen in der Nähe geparkt, oder sind Sie mit dem Taxi gekommen?"

„Keins von beiden. Ich habe den Bus genommen. Meine bescheidenen Mittel erlauben mir nicht, mich anders fortzubewegen."

„Ich fahre nach Paris. Kann ich Sie mitnehmen? Dann könnten wir unterwegs ein wenig plaudern."

Ich nahm die Einladung gerne an. Sie verrenkte sich, um mir die Tür zu öffnen. Das Schloß klemmte offensichtlich, denn sie mußte es mehrmals versuchen. Dabei bot sie mir einen freizügigen Ausblick auf ihre Beine und ihren Ausschnitt.

An ihren charmanten Reizen hätte man ein Streichholz anzünden können. Endlich funktionierte der Mechanismus, und ich stieg ein.

„Wir könnten uns vielleicht mal die Hand geben", schlug sie lächelnd vor. „Wo wir uns doch schon so lange kennen..."

Wir gaben uns die Hand, da sie auf diesem zusätzlichen Programmpunkt bestand. Ihre Hand war weich und angenehm. Ohne diese verdammten Fingernägel hätte man ins Schwärmen kommen können.

Der Wagen startete. Mich streifte ein zarter Parfümduft, der so ganz anders war als der, der mir vor rund einer Stunde auf der Mülldeponie in die Nase gestiegen war.

„Sie riechen aber gut", bemerkte ich.

Mademoiselle Flauvigny verstand das offenbar falsch.

„*Bandit*", sagte sie.

„Nein, nein", lachte ich, „um mich einen Banditen zu nennen, kennen Sie mich nicht gut genug."

Sie imitierte mein Lachen, nur ein paar Töne heller. Die Kleine lachte wohl furchtbar gerne.

„Wer nennt Sie denn einen Banditen? So heißt mein Parfüm."

„Ach, so ist das! Gefällt mir schon besser."

Sie sah mich von der Seite an.

„Ich frage mich, ob Sie nicht doch einer sind", fragte sie sich.

„Ein was?"

„Ein Bandit."

„Alle Privatdetektive haben etwas davon an sich, oder? Zumindest haben Sie das in Ihren Büchern gelesen..."

„Und? Ist was Wahres dran?"

„Hängt ganz davon ab."

„Wovon?"

„Von der Gelegenheit, die ja bekanntlich Diebe macht."

Ich sah auf ihre Beine. Sicherlich entblößte sie sie nicht einfach nur, um ihre Strümpfe durchzulüften. Sie boten sich geradezu an, gestreichelt zu werden. Ich näherte meine Hand, wobei ich mich fragte, wie weit ich gehen könne, ohne einen Unfall zu provozieren. Ohrfeige oder nähere Bekanntschaft mit einem Baum, das war hier die Frage. Meine Hand berührte ihren Schenkel, so als wäre ein Ruck des Wagens schuld daran gewesen. Sie biß sich auf die Lippen und zog ihr Bein zurück.

„Ich bitte Sie", zischte sie giftig. „Sie müssen sich nicht verpflichtet fühlen, sich wie ein Detektiv im Film zu benehmen!"

„Ent... schuldigung", stotterte ich. „Ich..."

„Reden wir von ernsthaften Dingen. Sind Sie mit Papa einig geworden?"

„Ja, ich bin mit Papa einig geworden."

„Nun, den Auftrag verdanken Sie mir. Ich habe Papa geraten, sich an einen Privatdetektiv zu wenden. Er wollte erst nicht, aber ich habe nicht lockergelassen. Wenn ich Ihren Besuch beobachtet habe, dann nicht, um Ihnen eine Geschichte zu erzählen, die Sie schon in allen Einzelheiten von meinem Vater kennen."

„Ach, ich habe bisher nur einen ungefähren Überblick."

„Sagt Ihnen der Fall zu, Monsieur Burma?"

„Es ist immer interessant, ein wenig Geld zu machen."

„Kam es Ihnen gelegen?"

„Geld kommt mir immer gelegen."

Sie seufzte lächelnd oder lächelte seufzend.

„Ich denke da genauso wie Sie... Ich... äh... Gibt's eine Prämie für den... äh... Akquisiteur?"

„Verlangen Sie eine prozentuale Beteiligung?"

„Warum nicht?"

Sie vertauschte ihren spöttischen Tonfall mit einem klagenden, um ihr Ansinnen zu rechtfertigen.

„Papa bewilligt mir nur das Allernotwendigste, kaum mehr als seinen Arbeitern..."

„Aber natürlich", beruhigte ich sie. „Zwischenhändler sind immer am Gewinn beteiligt. Jede Mühe muß belohnt werden."

Ich nahm einen Schein aus meiner Brieftasche und gab ihn ihr. Sie schob ihn in eine kleine Seitentasche ihres Kostüms.

„Aber damit Sie's wissen", fügte ich hinzu, „mehr gibt es nicht."

„Haben Sie pauschal kassiert?"

„Ihrem Vater wird sich keine Gelegenheit bieten, um seine Schatztruhe noch einmal zu öffnen. Der Fall ist banal und wird spätestens morgen zu den Akten gelegt."

„Um so besser. Ich weiß nicht, was Roland dazu getrieben hat, sich mit diesen schrecklichen Typen vom *Antinéa* einzulassen. Besser, wir schieben dem so bald wie möglich einen Riegel vor. Papa befindet sich in einer höchst schwierigen Lage, und es würde eine Kleinigkeit genügen..."

„Ich hab Ihren Vater bereits beruhigt, und jetzt beruhige ich Sie: Es wird keinen Ärger geben."

Erleichtert murmelte sie wieder:

„Um so besser."

Dann erzählte sie mir das, was ich schon durch meine Unterhaltung mit Gérard Flauvigny wußte. Ihr Bericht enthielt weder etwas Neues noch etwas Konkreteres. Der ganze Fall war von Anfang an in Nebel gehüllt, hinter dem sich sowohl ein Sturm im Wasserglas als auch ein Drama verbergen konnte. Alles war verschwommen und vage.

Im wesentlichen ging es darum, daß Joëlle seit einiger Zeit und rein zufällig bei ihrem Bruder ein merkwürdiges Verhalten bemerkt hatte, das sie sich nicht erklären und auch nicht näher bestimmen konnte. Eines Abends war sie ins *Antinéa* gegangen, in diesen Nachtclub in der Rue Geoffroy-Saint-Hilaire, ganz in der Nähe des Botanischen Gartens. Dort hatte sie Roland in zweifelhafter Gesellschaft angetroffen und erfahren, daß er Stammgast war.

Nenne man es, wie man will, Berufskrankheit oder sonstwie: Jedesmal, wenn Joëlle die arabischen Besitzer des *Antinéa* erwähnte, mußte ich an den toten Araber denken, der schmutzstarrend zwischen ausrangierten Nachttöpfen und faulenden Schuhen auf der Mülldeponie lag.

„Was genau befürchten Sie eigentlich?" erkundigte ich mich.

„Daß er sich in irgendeinen Skandal hineinziehen läßt und daß dieser Skandal unserem Vater den Todesstoß versetzt. Sein Gesundheitszustand ist nicht der beste. Zu große Aufregung könnte ihn umbringen."

„Das Klügste wäre dann allerdings gewesen", philosophierte ich, „Sie hätten ihm nichts gesagt und sich direkt mit mir in Verbindung gesetzt. Falls ein Privatdetektiv überhaupt gebraucht wird..."

„Das konnte ich nicht. Ich machte mir Sorgen, und Papa hat es bemerkt. Ich mußte ihm einfach alles erzählen... Außerdem..."

Eine Sekunde lang versenkte sie ihre Augen in meine, gerade so lange, um nicht auf den Wagen vor uns aufzufahren.

„Hat er gesagt, daß ich eine Lügnerin bin?"

„Er hat es durchblicken lassen. Und? Sind Sie eine?"

„Papa ist davon überzeugt. Warum, weiß ich nicht. In gewissem Sinne erleichterte mir das meine Aufgabe. Ich konnte ihm unangenehme Dinge erzählen, ohne daß er mir ganz und gar Glauben schenkte; aber es reichte, damit er etwas unternahm."

„Auch wenn er Ihnen nur die Hälfte abnahm, macht er sich nun seinerseits Sorgen. Die Idee, einen Privatdetektiv einzuschalten, war übrigens auch nicht besonders gut. Warum sind Sie nicht gleich zu mir gekommen, ohne ihn in die Geschichte einzuweihen?"

Sie zuckte mit den Schultern.

„Wie hoch ist der Vorschuß, den mein Vater Ihnen gezahlt hat?"

„Ich weiß nicht, ob es ein Vorschuß oder schon der gesamte Betrag ist. Nun, ich habe... äh... zehntausend bekommen."

„Wo hätte ich die denn hernehmen sollen?" seufzte sie. „Ich verfüge sozusagen über kein eigenes Geld. Ich kann mir Kleider kaufen, kann diesen alten Klapperkasten fahren, ja... Der Wagen gehört Roland, er will ihn nicht mehr... Das ist alles. Und außerdem: Hätten Sie sich für den Fall interessiert, wenn ich Ihnen davon erzählt hätte?"

„Tja, das weiß ich selbst nicht."

„Sehen Sie? ... Was haben Sie jetzt vor?" fragte sie unvermittelt.

„Ich werd mir das Lokal mal aus der Nähe angucken. Noch heute abend. Danach werden wir weitersehen."

„Das *Antinéa* ist ein Club. Da darf man nicht einfach so reingehen wie in eine gewöhnliche Kneipe."

„Ach, wissen Sie, ich hab mich schon in geheimere Kreise eingeschlichen. Schließlich bin ich Privatdetektiv."

„Ja, natürlich. Und was haben Sie im Augenblick vor?"

„Nichts Besonderes."

„Ich bin in einem Bistro am Boul' Mich' verabredet, mit einem Freund unserer Familie, Paul Dumonteil. Er weiß über alles Bescheid. Er war's, der als erster die merkwürdige Veränderung in Rolands Verhalten bemerkt hat. Möchten Sie ihn kennenlernen?"

„Lohnt es sich?"

„Ich glaube, er ist Mitglied im *Club Antinéa.* Vielleicht weiß er noch etwas, was er mir bis jetzt verschwiegen hat. Und außerdem..."

Sie lächelte wieder.

„Würden Sie es ablehnen, mit mir ein Gläschen zu trinken?"

4

Ein komischer Beduine

Das Bistro hieß ganz im Ernst *Le Latinos*. Neulich hatte ich in der Rue de Rennes ein Geschäft gesehen, das *Scientifics Occases* hieß. Dann konnte dieses Bistro auch ruhig *Le Latinos* heißen.

An der Theke saß, den Hut als Heiligenschein auf dem Hinterkopf, ein Gast von ungefähr dreißig Jahren. Als Joëlle Flauvigny das Lokal betrat – sie tat es, als wäre sie hier zu Hause –, drehte er sich auf seinem Hocker um und begrüßte sie mit einer knappen Handbewegung.

„Das ist Dumonteil", flüsterte sie mir zu.

Sie ging zu ihm und hatte es sehr eilig, mich vorzustellen.

„Paul, das ist Nestor Burma, der Privatdetektiv, den Papa wegen Roland engagiert hat. Es heißt, Monsieur Burma schlage Geheimnisse k. o."

Dumonteil streckte mir eine fette Hand hin.

„Angenehm", sagte er, um dann mit einem skeptischen Lächeln hinzuzufügen: „Ich glaube nicht, daß Sie Gelegenheit haben werden, Ihren K. o.-Schlag anzubringen. Rolands Eskapaden haben nichts Geheimnisvolles an sich. Übrigens, was möchten Sie trinken?"

Das war ein guter Auftakt. Ich entschied mich für einen Martini, und Dumonteil ließ sich nach einem kurzen Blick auf sein Glas nachschenken. Joëlle bestellte einen komplizierten Cocktail. Während der Barkeeper unseren Wünschen nachkam, entschuldigte sie sich, um hinter einer Tür mit der Aufschrift *Telefon* ihr Make-up aufzufrischen. Dumonteil zündete sich eine Zigarette an.

„Freut mich, Sie kennenzulernen", sagte er, um das Gespräch in Gang zu bringen.

Seine müde Stimme schien Mühe zu haben, zwischen seinen Lippen hervorzukommen, die er kaum bewegte, so als habe er Zahnschmerzen. Seine wabbligen Wangen hatten einen ungesunden Teint. Er sah aus wie jemand, der hauptsächlich tagsüber schläft. Und das auch nur am Ende des Monats...

„Ganz meinerseits", erwiderte ich. „Sie als Freund der Familie können mir vielleicht ein paar Tips geben."

„Hat die Kleine Ihnen erzählt..."

„Weder die Kleine noch ihr Vater haben mir viel erzählt. Wenn ich das Geld nicht bräuchte, hätte ich den Fall gar nicht erst angenommen."

„Auf Ihr Wohl", prostete er mir zu und tauchte seine trokkenen Lippen in das nasse Getränk.

„Auf Ihres", prostete ich zurück. „Der Auftrag ist was für Anfänger. Jedenfalls hab ich diesen Eindruck gewonnen. Einen leichtsinnigen jungen Mann auf den rechten Weg zurückzubringen..."

„Genau darum geht es", stimmte er mir eifrig zu, wobei er mir seine Hände mit der Fläche nach oben entgegenstreckte, so als erwarte er, daß ich etwas hineinlegen würde, und als sei er glücklich, sich mit einem so brillanten Kopf wie mir einig zu wissen. „Genau darum! Nichts Dramatisches."

„Ich möchte Ihnen etwas gestehen: Ich betrachte mich als nicht zuständig. Und darüber hinaus ärgert es mich ein wenig, daß man mich als Kindermädchen betrachtet. Na ja, von irgend etwas muß man schließlich leben..."

Er nickte zustimmend.

„Joëlle hat mir gesagt", fuhr ich fort, „daß Sie mir Zutritt zum *Club Antinéa* verschaffen können."

„Ich bin dort Mitglied. Und als solches kann ich einen Gast mitbringen."

„Würden Sie mich als Ihren Schützling akzeptieren?"

„Natürlich. Wann soll ich Sie einführen?"

Ich stopfte umständlich meine Pfeife, während ich bedauernd an die andere dachte, an die mit dem Indianerkopf.

„Vielleicht gehe ich gar nicht hin", sagte ich.

„Warum das denn nicht?"

Unschlüssig hob ich die Schultern.

„Der Alte wirft sein Geld zum Fenster hinaus. Was er sich von mir erhofft, ist offensichtlich Kleinkram. Ich soll einfach nur mit dem jungen Mann sprechen, ihn zur Vernunft bringen und ihn zu seinem Papa zurückbringen. So ein Programm kann man in drei Stunden abwickeln."

Mein Gegenüber riß ein Streichholz an und hielt es mir hin.

„Wahrscheinlich", murmelte er halbherzig.

In diesem Augenblick kam Joëlle zurück. Die Fingernägel hatte sie sich allerdings nicht frisch lackiert. Der Lack war nach wie vor abgeblättert.

„Essen Sie mit uns?" fragte sie mich.

„Ausgezeichnete Idee!" rief Dumonteil. „Bei Tisch plaudert es sich angenehmer."

„Einverstanden", sagte ich.

„Trinken wir noch was", schlug Dumonteil vor. „Charles, noch mal das gleiche!"

Der Barkeeper machte sich ans Werk. Ich trank meinen Martini aus und sah auf die Uhr.

„Ich muß zu Hause Bescheid sagen, daß ich auswärts esse", verkündete ich.

Der Barkeeper gab mir eine Telefonmarke, und ich verschwand in der Telefonkabine. Ich wählte die Nummer meiner Agentur. Hélène aß gerade ein Sandwich, was ich an der Art, wie sie sich meldete, bemerkte.

„Gehen Sie in ein anständiges Restaurant", sagte ich zu ihr. „Ich hab grad etwas Geld und kann Ihnen ein Mittagessen spendieren. Aber dafür müssen Sie hinterher etwas für mich erledigen."

„Ich höre."

„Roland Flauvigny, Jurastudent, wohnhaft Rue Tournefort 22a! Häufiger in den Bistros des Quartier Latin als an der Uni zu treffen. Ich muß ihn sprechen, weiß aber nicht, ob ich's vor heute abend schaffe. Je mehr ich vorher über ihn erfahre, desto besser. Machen Sie sich hübsch, sehen Sie sich in der Gegend um, und tragen Sie soviele Informationen wie möglich über ihn zusammen. Ich werde ebenfalls recherchieren. Später können wir dann unsere Ergebnisse vergleichen. Falls nötig, verwandeln Sie sich in irgendeine barmherzige Spendensammlerin, um ihn nicht zu erschrecken, und suchen Sie ihn bei sich zu Hause auf."

„In Ordnung."

„Irgendwie ist das so, als würde ich Sie bitten, Mäuse zu melken. Aber so genau weiß man das ja nie."

„Und außerdem", lachte sie, „haben Sie dann nicht das ungute Gefühl, mir etwas zu schenken, wenn Sie eine Anzahlung auf meine Lohnrückstände machen werden!"

„Genau das hatte ich vor: Ihnen etwas zu schenken."

„Oh, Monsieur hat Geld lockergemacht?"

„Nun ja... Zehntausend."

„Genau die Summe, die ich brauche."

„Tja, aber ich mußte tausend Francs an einen Mittelsmann zahlen."

„Ich bin auch mit neuntausend zufrieden."

„Das erleichtert mich."

„Erleichtern ist das richtige Wort."

„Spaß beiseite. Versuchen Sie, Reboul zu erreichen. Er soll herausfinden, ob Mercadier – Sie wissen schon, unser sauberer Kollege – nicht zufällig so aussieht, als werde er sich bald einen einträglichen Fall unter den Nagel reißen."

„Schon notiert."

„Dann bis später, Hélène."

„Wiedersehn, Chef. Und geben Sie nicht alles aus. Ich will auch noch was abkriegen."

Ich ging wieder zurück an die Theke. Die Gläser von Dumonteil und Joëlle waren leer. Ich ließ nachgießen, ohne mein eigenes Glas zu vergessen.

* * *

Der Saal in der ersten Etage des Restaurants war leer. Wir nahmen Platz. Eine Kellnerin sah betrübt zu uns herüber. Wahrscheinlich überlegte sie, wie oft sie wohl die zwanzig Stufen der steilen Treppe würde hinunter- und hinaufsteigen müssen, um uns zu bedienen. Durch die Fenster konnte man die regengepeitschten Bäume vor dem Musée de Cluny sehen. Der Regenschauer hatte uns überrascht, als wir das *Latinos* verlassen hatten.

„Was genau ist eigentlich dieses *Antinéa*?" fragte ich Dumonteil, während ich das zähe Fleisch auf meinem Teller zersäbelte. „Sie als Clubmitglied..."

Er schluckte gerade einen Bissen hinunter und schenkte uns gleichzeitig Wein ein.

„Clubmitglied der ersten Stunde", präzisierte er stolz. „Sozusagen Gründungsmitglied. Anfangs war es noch nicht das, was es inzwischen geworden ist. Junge Leute aus dem Viertel, Studenten und solche, die sich gerne dafür halten ließen, hatten eines Tages die Idee, einen Club zu gründen, wie es jetzt überall Mode ist. Sollte aber was ganz Besonderes sein. Einen Antillen-Club gab es schon. Also wollten sie einen arabischen Club ins Leben rufen..."

„Eine Mischung aus Pépé-le-Moko und Atlantis?"

„So ungefähr, ja. Die Idee kam von den zwei oder drei Arabern, die zu der Clique gehörten. Sie fanden ein Lokal in der Nähe der Moschee, möblierten und dekorierten es im maurischen Stil und nannten es *Antinéa... Antinéa*!" Er seufzte. „Nur noch der Name ist geblieben. Denn was die Gründungsmitglieder angeht..."

Er machte eine wegwerfende Handbewegung.

„Nach und nach haben die Araber das Kommando übernommen?" vermutete ich.

„Ganz genau. Aber keine Erdnußverkäufer! Richtige Ganoven haben sich für den Club interessiert, Leute, die auf dem Schwarzmarkt reich geworden waren und nun ein Anlageobjekt für ihre Gewinne suchten. Jetzt ist das Ganze fest in arabischer Hand."

Ich beobachtete, wie sich die Bäume vor dem Fenster im Wind krümmten. Es regnete immer noch. Alle Welt sprach von einem verregneten Frühling. Ich dachte wieder an den unglücklichen Araber im Müll. Bestimmt saugte er sich nach und nach voll wie ein Schwamm.

„Dort machen sie jetzt ihre Geschäfte“, hörte ich Dumonteil sagen, „und zwar auf dem Rücken der Christen und deren Brieftaschen.“

Joëlle lachte nervös auf.

„Sie nehmen Touristen aus wie Weihnachtsgänse“, ergänzte sie.

„Der Inhaber“, fuhr Dumonteil fort, „ist ein gewisser Moktar. Aber das will nicht viel besagen. Ich nehme an, die heißen alle so ähnlich wie Moktar oder Mohammed...“

„Nicht unbedingt“, widersprach ich. „Ich hab mal einen gekannt, der hieß Ali Ben Cheffour.“

„Ach ja? Na gut, das war dann eben ein Außenseiter, der nicht sehr alt geworden ist.“

„Sie müssen's ja wissen!“

Wenn der Regen noch lange anhielt, würde sich die Mülldeponie in einen See verwandeln, und die Leiche würde obenauf schwimmen.

„Um auf diesen Moktar zurückzukommen... Er hat 'ne widerliche Visage, doch das überrascht Sie sicher nicht.“

„Eine widerliche Visage hat guten Geschäften noch nie im Wege gestanden.“

„Ja, ja, der Schein trügt oft... Trotzdem macht ein angenehmes Äußeres einen besseren Eindruck als eine Gangstervisage. Ich zum Beispiel hätte gerne ein wenig Farbe im Gesicht. Sie haben doch sicher schon bemerkt...“

Er strich sich über die teigigen Wangen.

„Eine Haut wie Pappmaché“, sagte er resigniert. „Na ja, das ist nun mal meine Hautfarbe. Nicht zu ändern.“

„Sie müssen Beaujolais trinken“, riet ich ihm.

„Ich mache doch nichts anderes“, lachte er und leerte sein Glas.

„Und womit vertreibt man sich im *Antinéa* die Zeit?" fragte ich.

„Musik, Varieté... Man kann Kaldaunen essen, Raki und Pfefferminztee, aber auch Kognak und Whisky trinken..."

„Mit anderen Worten: nicht gerade orthodox vom Standpunkt des Koran aus?"

„Ich glaube, die scheren sich einen Dreck um den Koran. Nein, wirklich kein orthodoxer Ort. Außer vielleicht, was ihre Gefühle gegenüber den Christen betrifft."

„Feindselige?"

„Ziemlich feindselige."

Dumonteil schwieg eine Weile, dann sagte er:

„Sie werden es seltsam finden, daß ich trotz allem dort immer noch Mitglied und häufiger Gast bin. Nun, ein Ort für einen jungen Mann ist das nicht... Vor allem nicht, wenn dieser junge Mann labil ist. Im *Antinéa* laufen komische Zeitgenossen rum."

„Sie meinen doch damit nicht etwa sich selbst?" lachte ich.

„Mich?" Er zuckte mit den Schultern, so als wollte er sagen: ‚Die Pflicht geht vor.' „Um mich geht es hier nicht. Wir können doch offen miteinander reden, oder?"

„Vollkommen."

Trotz meiner Versicherung zögerte er noch ein wenig damit, sich zu öffnen. Er biß sich nervös auf die Lippen und runzelte die Stirn. Sein Gesicht wurde noch einen Ton bleicher. Er goß wieder unsere Gläser voll und trank seins in einem Zug leer. Vielleicht würde ich jetzt endlich etwas mehr erfahren?

„Um auf das *Antinéa* zurückzukommen..."

Er wich meinem Blick aus. Seine Verlegenheit wurde immer größer. Er schenkte sich wieder nach.

„Es wird dort mit Drogen gehandelt... Erwarten Sie keine Einzelheiten von mir", fügte er lebhaft hinzu. „Für Sie ist das völlig uninteressant. Schließlich sind Sie nicht von der Polizei. Ich sage nur, was ich weiß."

„Dann geht es also um Drogen?" fragte ich.

„Ja, darum geht es."

Er schien erleichtert und konnte mir auch wieder in die Augen blicken.

„Was für Drogen?“ hakte ich nach.

„Haschisch, Opium. Roland raucht das Zeug und ...“

Joëlle stieß ihren Teller zurück und brach in Tränen aus. Dumonteil versuchte, seine Ungeduld zu überspielen. Es dauerte nur einen kurzen Moment. Dann war er wieder ganz der fürsorgliche Freund des Hauses. Er legte seinen Arm um die Schultern des jungen Mädchens und versuchte, sie zu trösten. Ich meinerseits beteiligte mich an der Aktion mit ein paar beruhigenden Worten, die noch niemandem geschadet haben. Joëlle gewann auch bald ihre Beherrschung zurück.

„Entschuldigen Sie“, flüsterte sie und sah uns durch einen Vorhang aus Tränen hindurch an.

„Sie brauchen sich nicht aufzuregen“, versicherte ich ihr. „Ich habe Ihrem Vater versprochen, daß es keinen Ärger geben wird. Also wird's auch keinen geben.“

Sie antwortete nicht, trocknete ihre Tränen und verschwand in der Toilette, um die restlichen Spuren zu tilgen. Die Kellnerin mußte eine schöne Meinung von uns beiden, Dumonteil und mir, bekommen!

„Was Roland braucht, ist ein Arzt und kein Privatdetektiv“, sagte ich zu Dumonteil. „Verdammt nochmal! Das fällt nicht in mein Ressort. Konnten Sie denn den Jungen nicht zur Vernunft bringen? Mußte es soweit kommen?“

„Wir haben alles versucht, glauben Sie mir“, verteidigte sich der Freund der Familie Flauvigny. „Nichts zu machen! Verstehen Sie mich recht, Monsieur Burma. Eben im Bistro habe ich gesagt, es sei nichts Dramatisches. Aber der Junge ruiniert seine Gesundheit. Und der alte Flauvigny ist durch den Krieg und die Folgen schon arg mitgenommen. Wenn Roland nun in einen Skandal verwickelt wird...“

„Das hab ich schon mal gehört“, unterbrach ich ihn, um es kurz zu machen.

„Als wir begriffen, in welch schlimme Lage sich Roland hineinmanövriert, haben wir alles versucht, um ihn davon abzubringen. Vergeblich, wie gesagt. Nach langem Hin und Her hat Joëlle sich entschlossen, ihrem Vater alles zu erzählen. In Anspielungen und ohne das Wort ‚Drogen' zu erwähnen. Der Alte hat ihr nur halb geglaubt..."

„Weil sie eine Lügnerin ist?"

„Das sind sie alle", antwortete Dumonteil diplomatisch. „In diesem Fall jedoch sagte Joëlle die Wahrheit. Aber Monsieur Flauvigny hat ihr keinen Glauben geschenkt und sich mit Ihnen in Verbindung gesetzt, um sich Gewißheit zu verschaffen."

„Ich dachte, der Vorschlag kam von Mademoiselle Flauvigny?"

„Mehr oder weniger, ja. Ein Privatdetektiv ist so etwas wie eine... wie soll ich sagen? ... eine neutrale Instanz, und da der Alte ihr nicht glauben wollte... Jedenfalls bin ich froh, daß Sie die Sache in die Hand nehmen. Jemand wie Sie wird Roland zur Vernunft bringen können."

„Genauso hab ich mir das vorgestellt", knurrte ich. „Ich soll das Kindermädchen spielen."

„Eher den Kinderschreck", verbesserte er mich lächelnd. „Sie sollen ihm nämlich Angst machen."

„Dann werd ich noch lernen müssen, Grimassen zu schneiden."

Joëlle kam wieder zu uns zurück. Sie hatte sich die Lippen nachgezogen und die Wimpern frisch getuscht. Ihre Fingernägel ließen weiterhin zu wünschen übrig. Vielleicht hatte sie ein Gelübde abgelegt.

Dumonteil entschuldigte sich für seine Neugier und erkundigte sich danach, wie ich vorzugehen gedachte. Würde sich nach all dem, was er mir erzählt hatte, ein Besuch im *Antinéa* erübrigen?

„Ich möchte Ihre Auskünfte nicht in Zweifel ziehen", sagte ich, „aber ich bin es meinem Auftraggeber schuldig, die Fakten zu überprüfen."

„Natürlich, natürlich", murmelte er.

„Wann und wo kann man Ihrer Meinung nach Roland am besten antreffen?"

Joëlle sah Dumonteil unschlüssig an.

„Keine Ahnung", sagte dieser. „Wollen Sie noch heute nachmittag mit ihm sprechen?"

„Ich weiß nicht, ob ich Zeit dazu haben werde. Sind die Aussichten gut, ihn heute abend im *Antinéa* zu treffen?"

„Bestens."

„Auf jeden Fall würde ich gerne ein wenig Atmosphäre in diesem Club schnuppern, bevor ich mit Roland spreche. Würden Sie mich einschleusen?"

„Mit dem größten Vergnügen! Auch wenn Sie wahrscheinlich nicht mehr erfahren werden als das, was ich Ihnen erzählt habe, so können Sie sich doch davon überzeugen, daß es ein abenteuerlicher Ort ist. Ich schäme mich beinahe, jetzt, nach meinen... Anschuldigungen."

„Aber, aber", beschwichtigte ich ihn lächelnd, „wir wollen doch den Erwachsenen nicht vorenthalten, was den noch nicht Volljährigen verboten ist?"

„Ich wohne in der Rue de Seine 60. Kommen Sie heute abend bei mir vorbei, so um elf, halb zwölf? Dritte Etage."

„Einverstanden."

Er aß seinen Nachtisch, trank noch einen letzten Schluck und bat darum, uns für einen Augenblick allein lassen zu dürfen.

Als er hinausgegangen war, trank ich ebenfalls mein Glas leer und ging ans Fenster. Der Regen hatte aufgehört, aber der Himmel blieb grau.

„Dumonteil nimmt sich Ihren Kummer sehr zu Herzen", stellte ich fest. „Scheint 'n netter Kerl zu sein."

Als Antwort darauf hörte ich, wie ein Stuhl nach hinten geschoben wurde. Ich spürte das junge Mädchen hinter meinem Rücken und drehte mich um.

„Monsieur Burma..."

Ihre Haselnußaugen mit den vom Tränenausbruch geröteten Lidern spiegelten eine Menge Gefühle wider. Man hätte ein ganzes Buch über das schreiben können, was alles in ihrem Blick lag: Angst, Enttäuschung, Abscheu und dazu noch viele gefährliche, die Phantasie herausfordernde Gefühle.

Wortlos kam sie näher, bis sie mich beinahe berühren konnte, berührte mich auch tatsächlich und bot mir ihre Lippen dar. Wir hatten ganz schön gebechert, sie und ich. Vielleicht wirkte sich auch die Nähe des Musée de Cluny mit einem der berühmten Stücke seiner Sammlung auf unser Verhalten aus. Ich weiß es nicht, dachte auch nicht weiter darüber nach, sondern nahm sie in meine Arme, küßte sie auf den Mund... und stieß sie sofort wieder von mir.

Dumonteil war auf leisen Sohlen zurückgekommen, stand nun wie angewurzelt in der Tür und starrte uns aus seinen glanzlosen Augen an.

* * *

Es ereignete sich kein Drama. Alles ging so vor sich, wie es eben unter Leuten der guten Gesellschaft vor sich geht. Dumonteil beglich die Rechnung, und wir erinnerten uns noch einmal gegenseitig an unsere nächtliche Verabredung. Dann gingen wir die steile Treppe nach unten, verließen das Lokal, und ich verabschiedete mich von meinen beiden Mitstreitern.

Später beobachtete ich mich lange im Spiegelglas eines Fahrkartenautomaten der Metro. Ich konnte aber weder die Züge eines Trottels noch die eines Don Juan entdecken.

Und dennoch hatte man mich innerhalb weniger Stunden sowohl für den einen als auch für den anderen gehalten.

Wirklich zu komisch!

5

Nach dem Sarazenen der Paladin

An der Ecke Rue Sainte-Anne kaufte ich bei einer Alten mit Bart eine Abendzeitung und ging in das Bistro gegenüber. Ich begrüßte den Patron und seinen Kellner mit Handschlag. Der Chef hieß Valéry, aber der Dichter hier war Jean. Der Kellner behauptete, daß man in der Rue des Petits-Champs die schönsten Frauen von Paris treffen könne. Die Anwesenheit der wenig dekorativen Zeitungsverkäuferin versetzte seiner These eine schallende Ohrfeige, die ihn sehr schmerzte. Jetzt hatte er sich einmal einen guten Slogan fürs Bistro ausgedacht... So ein Pech aber auch!

„Was soll's denn sein, Monsieur Burma?"

„Ein Kleines."

„Sofort."

„Ali haben Sie schon lange nicht mehr gesehn, was?"

Jean hatte soeben ein sattes Trinkgeld kassiert und für einen Augenblick den Schandfleck vor der Tür vergessen, der die Straße mit den schönsten Frauen von Paris verunzierte. Meine Frage verdüsterte wieder seinen Blick.

„Bleiben Sie mir mit Ali weg! Nein, den hab ich schon lange nicht mehr gesehn. Rund zwei Wochen. Da leiht man ihm mal etwas Geld, und was ist? Weg ist er! Hab ihm vertraut, und jetzt bin ich der Gelackmeierte."

„Warst du mal bei ihm zu Hause?"

„Da war keiner. Die Concierge hat ihn seit vierzehn Tagen nicht mehr gesehn, aber der ist das schnuppe. Seine letzte Miete hat er bezahlt... wahrscheinlich mit meinem Geld! Darf gar nicht dran denken."

„Vielleicht ist ihm ja was passiert?"

Jean besah sich diese Möglichkeit in seinem Kopf von allen Seiten.

„Ich frag mich", sagte er schließlich, „ob der noch ganz dicht ist. Heutzutage laufen ja 'ne Menge Bekloppte rum, angefangen beim verrückten Riton... Erinnern Sie sich an den Abend, als Ali uns mit besoffenen Kopf erzählt hat, er hätte seinen Bruder getroffen? Das Gequatsche hatte weder Hand noch Fuß. Er machte einen ganz merkwürdigen Eindruck."

„Ja, ich erinnere mich. Er war stockbesoffen."

„Genau! Deswegen, er und sein Koran... Also, religiös ist er nie gewesen, der Ali... Mir egal. Aber ich kapier das einfach nicht", entrüstete sich der Kellner und schüttelte den Kopf. Offenbar dachte er wieder an sein Geld. „Da kennt man sich seit ewigen Zeiten... Ganz zu schweigen von der Zeit nach der Befreiung! Sozusagen Arm in Arm haben wir auf der Barrikade gestanden. Gebildet, reell und alles war er. Einer wie Sie und ich eben! Sie kennen ihn doch, oder? Stimmt's oder hab ich recht?"

Ich pflichtete ihm bei. Soweit ich wußte, hatte Ali Ben Cheffour keinerlei Rassenkomplex oder sonst eine Macke in der Art. Vollkommen assimiliert, kaum Umgang mit seinen Religionsbrüdern. Er wohnte in der Rue Chérubini, in die sich Allahs Söhne höchst selten verirrten. Immer glattrasiert und tadellos gekleidet, sprach er ein akzentfreies Französisch. Er arbeitete bei einer Handelsfirma im Viertel Sentier. Das war auch schon so gut wie alles, was ich über ihn wußte. Ein alter Bekannter, aber ein alter Bekannter aus dem Bistro eben. Bei solchen Kneipenbekanntschaften bleibt immer vieles offen...

„Ja, man konnte Ali vertrauen", stimmte ich Jean zu.

„Und dann haut er einfach mit meinem Geld ab", jammerte der Kellner kopfschüttelnd.

Ich ließ ihn mit seiner schlechten Laune alleine, um in der Nähe von Alis Wohnung mal zu sehen, ob es was zu sehen gab. Illusionen machte ich mir keine, aber es kostete ja nichts, sich bei der Concierge nach dem Verschwundenen zu erkundigen... oder nach Leuten, die ihn eventuell hatten besuchen wollen. Wo Ali war, wußte ich seit diesem Morgen. Die

Zähne, die ihm noch verblieben waren, würden ihm keine Schmerzen mehr verursachen.

* * *

Das Tor befand sich zwischen der Werkstatt eines Schusters und den Büros eines Transportunternehmens. Der gewölbte Gang führte auf einen Innenhof, der mit Umzugskisten vollgestellt war. Die Conciergesloge lauerte hinter einem Mauervorsprung den Mietern auf. Das Schild an ihrem Fenster bat die Besucher, sich ein wenig zu gedulden.

Ich wollte schon den Rückzug antreten, als jemand aus dem dunklen Treppenhaus auf den Hof trat.

Es war ein Araber. Schon wieder einer!

Doch der hier war lebendig. Quicklebendig sogar. Und Hände hatte er! Mit diesen Flossen konnte er das Mittelmeer überqueren, wann immer er wollte, ohne sich bei irgendeiner Schiffahrtsgesellschaft um eine Fahrkarte bemühen zu müssen.

Um seinen Anzug angemessen zu tragen, hätte es ein wenig mehr Eleganz erfordert. Der Zwirn stammte von einem erstklassigen Schneider in Marseille.

Seine kleinen Füße steckten in gelben Schuhen. Ein ziemlich grünliches, ziemlich giftiges Gelb. Es sah so aus, als wären zwei große, noch unreife Bananen unten an seinen Beinen angewachsen. Ein grauer Hut saß schräg auf seinem Hinterkopf und ließ seine krausen Haare herausschauen.

Der Kerl kaute auf einer Zigarettenkippe herum, nahm sie dann nervös in die Hand. Eine Hand, die ich ungern im Gesicht gespürt hätte, so viele Ringe waren an den Fingern. Die Hand mußte so einiges wiegen. Jemanden zu begrüßen oder sich am Hinterkopf zu kratzen, bedeutete für den Besitzer wohl eine übermäßige Anstrengung.

Ich tat so, als machte ich mich an den Umzugskisten zu schaffen. Der Araber ging an mir vorbei, ohne mich besonders zu beachten, und trat durch das Tor auf die Straße. Ich beschloß, ihm zu folgen.

Hintereinander erreichten wir das Théâtre Français. Dort warf mein Mann einen Rundblick um sich, so als halte er nach einem Taxi Ausschau. Da er keins sah, stieg er die Treppe zur Metro hinunter und nahm die Richtung Porte d'Ivry.

Wir fuhren im selben Waggon, ziemlich weit auseinander, aber nah genug, damit ich ihn beobachten konnte. Dabei tat ich so, als läse ich in meiner Zeitung einen völlig schwachsinnigen Artikel über den verrückten Riton. Auf dem Gesicht des Arabers spiegelte sich eine heftige Verstimmung wieder.

An der Station Monge stieg er aus, so wie ich es schon vermutet hatte. Oben an der frischen Luft begab er sich in ein Gewirr von Gäßchen, in denen sich die Leute einen Dreck um andere scherten. Nach einer Weile betrat der Algerienfranzose ein Haus, das von außen nichts Besonderes an sich hatte. Schräg gegenüber befand sich ein Bistro, das mir die Arme seiner hufeisenförmigen Theke entgegenstreckte. Ich ging hinein, bestellte ein kleines Bier und richtete mein wachsames Auge auf die Tür, hinter der der Wüstensohn verschwunden war. Ich erwartete nichts Außergewöhnliches, aber man kann nie wissen.

Gute zwanzig Minuten saß ich so da. Für nichts und wieder nichts.

Ich wollte schon aufstehen, als mir bewußt wurde, daß ich ganz in der Nähe dieses Nachtlokals sein mußte, mit dem man mir seit heute morgen die Ohren vollgequatscht hatte: dem *Club Antinéa*.

Ich erkundigte mich bei dem Kellner, wie ich am besten zur Rue Geoffroy-Saint-Hilaire käme. So gab ich ihm Gelegenheit, sich das Trinkgeld redlich zu verdienen. Und er tat es, daß es nur so eine Freude war.

„Die Rue Geoffroy-Saint-Hilaire?" wiederholte er und machte eine so abrupte Bewegung mit der Hand, als wolle er sie über den Häuserblock gegenüber werfen. „Gleich dahinter. Sie verläuft im spitzen Winkel zu dieser hier", fügte er hinzu, wie um zu beweisen, daß er aus gutem Grund hier im Universitätsviertel arbeitete.

„Kennen Sie das *Antinéa*, das Nachtlokal?"

„Dem Namen nach. Die Tür dort ist der Künstlereingang, wenn man das so nennen kann. Der Haupteingang befindet sich in der Rue Geoffroy-Saint-Hilaire."

Künstlereingang? Ach ja! Musik, Varieté...

Der Kellner hatte auf die Tür gezeigt, hinter der mein Araber verschwunden war.

Nach dieser interessanten Feststellung bekam ich Lust, einen Blick auf die Vorderseite des Cabarets zu werfen.

Die Fassade war – alles andere hätte mich überrascht – ganz im maurischen Stil gehalten, mit vielen Halbmonden und Schnörkeln, mit bogenförmigen Fenstern, die meisten davon mit bauchig-geschwungenen Gittern geschützt, alles grün und weiß gestrichen, außer der massiven Tür. Die war braun, kupferbeschlagen und mit einem vergitterten Guckfensterchen versehen. Über dieser Tür bildeten Neonröhren das Wort *Antinéa* in pseudo-arabischen Schriftzügen.

Nachts, wenn die Röhren leuchteten, mußte das sehr hübsch anzusehen sein.

Ich nahm mir vor, das nachzuprüfen.

* * *

Hier auf der Straße konnte ich schlecht stehenbleiben, und die Rue Tournefort befand sich ganz in der Nähe. Das Vorteilhafte an diesem Fall war, daß man sich nicht mit Taxifahrten in Unkosten stürzen mußte. Ein freundschaftlicher Besuch bei Roland Flauvigny würde nichts kosten und nicht schaden.

Das Haus Nr. 22a in der Rue Tournefort sah unauffällig gutbürgerlich aus. Unter anderem wohnten ein Arzt und eine Hebamme hier, wenn man den beiden Kupferschildern rechts und links neben der Tür glauben durfte. Gerade trat ein Paar auf die Straße. Im Hausflur vertraute eine ehrwürdig aussehende Frau ihren Schlüssel einem Concierge von ungefähr zehn Jahren an. Der kleine Kerl tat genauso wichtig wie seine Mutter, die einkaufen gegangen war und die er glänzend vertrat. Er wies mir den Weg zur Wohnung des Studenten, konnte mir jedoch nicht sagen, ob dieser zu Hause war.

Mit mir zusammen im Aufzug fuhr ein alter Herr mit Bart und Brille, der das ihm verbliebene Augenlicht nutzte, um die *Presse Médicale* zu lesen. Wahrscheinlich ein Kollege des Arztes. Er verließ mich in der dritten Etage. Ich fuhr zwei Etagen weiter hinauf, mußte noch eine zu Fuß hochgehen und stand auf einem ziemlich düsteren Flur mit vier Türen. Als ich mich der Tür näherte, die mich interessierte, bewegte sich ein Schatten im Halbdunkel.

„Sind Sie's, Chef?“ flüsterte eine weibliche Stimme. „Ich wollte... Ich glaub, Sie kommen gerade richtig.“

Es war Hélènes Stimme, die da so zitterte. Doch das war nicht das einzige an meiner Sekretärin, was zitterte. Ihre Hand, die sich auf meinen Arm legte, übertrug ihre nervöse Spannung auf mich.

„Was ist los?“ fragte ich.

Sie ging zur Wohnungstür von Roland Flauvigny. Ich folgte ihr.

„Riechen Sie mal unter der Tür“, forderte sie mich auf und schob die Fußmatte zur Seite.

Ich gehorchte. Ein vielschichtiger Geruch stieg mir in die Nase. Ein süßlicher, betäubender Geruch, vermischt mit austretendem Gas.

„Ich habe mehrmals geklopft“, erklärte Hélène. „Dann habe ich durchs Schlüsselloch geguckt. Der Schlüssel steckt von innen. Ich hab die Matte zur Seite geschoben, und da hab ich's gerochen...“

Ich sagte nichts und wühlte in meinen Taschen. Abgesehen von dem Schnurren des Aufzugs, der dem Arzt in der dritten Etage die Klienten zuführte, und den entfernten Geräuschen hupender Autos war alles still hier oben. Flauvignys Nachbarn waren offenbar ausgeflogen. Was den Studenten anging...

Endlich fand ich mein Taschenmesser, das zu allem anderen diente als dazu, Butter aufs Brot zu streichen. Ich stieß den

Schlüssel aus dem Schloß und bearbeitete dieses. Beinahe sofort öffnete es sich meinen Wünschen. Trotz dieses Teilerfolgs erwies es sich als schwierig, in die Wohnung zu gelangen. Ein Riegel war von innen vorgeschoben. Ich mußte kräftig drükken und gleichzeitig mit dem Messer den Riegel aus der Fassung bringen. Schließlich gelang es mir... und die Tür widerstand immer noch. Eine Stoffrolle, dazu gedacht, Zugluft abzuhalten, lag auf dem Boden. Doch dieses letzte Hindernis ließ sich leicht beseitigen. Ich trat ein und verhedderte mich in einer Art Türvorhang.

Ein Taschentuch als Gasmaske vor meinem Mund, stürzte ich zum Fenster und öffnete es weit. Dann eilte ich in die Küche, um den Herd zuzudrehen, aus dem zischend das Gas entwich.

„Sie können kommen, Hélène!“ rief ich meiner Sekretärin zu.

Wir gingen zusammen in das Wohnschlafzimmer.

„Großer Gott!“ stöhnte Hélène, obwohl sie auf ein ähnliches Schauspiel gefaßt gewesen war.

Neben dem Sofa lag ein junger Mann. Er schien zu schlafen. Entweder schlief er seinen Rausch aus, oder aber er war tot.

Ich beugte mich zu ihm hinunter, um mir sein Gesicht anzusehen. Es glich aufs Haar dem Foto, das ich heute morgen auf dem Schreibtisch von Flauvigny sen. gesehen hatte. Nur der Ausdruck war leidender.

Ursprünglich hatte ich Roland den Marsch blasen sollen. Jetzt kam nur noch ein Trauermarsch in Frage.

6
Verschiedene Aktionen

„Roncesvalles“, sagte ich und richtete mich auf. „Das wird unseren Roland hier lehren, sich mit Sarazenen einzulassen.“

„Ist das... Ist das der junge Mann, um den es geht?“ fragte Hélène stockend.

„Genau der. Sein Vater bezahlt mich, damit ich dem Jungen aus der Patsche helfe, und schon im ersten Akt stolpere ich über seine Leiche. Dazu braucht man wirklich kein detektivisches Talent. Mal sehn, wie der Alte die Neuigkeit aufnehmen wird...“

„Was sollen wir tun? Unten wohnt ein Arzt...“

„Der Arzt kann ihm auch nicht helfen“, entschied ich achselzuckend. „Der würde nur Aufregung schaffen. Lassen wir ihn also besser aus dem Spiel. Was wir aber tun können, ist, den Tatort in Augenschein zu nehmen und uns eine Meinung über den Todesfall zu bilden. Und danach sollten wir das Ganze bei einem Pastis durchsprechen. Wissen Sie, Hélène, das ist heute nicht mein erster.“

„Erster was? Pastis?“

„Nein. Mein erster Toter. Ich hab schon einen gefunden, in Sceaux. Einen Araber.“

Sie biß sich auf die Lippen, fand dann aber wieder zu ihrem Humor zurück.

„Geht's wieder los?“ fragte sie und versuchte zu lächeln.

„Ja, und zwar in Richtung Leichenschauhaus.“

Ich schickte meine Sekretärin zum Wachestehen vor die Tür.

Die Wohnung von Roland Flauvigny bestand aus einem kleinen Flur, einem Wohnschlafzimmer, einer Küche und einer Toilette. Das Ganze war ziemlich eng, schlecht aufgeteilt und wahrscheinlich von einem Amateur-Architekten entworfen worden. Ursprünglich waren die Zimmer wohl fürs Dienstpersonal gedacht gewesen. Die Krise dieses Berufsstandes sowie die allgemeine Wohnungsnot hatten den Hausbesitzer dazu bewogen, sie in kleine Appartements zu verwandeln und so den größtmöglichen finanziellen Nutzen daraus zu ziehen.

Ich nahm alles unter die Lupe, ohne mich jedoch zu lange aufzuhalten. Die Toilette bot nichts Aufregendes. Nur die Küche und das angrenzende Wohnschlafzimmer waren von gewissem Interesse.

Auf dem Gasherd stand ein Topf, in dem Kaffee aufgebrüht worden war. Die schwarze Brühe war übergekocht und inzwischen kalt geworden. Es war echter Kaffee. Auf einem Regalbrett lag ein Päckchen brauner Bohnen neben einer Kaffeemühle.

Im Zimmer nebenan stand auf dem Nachttischchen ein großer Reklameaschenbecher, der von Asche und Zigarettenkippen, so dick wie Zigarren, überquoll. Ich schnupperte daran und ließ eine Kippe in meine Tasche wandern.

Ich ging zum Fenster, von dem man einen beeindruckenden Blick auf die Dächer von Paris hatte. Die Wohnungstür war nicht abgeschlossen gewesen. Das fiel mir auf, als ich den Schlüssel wieder ins Schloß steckte. Nur der Riegel war vorgeschoben worden; deswegen hatte ich so leicht einbrechen können.

Ich ging ins Wohnschlafzimmer zurück. Bücher der Rechtswissenschaft, zerlesene Romane und verschiedener Papierkram stapelten sich chaotisch auf den Regalbrettern. Ein Adonis à la Côte d'Azur, aus einem Magazin ausgeschnitten und mit Reißzwecken an der Wand befestigt, lächelte mich so blöd an, daß ich ihm den Titel „Mister Universum" freiwillig eher zwei- als einmal verpaßt hätte, wenn ich Jurymitglied gewesen wäre. Über dem Sofa hing ein Schild, wohl die übliche Trophäe einer Sauftour: *C. Lamour, Ofensetzerei.* Vielleicht war es das, worüber der Adonis sich so freute. Ich öffnete einen Wandschrank. Er enthielt noch andere Trophäen, darunter einen Stahlhelm der deutschen Armee.

Der Tote war mit einer Hose, Strümpfen und grauen Pantoffeln bekleidet. Unter der blauen Pyjamajacke war sein Oberkörper nackt. Auch seine Augen waren blau. Der starre Blick deutete unzweifelhaft darauf hin, daß seine Trophäensammlung sich nicht mehr vergrößern würde.

Jetzt erst fiel mir sein Jackett auf, das über einer Stuhllehne hing. Ich durchsuchte das Kleidungsstück und öffnete vorsichtig eine Brieftasche aus Maroquin. Sie enthielt nichts Sensationelles. Die Mitgliedskarte des *Club Antinéa* steckte ich auf alle Fälle ein.

Das war meine vorletzte Aktion. Die letzte bestand darin, die Fingerabdrücke der Agentur Fiat Lux zu verwischen.

Die Hausdurchsuchung war beendet. Als ich schon die Wohnungstür hinter mir zuziehen wollte, bemerkte ich einen leichten Geruch. Es schien mir angebracht, dafür zu sorgen, daß er nicht nach außen drang. Mit der Stoffrolle, die ich unten an die Tür legte, war das gut zu bewerkstelligen. Schwieriger war es allerdings, die Wohnung zu verlassen, ohne daß sich die Rolle verschob. Ich schnupperte noch einmal und kam zu der Überzeugung, daß der Geruch nicht gar so durchdringend war. Wer es nicht wußte, würde ihn vielleicht gar nicht wahrnehmen. Ich dagegen hatte ihn noch in der Nase, das war alles.

Ich schloß die Tür von außen ab und nahm den Schlüssel mit.

Hélène lehnte ungeduldig am Geländer. Wir fuhren mit dem Aufzug hinunter. Von der dritten Etage an leistete uns ein Mann Gesellschaft. Er kam soeben vom Arzt und machte ein dementsprechendes Gesicht. Sah so aus, als hätte ihn der Medizinmann zum Tode verurteilt.

* * *

Hélène jedoch wurde zunehmend munterer. Die beiden Liköre hatten ihr gutgetan. Ich ging hinunter zum Telefon und rief in *La Feuilleraie* an in der Hoffnung, der Butler werde sich melden. Er tat es.

„Hier Martin“, sagte ich. „Erinnern Sie sich? Ich war heute morgen bei Ihrem Chef.“

„Ich habe Sie gleich an der Stimme erkannt, Monsieur“, gab er zurück.

„Sehr gut, Baptiste.“

„Ich heiße Albert, Monsieur.“

„Dagegen hab ich auch nichts. Dann hören Sie mir mal zu, Albert. Sie kennen doch sicher den Arzt, der Ihren Chef behandelt. Verraten Sie mir bitte – unter dem Siegel der Verschwiegenheit natürlich – seinen Namen und seine Adresse.“

„Aber, Monsieur...“

„Finden Sie das nicht korrekt?“

„Nun ja...“

„Hören Sie! Ich muß Monsieur Flauvigny eine unerfreuliche Neuigkeit mitteilen. Überhaupt nicht komisch und streng vertraulich. Dazu brauche ich einen Doktor an meiner Seite. Es besteht die Gefahr, daß der Alte einen Herzanfall kriegt. Wenn Sie mir nicht sagen, wer sein behandelnder Arzt ist, bringe ich einen Freund von mir mit. Ich bin aber überzeugt, Flauvigny möchte die betrübliche Nachricht lieber in Anwesenheit seines Hausarztes verdauen. Sonst könnte es schiefgehen, und dann sind Sie Ihre Stellung los. Überlegen Sie sich's gut!“

„Aber ich weiß nicht...“

„Den Namen des Arztes, Mann, schnell!“

„Na schön! Der Arzt von Monsieur ist Dr. Georges Péricat, Cité de la Muette 15.“

„Na also... Und bitte, Albert, Mund halten! Sie wissen ja: Schweigen ist Gold... Und widersprechen Sie Ihrem Chef unter keinen Umständen!“

„Das ist ohnehin nicht meine Art, Monsieur.“

„Um so besser. Er wird all seine Kräfte brauchen. Wie geht's ihm? So wie heute morgen oder schlechter?“

„Offensichtlich hat ihm die Unterhaltung mit Ihnen gutgetan.“

„Freut mich zu hören.“

Unsere Begegnung hatte ihn also erleichtert. Die zweite würde ihn vielleicht vollkommen von seinen Sorgen befreien, und zwar endgültig. Ich legte auf, sah im Telefonbuch nach und wählte die Nummer von Georges Péricat.

„Hallo! Dr. Péricat?"

„Am Apparat."

„Hier Nestor Burma, Privatdetektiv. Ich arbeite für Monsieur Flauvigny. Gleich werde ich bei Ihnen sein. Warten Sie auf mich und halten Sie sich ein paar Stündchen frei. Ich muß Ihnen etwas sehr Wichtiges mitteilen und möchte Sie bitten, den Tod eines jungen Mannes festzustellen. Danach gehen wir zusammen zu Monsieur Flauvigny. Ich komme sofort!"

Ohne eine Antwort abzuwarten, legte ich auf. Bestimmt machte der gute Mann sich jetzt Vorwürfe, weil er nicht rechtzeitig ein paar Vorlesungen in Psychiatrie gehört hatte.

Zusammen mit Hélène verließ ich das Café. An der Place du Panthéon erwischten wir ein Taxi.

„Da Roland inzwischen tot ist", sagte ich zu meiner Sekretärin, als sich der Wagen in Bewegung gesetzt hatte, „frage ich mich, ob wir Ihre Informationen über ihn noch gebrauchen können... Was haben Sie rausgekriegt?"

„So gut wie nichts", gestand sie. „Nicht, daß ich kein Glück gehabt hätte! Der erste Kerl, der mit mir im *Biarritz* anbändeln wollte, kannte zufällig Roland und seine Kreise. Aber viel war's nicht, was ich aus ihm rauskitzeln konnte. Anscheinend ist... war Roland Stammgast in einem arabischen Nachtclub."

„Ja, im *Antinéa*."

„Stimmt. Und..."

Sie verstummte plötzlich, sah mich erschrocken an und unterdrückte einen Schrei.

„Sagen Sie mal, Chef, haben Sie nicht eben von einem Araber gesprochen?"

„Ja, hab ich. Von einem toten Araber. Meine erste Leiche heute morgen. Erklär ich Ihnen später. Was hat Ihr Verehrer Ihnen übers *Antinéa* erzählt?"

„Anscheinend ist es nicht sein Lieblingslokal. Nicht mehr. Er beklagte sich, daß er, als Gründungsmitglied des Clubs…"
„…von den Arabern ausgebootet wurde", vervollständigte ich ihren Satz.
Hélène seufzte.
„Ich möchte bloß wissen, warum Sie mich losschicken, um Informationen zu sammeln, die Sie schon längst besitzen! Und das auf die Gefahr hin, daß ich meinen guten Ruf verliere."
Ich stopfte meine Pfeife.
„Man muß sich seinen Monatslohn verdienen."
„Apropos Lohn…"
„Sie werden gleich dreitausend bekommen", unterbrach ich sie und hüllte mich in Rauch. „Frauen! Heute morgen mußte ich schon einer tausend Francs geben…"
„Dann war Ihr Mittelsmann also eine Mittelsfrau?"
Ich wies mit meinem Zeigefinger nach oben auf eine imaginäre sechste Etage und sagte:
„Die Schwester des andern."
„Die Schwester des… Also wirklich, eine hübsche Familie!"
„Sieht wirklich nicht schlecht aus, die Kleine", bestätigte ich.
„Im Gegensatz zu ihrem Bruder. Übrigens, was ist Ihrer Meinung nach mit ihm passiert?"
„Na ja… Auf den ersten Blick sieht's nach Unfall aus. Der Kaffee auf dem Herd kocht über und löscht die Gasflamme, und das Gas zischt und zischt… Ausgerechnet zur selben Zeit ist der Junge eingeschlafen. Der Tod überrascht ihn sozusagen im siebten Himmel. Eigentlich ein schöner Tod… Ach ja, das wissen Sie vielleicht noch gar nicht: Roland rauchte eine ganz besondere Tabakmischung…"
Ich fischte die dicke Zigarettenkippe, die im Aschenbecher des Toten gelegen hatte, aus meiner Tasche und legte sie auf den Tisch.
„Haschisch", erklärte ich. „Vielleicht ist er im letzten Mo-

ment wachgeworden – wir haben ihn neben dem Sofa gefunden –, aber da war es schon zu spät. Unfall durch Unvorsichtigkeit oder fahrlässiger Selbstmord."

„Ein Unfall also", wiederholte Hélène, „jedenfalls auf den ersten Blick. Und auf den zweiten, nach einiger Überlegung?"

„Man kann in der Tat über eine Menge Merkwürdigkeiten philosophieren. Zum Beispiel über das geschlossene Fenster und die Stoffwurst vor der Tür. Auch wenn in diesem Jahr der April mehr ein März ist, kann man sich fragen, ob der Student wirklich so verfroren war. Und dann die seltsame Art, seinen Kaffee zuzubereiten..."

„War's echter Kaffee?"

„Ja, aufgebrüht wie Ersatzkaffee. So ein Sakrileg! Mir als Kaffeetrinker kommen dabei die Tränen. Auch über seine Unvorsichtigkeit kann man sich wundern. Zünde nie deinen Gasherd an, wenn du dich auf den Weg ins Künstliche Paradies machst! Das ist eine alte goldene Kifferregel. Ja, man kann über eine Menge philosophieren."

„Und Selbstmord?"

„Kaum. Sich dem Willen der schwarzen Brühe zu überlassen, um die Reise in eine bessere Welt anzutreten, heißt, den Zufall als Henker zu wählen. Sicher, der Kaffee wird überkochen und die Flamme löschen; aber er kann auch die Löcher verstopfen, durch die das Gas entweicht, und damit die Selbstmordpläne durchkreuzen. Und dann das Fenster! Es kann noch so dicht schließen, ein Verzweifelter gibt sich nicht damit zufrieden. Selbstmordkandidaten sind nach meiner Erfahrung umsichtiger. Sie würden alle Ritzen mit Klebestreifen abdichten. Roland hat das nicht getan. Weiter: Nur die Verbindungstür zur Küche war geschlossen. Die Stoffrolle alleine sollte verhindern, daß der Geruch nach außen drang. Sie hat's nicht verhindert, sonst hätten Sie den Geruch nicht wahrgenommen. Außerdem habe ich nichts gefunden, was wie ein Abschiedsbrief aussah. Ein Abschiedsbrief jedoch, damit erzähle ich Ihnen nichts Neues, gehört zur Grundausstattung eines Menschen, der freiwillig aus dem Leben zu scheiden gedenkt."

„Eine Art Naturgesetz, ja", stimmte mir Hélène zu. „Nichts davon..."

„...war in unserem Fall zu finden, nein. Und noch eine andere Gewohnheit zeichnet Selbstmörder aus: Sie verbarrikadieren sich geradezu, um eventuelle Rettungsaktionen zu verzögern – was sie manchmal wohl im nachhinein bedauern. Rolands Wohnungstür war nicht mal abgeschlossen, nur mit einem Riegel gesichert. Ein eher dürftiger Schutz gegen unbefugtes Eindringen. Aus all diesen Gründen", schloß ich, „schließe ich Selbstmord aus."

„Es gibt noch eine andere Möglichkeit", sinnierte Hélène nach einer kurzen Denkpause.

Ich warf ihr einen Seitenblick zu.

„Mord? Daran habe ich auch schon gedacht, halte es aber für unwahrscheinlich wegen des Riegels. Man müßte einen Draht zwischen Tür und Rahmen schieben, um von außen den Riegel in die Fassung zu ziehen. Ich habe mir die entsprechende Stelle genau angesehen. Da paßt kein Haar hindurch! Außerdem verlangt eine solche Übung viel Geschick und noch mehr Zeit, was die Chance, überrascht zu werden, erhöht... Nein, Sie können Ihre Vermutungen vergessen."

„Meine Vermutungen gingen gar nicht in diese Richtung", widersprach Hélène. „Ich dachte eher an einen vorgetäuschten Selbstmord, aus dem dann Ernst wurde."

„Einen Selbstmord mit dem Ziel, jemanden moralisch zu erpressen?"

„Ja. Die Inszenierung war zu perfekt, und nun ist der moralische Erpresser tot."

„Aber in dem Fall hätten wir einen Abschiedsbrief gefunden", beharrte ich. „Gerade in dem Fall! Und irgendein Freund wäre uns über den Weg gelaufen, mit dem Roland sich zu einer bestimmten Uhrzeit zu Hause verabredet hätte. Ein Freund, der sich verspätet hätte. Ein Freund, der zum Zeugen hätte werden sollen... und zum Retter."

„Es gibt Leute, die einen versetzen, nicht wahr?"

„Und andere, die vom Pech verfolgt werden? Natürlich.

Der lebende Roland auf dem Foto sah so aus, als wäre er so einer gewesen. Aber Selbstmord hin und her, vorgetäuscht oder nicht, ein Abschiedsbrief gehört dabei zur Dekoration. Nein, die plausibelste Erklärung ist die eines Unfalls. Eines dummen Unfalls wie alle Unfälle, zufällig in dem Augenblick, als ich damit beauftragt wurde, dem jungen Mann die Flausen auszutreiben. Ein zufälliger, dummer Unfall... Ich glaube übrigens nicht, daß die gesellschaftliche Stellung und der Gesundheitszustand des alten Flauvigny eine andere Version zulassen."

„Sie wollen die Unfallthese vertreten, auch wenn sie falsch ist?"

„Vielleicht."

„Dem jungen Mann die Flausen auszutreiben! Der Alte wird finden, daß Sie sich der Aufgabe ziemlich gründlich entledigt haben."

„Das glaube ich allerdings auch. Er ist imstande, das gezahlte Honorar von mir zurückzuverlangen."

„Brrr... Geben Sie mir schnell den versprochenen Lohnabschlag, bevor's zu spät ist."

Ich gab ihr drei Scheine, und sie schob sie in ihre Jackentasche.

„Ach!" rief sie. „Das hab ich ganz vergessen... Möchte wissen, was das ist."

Sie ließ ein Plastikstück auf ihrer Handfläche hin und her rollen. Ein graues Röhrchen, ungefähr einen Zentimeter lang.

„Das lag zwischen Tür und Fußmatte", erklärte sie. „Als ich mich bückte, um den Geruch zu lokalisieren, hab ich's gefunden und aufgehoben."

Ich nahm das Plastikstück in die Hand. Es kam mir irgendwie bekannt vor. Hélène meinte, es könne zu einer Stricknadel gehören. Ich schüttelte den Kopf.

„Nein... Ich hab's! Das ist das Plastikende eines Schnürsenkels, mehr nicht."

Ich dachte schnell und heftig nach.

„Gut, daß Sie's aufgehoben haben."

Sie zwinkerte mir listig zu.

„Spricht das nun für oder gegen die Selbstmord- oder die Unfallthese?“

Das Taxi fuhr langsamer. Der Chauffeur entzifferte die Nummern der Häuser, an denen wir vorbeifuhren. Wir waren am Ziel unserer Reise angelangt. Das enthob mich einer Antwort.

„Bewahren Sie das Plastikstück auf, und fahren Sie ins Büro“, sagte ich nur. „Reboul hat vielleicht Informationen über Mercadier. Passen Sie gut aufs Telefon auf, ich werde Sie anrufen... falls ich was zu erzählen habe. Voraussichtlich ist meine nächste Begegnung mit Flauvigny gleichzeitig die letzte und das Ende unserer Geschäftsbeziehung. Ich werd schon dafür sorgen...“

Meine Sekretärin lächelte.

„Dieser Fall ist aufregend und verdient ein entsprechendes Ende“, sagte sie doppeldeutig. „Schon zwei Tote!“

„Ja, das macht Appetit auf mehr.“

Das Taxi hielt.

„Auf Wiedersehen, Hélène.“

Ich stieg aus. Der Wagen fuhr an. Ich winkte und sagte noch einmal:

„Wiedersehn, Hélène.“

„Wieders... Verdammt!“

Sie streckte ihren Kopf durchs Fenster und blitzte mich wütend an. Ein köstlicher Anblick. Der Wind zerzauste ihr Haar.

„He, soll das heißen, daß ich das Taxi bezahlen muß?“

Ich nickte. Das Taxi entfernte sich.

Ich blickte an der Fassade des Hauses hoch, vor dem ich stand. Mit seinen vier häßlichen Etagen war es bestimmt der Schandfleck dieses schicken Viertels. Es sei denn, es war unter Denkmalschutz gestellt worden. Doch danach sah es nicht aus. Ich nahm mir vor, mich später danach zu erkundigen, und ging hinein.

Wie sein Kollege in der Rue Tournefort wohnte Dr. Péricat

in der dritten Etage. Gehörte das auch zu den Verpflichtungen des hippokratischen Eides?

„Mein Name ist Nestor Burma“, sagte ich zu dem Mann im kanonischen Alter, der mir die Tür öffnete. „Dr. Péricat erwartet mich.“

Der Mann ließ mich eintreten und führte mich sofort zu dem Arzt. Péricat war ungefähr fünfzig und sah ernst, sympathisch und verständnisvoll aus. Er trug eine Hausjacke, die vom häufigen Gebrauch an den Ellbogen fast weiß, und einen Schnurrbart, der vom Tabakmißbrauch an den Spitzen fast gelb war. Als behandelnder Arzt des reichen Gérard Flauvigny schien er es nicht zu verstehen, anderen Patienten das Geld aus der Tasche zu ziehen. Ich nahm mir fest vor, ihn bei dieser Art Übung zu übertreffen.

Dr. Péricat musterte mich neugierig. Von Zeit zu Zeit warf er einen Blick auf das Telefon, das in seiner Reichweite auf dem Schreibtisch stand. Seine Neugier war entschuldbar. Solche Anrufe wie meinen eben erhielt er bestimmt nicht oft. Ich zauberte meine Visitenkarte hervor und reichte sie ihm. Er forderte mich auf, Platz zu nehmen.

„Unser gemeinsamer Klient, Gérard Flauvigny“, begann ich, „hat mich heute morgen damit beauftragt, seinen Sohn Roland zu... äh... beobachten. Kennen Sie ihn? Ich meine den Sohn.“

„Ja, ja.“

„Monsieur Flauvigny machte sich Sorgen über den Umgang seines Sprößlings. Ich wollte sobald wie möglich mit dem Jungen reden, kam aber nicht dazu. Tote reden nicht... Ich meine immer noch den Sohn.“

Der Arzt erbleichte.

„Was?“ rief er entsetzt. „Ro... Roland Flauvigny ist tot?“

„Ja, ja“, sagte ich nun meinerseits. „Er liegt in seiner Wohnung. Ich möchte Sie bitten, seinen Tod festzustellen.“

Er stützte seine Hände auf dem Schreibtisch auf, wobei er einige Papierstücke durcheinanderbrachte, und senkte den Kopf, so als hebe er mit seinem gekrümmten Rücken eine Lokomotive an. Dabei ging es ihm nur darum, sich aus seinem Sessel zu erheben. Er mußte älter sein, als er aussah, und nun seinerseits der Behandlung durch seine Kollegen bedürfen. Ich bremste seinen Elan mit einer Handbewegung.

„Kein Grund zur Eile, Monsieur. Roland ist sowieso tot. Ich kann einen Toten von jemandem unterscheiden, der zum Autobus läuft."

Ich berichtete, wie ich die Leiche gefunden hatte.

„Es handelt sich um einen Unfall, um einen vorgetäuschten Selbstmord, bei dem aus Spaß Ernst wurde, oder um einen echten Selbstmord", dozierte ich, um das Vertrauen des Arztes zu gewinnen und ihn ein wenig wachzurütteln. Er drohte nämlich, mitten in der Bewegung einzuschlafen, über seinen Schreibtisch gebeugt.

„Vielleicht handelt es sich aber auch um ein Verbrechen", fügte ich hinzu.

Das Zauberwort wirkte.

„Ein Verbrechen?" rief Péricat.

„Nach reiflicher Überlegung glaube ich nicht daran. Monsieur Flauvigny hat mich zu äußerster Diskretion verpflichtet und mir versichert, daß ein Toter nicht vorgesehen sei. Wir müssen also behutsam vorgehen. Ich nehme an, es wird ein verdammter Schock für ihn sein."

Georges Péricat ließ sich wieder in seinen Sessel plumpsen.

„Ein furchtbarer Schock", sagte er mit veränderter Stimme. „Das wird seinen Zustand verschlimmern, fürchte ich. Aber warum... warum haben Sie mich vor ihm informiert?"

Sein unruhiger Blick kam mir plötzlich vertraut vor.

„Ich halte es für besser, wenn Sie ihm die Hiobsbotschaft überbringen", sagte ich. „Wenn er umkippt und ich alleine mit ihm bin, kann ich ihm kaum helfen."

„Ich... Ich verstehe", murmelte der Arzt verständnisvoll.

Nachdenklich rieb er sich das Kinn und versuchte dann, seine Falten auf der Stirn glattzustreichen. Ohne Erfolg. Sie hatten sich schon vor langer Zeit eingegraben.

„Ich verstehe", wiederholte er.

„Haben Sie ein Auto?“ erkundigte ich mich.
„Ja.“
„Wir fahren zu Roland. Sie stellen seinen Tod fest. Dann fahren wir zu Monsieur Flauvigny. Bestimmt finden Sie die richtigen Worte...“
„Und die Polizei?“
„Die wollen wir mal schön in Ruhe lassen. Flauvigny macht eine üble Zeit durch. Wenn die Nachricht vom Tode seines Sohnes ihn nicht umbringt, soll er selbst entscheiden. Er hat mich unter anderem auch für meine Diskretion bezahlt.“
„Sehr gut“, murmelte Péricat nach einer kurzen Pause, in der er mit sich selbst gerungen hatte. „Sehr gut.“
Mühsam stand er auf, drehte mir den Rücken zu und fing an, verschiedene Gegenstände auf dem marmornen Kaminsims zurechtzurücken.
„Ich bin ein alter Freund von Flauvigny. Schon seit rund zwanzig Jahren. Ich hoffe nicht, daß er mich bitten wird, gegen meine beruflichen Verpflichtungen zu verstoßen.“
Er drehte sich um.
„Entschuldigen Sie mich einen Augenblick“, sagte er und wies auf seine Hausschuhe.
Er ging aus dem Zimmer. Ich hörte, wie er durch den Flur schlurfte und dann mit seiner Haushälterin sprach. Als er zurückkam, hatte er die Jacke gewechselt, trug einen Hut und Straßenschuhe und hielt ein kleines Köfferchen in der Hand.
„Ich bin bereit, Monsieur Burma“, sagte er.
Sein Atem verriet mir, daß er sich heimlich eine ordentliche Portion Rum genehmigt hatte.
Wir gingen hinunter. Ein paar Meter weiter befand sich seine Garage. Er setzte sich ans Steuer, und ich fuhr den Weg zurück, den ich soeben in entgegengesetzter Richtung gekommen war.
„Man braucht uns nicht unbedingt zu bemerken“, sagte ich, als wir die Place Lucien-Herr erreicht hatten. „Besser, wir steigen hier aus und gehen den Rest zu Fuß weiter.“
Er gehorchte wortlos, warf mir nur einen seiner erstaunten

Blicke zu, an die ich mich so langsam zu gewöhnen begann. Bestimmt war ihm noch nie ein Privatdetektiv so nahe gekommen. Vielleicht rechnete er damit, daß gleich der Wecker klingeln und man ihm das Frühstück ans Bett bringen würde.

In der Rue Tournefort ließen wir uns vom Aufzug in die fünfte Etage bringen. Um die Concierge und ihren Ableger kümmerten wir uns nicht, und sie kümmerten sich auch nicht um uns. Oben herrschte die für die sechste Etage wohl typische Totenstille.

Ich steckte den Schlüssel ins Schloß, drehte ihn herum... und sofort wurde es interessant: Die Tür ließ sich nicht ohne weiteres aufschieben. Jedoch nicht die Zugluft verhindernde Stoffrolle bildete das Hindernis.

„Was ist das?" fragte mein Begleiter besorgt und mißtrauisch. „Ist von innen abgeschlossen?"

„Eben bei meinem ersten Besuch war der Riegel vorgeschoben", antwortete ich. „Und jetzt ist er anscheinend ebenfalls an seinem Platz."

Ich drückte kräftig. Die Tür öffnete sich mit einem leisen Geräusch. Wir betraten die Wohnung.

Der Doktor ging sogleich in das Zimmer, in dem der Tote in ewiger Ruhe auf seinem Bettvorleger lag. Ich erinnerte den Arzt daran, daß er nichts berühren dürfe. Ich hatte ihn nicht hierher mitgeschleppt, damit er ein Durcheinander anrichtete. Er sollte sich nur vergewissern, daß ich ihm kein Märchen aufgetischt hatte und mich nicht aus Sparsamkeitsgründen von ihm nach Sceaux chauffieren lassen wollte.

Während er die Leiche untersuchte, tat ich das gleiche mit dem Riegel. Seit meinem letzten Besuch hatte sich an ihm nichts verändert. Enttäuscht ließ ich den Türvorhang fallen, den ich zur Seite geschoben hatte. Der Vorhang war, offensichtlich von einem Amateur, schief angebracht worden und brauchte eine Weile, bis er die gesamte Türfläche bedeckte. Dabei hakte sich der Stoff an dem Riegel fest und schob ihn in die Fassung. Ich wiederholte das Experiment mehrmals, um mich davon zu überzeugen, daß sich der Vorgang immer genauso wiederholte. Komisch, daß Roland – zu Lebzeiten – nichts dagegen unternommen hatte. Schließlich ist es ziemlich lästig, wenn man beim Nachhausekommen jedesmal einbrechen muß!

„Aha!“ hörte ich Péricats heisere Stimme hinter mir krächzen. „So schiebt sich also der Riegel vor, hm?“

„Haben Sie geglaubt, Roland wäre vorübergehend wiederauferstanden, um sich zu verbarrikadieren?“ gab ich zurück.

Die irgendwie vertrauten Augen des Arztes nahmen nach und nach die Form und die Größe von Lottokugeln an. Noch so eine Kraftanstrengung seines Hirns, und sie würden aus ihren Höhlen fallen. Dann nahm sein Gesicht einen tieftraurigen Ausdruck an, was auf sein Beisammensein mit dem Toten zurückzuführen war.

„Kein Zweifel an seiner Identität?“ fragte ich.

„Kein Zweifel. Es ist Rol...“ Er schluckte. „Roland Flauvigny... Großer Gott!“ rief er. „Wie ist das Ihrer Meinung nach passiert?“

Ich hatte ihm zwar schon in seinem Arbeitszimmer meine Hypothese dargelegt, aber die Fügsamkeit, mit der er mir bis hierher gefolgt war, mußte belohnt werden. Gleichzeitig sollte er Gelegenheit bekommen, einen Privatflic bei der Arbeit zu bewundern. Ich hielt also wieder meinen kleinen Vortrag und veranschaulichte das Ganze mit den Beweisstücken: Gasherd, Wassertopf, schwarze Brühe. Natürlich ohne etwas anzufassen und mit der Ermahnung an ihn, meinem Beispiel zu folgen.

„Warum beharren Sie so sehr darauf?“ wollte er wissen. „Denken Sie an... an ein Verbrechen?“

„Unfall, Monsieur, Unfall. Ihr Freund würde keine andere Version ertragen. Und jetzt auf zum letzten und schwersten Akt! Wir müssen es dem Alten beibringen. Fahren wir!“

Wir gingen zum Wagen zurück und fuhren in Richtung Porte d’Orléans.

„Armer Junge!“ bemitleidete Péricat den Toten, als wir an dem Löwen von Belfort vorbeifuhren. „Woher wußte Flauvigny eigentlich, daß sein Sohn in schlechte Gesellschaft geraten war?“

„Von seiner Tochter, glaub ich.“

„Ach!“

Die Hände am Lenkrad zitterten ein wenig. Während der restlichen Fahrt wechselten wir kein Wort mehr miteinander.

7
Aufforderung zum Tanz

Zum zweitenmal stand ich heute in der Eingangshalle der Villa des alten Industriellen. Und wieder leisteten mir nur die blankgeputzten Ritterrüstungen Gesellschaft. Auf einem Brustharnisch blinkte die untergehende Sonne, die sich noch einmal so richtig zeigen wollte. Pfeife im Mund, durchmaß ich die riesige Halle, die die Dimension einer Kathedrale besaß. Ich war ungeduldig zu erfahren, wie es weitergehen würde. So richtig konnte ich mir's nicht vorstellen.

Es ging auf sieben Uhr zu. So langsam meldete sich mein Magen. Ich ermahnte ihn, sich noch ein wenig in Geduld zu üben; denn es war wenig wahrscheinlich, daß Flauvigny mich zum Abendessen einladen würde. Im Moment hatte der Hausherr andere Sorgen als die, den perfekten Gastgeber zu spielen. Bewacht von seinem Leibarzt, lag er in seinem Schlafzimmer und erholte sich sowohl von der Aufregung als auch von der Beruhigungsspritze.

Die Stille des vornehmen Hauses wurde um Punkt sieben unterbrochen. Einerseits von einer Standuhr im Zimmer nebenan, die ihrer Aufgabe nachkam; andererseits von Dr. Péricat, der oben auf der Treppe erschien. Langsam, Stufe für Stufe, kam er herunter, mit ernster Miene, wie in einem Theaterstück. Hätte er mir mitgeteilt, daß sein Patient das Zeitliche gesegnet habe, wäre ich nicht übermäßig verblüfft gewesen. Doch Georges Péricat versuchte weder, mich zu verblüffen noch mich nicht zu verblüffen.

„Er ruht sich aus", sagte er, als er vor mir stand. „Das Beruhigungsmittel tut seine Wirkung. In ..." Er sah auf die Uhr. „Sagen wir, in einer halben Stunde, also etwa um halb acht, wird er mehr oder weniger wieder auf dem Damm sein. Ich werde bei ihm bleiben. Bei seinem Herzen kann man nie wissen... Es könnte ihm einen Streich spielen."

Er nahm den eisernen Handschuh einer Rüstung in die Hand, so als wollte er dem Ritter den Puls fühlen. Jetzt stand er wieder mit dem Rücken zu mir.

„Er möchte Sie sprechen... Einzelheiten erfahren. Ich weiß nicht, ob das ratsam ist..."

„Auf jeden Fall ist es notwendig für die Fortsetzung meiner Arbeit... oder für die Nicht-Fortsetzung", sagte ich.

Der Ritter hatte eine eiserne Gesundheit. Keine erhöhte Temperatur. Der Arzt ließ die Eisenhand los und drehte sich zu mir um.

„Verstehe", murmelte er und heftete seinen Blick auf eine andere Rüstung, die wohl die Symptome einer unbekannten Krankheit zeigte. „Verstehe."

Seine abwesende Miene sprach eher für das Gegenteil. Offensichtlich lag ihm eine Frage auf der Zunge. Er wußte jedoch nicht, wie er sie herausbringen sollte, und zog es deshalb vor, sie nicht zu stellen. Nach einem Rundblick durch die Ritterhalle bemerkte er:

„Albert hat Ihnen nichts zu trinken gebracht... Was halten Sie von einem Schluck Alkohol?"

„Viel", erwiderte ich. „Aber wie Sie schon so richtig feststellten, hat der gute Albert nichts gebracht, was danach aussähe."

Péricat ging hinaus, um diesem bedauerlichen Notstand abzuhelfen. Wieder schlurften seine Füße über den Boden. Eine verschwenderische Natur hatte sie nach dem größten Modell, das sie auf Lager hatte, angefertigt.

Beinahe sofort war er wieder zurück.

„Gehen wir nach nebenan", schlug er vor.

Wir betraten einen Salon, in dem die schon erwähnte Uhr ihre Stunden abtickte. Kurz darauf erschien Albert, in den Händen ein erfreulich bestücktes Tablett.

„Rum und Martini, Messieurs", verkündete er mit der Stimme eines stilvollen Butlers, der an dem Schmerz seiner Herrschaft Anteil nimmt.

Er stellte das Tablett auf ein kleines Tischchen.

„Ist Mademoiselle Joëlle wieder zurück?" fragte ich ihn.

„Noch nicht, Monsieur."

Er ging hinaus, um sich ein wenig gehenzulassen. Jedenfalls hoffte ich das für ihn. Der Arzt schnappte sich sofort die Rumflasche und bediente sich großzügig.

„Bald werden Sie die gesamte Familie kennen", sagte er.

„Das bringt mein Beruf so mit sich", erwiderte ich ausweichend.

Ich goß mir einen Martini ein, fügte einen Spritzer Wasser hinzu und setzte mich in einen Winkel. Péricat nahm in einem Lehnsessel Platz. Sein Glas war bereits leer. Wortlos saß er da. Ich hatte ebenfalls kein Bedürfnis zu reden. Nur die Standuhr zerhackte die Zeit, Sekunde für Sekunde, Minute für Minute.

Immer noch wortlos zündete sich der Arzt eine Zigarette an und zog nervös an ihr, wie ein Anfänger. Ein Jünger Äskulaps wird nervös, wenn sich der Zustand seines Lieblingspatienten verändert. Sei es, daß er geheilt wird, sei es, daß er die Augen für immer schließt. Das verstand ich sehr gut. Nach einigen Minuten stillen Trinkens kam Albert herein, um nachzusehen, ob wir noch da waren.

„Monsieur hat nach mir geläutet", sagte er zu mir mit der Stimme eines Kommissars vom Morddezernat. „Er wünscht Monsieur zu sprechen."

Folgsam, wie ich bin, stand ich auf. Péricat tat es mir nach, den Blick auf die Uhr gerichtet.

„Erlauben Sie... Ich möchte mich vergewissern, ob es ratsam ist."

Wir gingen hinauf. Ich wartete vor der Tür des Alten, während der Arzt nachsah, ob sein Freund gesprächsbereit war. Nach wenigen Minuten kam er wieder aus dem Zimmer.

„Von mir aus können Sie hineingehen", sagte er resigniert und breitete seine Arme aus. Mit der Geste wollte er wohl ausdrücken, daß er jede Verantwortung ablehne. „Wenn der alte Dickschädel sich was in den Kopf gesetzt hat, kann man es ihm nicht ausreden."

„Keine Angst, Doktor", beruhigte ich ihn lächelnd, „ich werd ihn schon nicht umbringen."

Ich betrat das Krankenzimmer von Gérard Flauvigny.

Den Alten hatte der Tod seines Sohnes furchtbar mitgenommen. Das sah man auf den ersten Blick. Nichts hätte ihn härter treffen können… außer vielleicht die Ernennung eines Arbeiterkomitees zur Überprüfung seiner Konten. Er lag in seinem Bett, das direkt aus dem Lager von Du Barry oder Cécile Sorel zu stammen schien – auf jeden Fall aber aus jener Epoche. Der magere Körper zeichnete sich unter den Decken kaum ab. Blutleer und schweißbedeckt ruhte sein Gesicht in den Kissen, glänzend wie eine Messerklinge und genauso spitz. Mit den dunkelbraunen Ringen unter seinen fiebrigen Augen sah Flauvigny mehr denn je wie ein Raubvogel aus.

„Na, Nestor Burma?" begrüßte er mich. „Sie sind ein hervorragender Detektiv, was?"

Seine Stimme war schwach, ganz anders als heute morgen; aber noch stark genug, um eine gehörige Portion Sarkasmus zu verteilen.

„So wird behauptet, ja", erwiderte ich mit Engelsgeduld.

Er nahm all seine Kräfte zusammen und krächzte:

„Ein Detektiv oder ein Sargträger?"

Ich stand mitten im Zimmer und atmete tief durch.

„Ein Detektiv, den die Ereignisse manchmal in einen Sargträger verwandeln. Zum Beispiel dann, wenn man ihn zu spät anruft. Es gibt viele Kranke, die so lange zögern, den Arzt kommen zu lassen, daß der dann nur noch…"

„Lassen Sie mich doch mit den Ärzten in Ruhe! Ich…"

Er war mir unhöflich ins Wort gefallen. Ich paßte mich seinen Umgangsformen an.

„Unten sitzt einer", unterbrach ich den Hausherrn. „Wenn Sie sich weiter so aufregen, muß er wieder eingreifen. Also, beruhigen Sie sich lieber und sagen Sie mir, was ich tun soll!"

Er schnaufte wie ein Walroß, wischte sich mit einem Taschentuch die Stirn ab und lag eine Weile mit geschlossenen

Augen und offenem Mund da. Endlich fand er seine Sprache wieder.

„Sie sollten mir eigentlich etwas erzählen", knurrte er. „Ich will alles wissen, was... was... Los, fangen Sie an! Ich bin keine Mimose, die nichts vertragen kann. Ich bin stark genug, um mir anzuhören, was Sie zu sagen haben."

„Um so besser, Monsieur", sagte ich und setzte mich auf einen Stuhl. „Also dann... folgendes..."

Als ich meinen Bericht beendet hatte, herrschte tiefes Schweigen. Der Greis brach es als erster.

„Sie haben Roland... tot in seiner Wohnung gefunden", stammelte er, die Augen fest auf die Musselingardinen vor dem Fenster geheftet.

Ich nickte nur stumm. Mir schien, ich hatte ihm so etwas Ähnliches zu verstehen gegeben.

„Er hatte geschlafen, sagen Sie... Was hatte er am Nachmittag zu schlafen? Er hat wohl ein lustiges Leben geführt, der Bengel!"

„Ich habe Ihnen noch nicht gesagt, daß... Ich wollte Sie nicht zu sehr strapazieren..."

Gérard Flauvigny wurde wieder Chef von Gottes Gnaden.

„Ihr Zögern strapaziert mich mehr als alles andere, Burma. Spucken Sie's aus!"

„Ich habe Erkundigungen über den *Club Antinéa* eingeholt. Es werden dort Geschäfte getätigt, verschiedene Geschäfte..."

Der Alte verdoppelte seine Aufmerksamkeit.

„Vor allem mit Drogen", beendete ich endlich meinen Satz.

Der Chef von Gottes Gnaden sah ein, daß er hier nichts zu suchen hatte. Er schlich sich davon und ließ nur noch einen leidgeprüften Vater zurück, der sein Gesicht im Kopfkissen barg und flüsterte:

„Aha! Und Roland..."

„Ja. Er stand unter Rauschgift, als die Gasflamme ausging."

Gérard Flauvigny fuhr sich mit dem Zeigefinger über seinen Nasenrücken, so als prüfe er nach, ob die Messerklinge scharf war. Dann wischte er sich wieder den Schweiß von der Stirn, diesmal mit einem anderen Taschentuch, da das erste nicht mehr zu gebrauchen war. Als nächstes kamen die feuchten Hände an die Reihe. Ich nahm den sauren Schweißgeruch wahr.

„Was für Drogen?“ fragte er schließlich.

„Haschisch unter anderem. Vielleicht auch Meskalin und Kokain. Die ganze Palette. Na ja, Dreck eben.“

Er atmete aus wie ein Reifen, aus dem die Luft entweicht. Seine Augen verloren sich an der Decke und fanden sich am Gesims rechts oben wieder.

„Erzählen Sie noch mal, wie das passiert ist.“

Entweder wollte er sich abhärten oder vor Kummer sterben. Und das in meiner Anwesenheit, um mich als Überbringer der Hiobsbotschaft zu bestrafen. Ja, und? Sollte er wirklich vor meinen Augen abkratzen, wäre er eben der dritte Tote des Tages. Ich lebe von Leichen wie er von dem beschwerlichen, sparsamen Leben seiner Arbeiter.

Ich erzählte das Ganze noch einmal und ließ ihm dann Zeit, die zweite Ausgabe meines Berichts zu verdauen.

„Und jetzt“, schlug ich nach einigen Minuten vor, „überlegen Sie sich bitte, was Sie zu tun gedenken.“

„Zu tun gedenken?“ wiederholte er. „Ich?“

„Ja, Sie! Wollen Sie die Polizei benachrichtigen, oder soll ich das erledigen? Wünschen Sie, daß ich Ihnen einen Teil des gezahlten Honorares zurückzahle? Zwanzig Riesen, um zu Ihrem Sohn zu gehen, seinen Tod festzustellen und Sie davon zu unterrichten... Sie könnten den Eindruck gewinnen, bestohlen worden zu sein.“

Er machte eine müde Handbewegung.

„Behalten Sie’s... Und tun Sie, was getan werden muß. Aber verhindern Sie das Schlimmste... den Skandal...“

„Es wird keinen Skandal geben“, versprach ich ihm. „Es war ein... Unfall.“

Er runzelte die Stirn.

„Sie scheinen daran zu zweifeln“, sagte er.

„Nun, mir sind zwei oder drei Merkwürdigkeiten aufgefallen."

Er wollte nicht wissen, was genau mir aufgefallen war.

„Lassen Sie's gut sein, Burma", sagte er barsch. „Ich will keine Komplikationen. Ich dachte, Sie hätten das verstanden. Keine Ermittlungen, keine Polizei. Der Tod meines Sohnes, das ist... das ist schon mehr, als ich verkraften kann. Lassen wir's damit gut sein."

Das sollte mir gut und recht sein.

„Sie haben Ihren Sohn wohl sehr geliebt, nicht wahr?" fragte ich im Ton des falschen Trösters. „Er war Ihr Lieblingskind, stimmt's?"

„Ja. Warum?"

„Warum? Das werden Sie doch wohl besser wissen als ich."

Er schlug mit der Faust auf seine Decken, als wär's ein Schreibtisch.

„Ich frage Sie nicht nach den Motiven für meine Vorlieben!" versuchte er zu brüllen. „Ich möchte wissen, warum Sie diese Frage stellen!"

„Nur so. Um etwas zu sagen. Entschuldigen Sie, daß mir nichts Intelligenteres eingefallen ist." Ich erhob mich. „Ich fahre jetzt nach Paris zurück, um alles im Interesse aller zu erledigen. Sie, Monsieur Flauvigny, haben mich hier nicht gesehen, verstanden? Und überzeugen Sie auch Dr. Péricat davon. Wenn die Polizei nämlich erfährt, daß wir uns gewissermaßen abgesprochen haben, könnte sie auf krumme Gedanken kommen."

„Gibt es denn einen Grund, auf krumme Gedanken zu kommen?"

„Nein."

Ich streckte ihm meine Hand hin.

„Auf Wiedersehen, Monsieur. Unsere geschäftliche Beziehung war leider nur von kurzer Dauer und..."

Er übersah meine Hand.

„Einen Moment noch, Burma... Wie... Wie lag er da, neben seinem Bett?"

„Tot, Monsieur. Ich möchte Sie nicht mit einer detaillierten Beschreibung quälen."

„Ich bin erledigt, was?" krächzte er. „Das wollen Sie doch damit sagen, oder? Ich kann nichts mehr verkraften, hm?"

„Ich will gar nichts damit sagen", widersprach ich und sah ihn vielsagend an. „Rufen Sie den Doktor zu sich. Er kann Ihnen mehr nützen als ich. Mein Geschwätz regt Sie nur auf und erschöpft Sie. Auf Wiedersehen, Monsieur. Sollte sich etwas Neues ergeben..."

Ich ließ den Satz in der Schwebe.

„Was sollte sich denn ergeben?" fragte der Alte.

Ich schlug mir gegen die Stirn.

„Stimmt, ich bin blöd! Ich dachte nur, da ich alles in die Wege geleitet habe, um mich in den *Club Antinéa* einführen zu lassen, werde ich auch hingehen. Man soll Kenntnisse sammeln, wenn sich die Gelegenheit dazu ergibt. Und außerdem", fügte ich hinzu, „ob Unfall oder nicht, jemand ist für den Tod Ihres Sohnes verantwortlich. Diejenigen nämlich, die ihn mit Rauschgift in Berührung gebracht haben. Ohne die Droge..."

Ich hob die Schultern. Keine Ahnung, woher ich den verächtlichen Tonfall hernahm, aber als verächtlicher Tonfall war er nicht zu verachten. Ich ging aufs Ganze, auch wenn der Alte dabei draufgehen sollte.

„Ich denke auch an Ihren Ruf, Monsieur", fuhr ich fort, „an Ihren Ruf als harter Bursche. Hart sind Sie allerdings nur armen Leuten gegenüber. Ich weiß, wie Sie Ihre Arbeiter bezahlen, Monsieur! Hab früher mal bei Ihnen in den *Tréfileries de la Seine* gearbeitet... Wenn man Ihnen aber ein paar Ihrer Fabriken wegnimmt und verstaatlicht, bleibt nichts mehr von dem harten Burschen übrig. Und man kann auch mit Ihrem Sohn spielen, bis er tot ist. Das läßt Sie nicht kalt, aber Sie sind völlig von der harten Rolle. Ich dachte nämlich auch, Sie wollten Rolands Tod rächen, Sie wären's leid, daß man Ihnen auf der Nase rumtanzt, Sie wollten zeigen, daß man nicht ungestraft einem Flauvigny an die Karre pinkelt... Aber jetzt denke ich, daß Sie recht haben: Sie sind erledigt, Sie verkraften nichts mehr, Sie lassen sich alles bieten. Sie sehen, Monsieur, wenn ich erst mal anfange zu denken, höre ich nicht mehr auf."

Plötzlich verfärbten sich die Wangen des Kranken. Es war wie die Liebkosung einer Welle, die über den glühendheißen Sand eines sonnengeplagten Strandes leckt. Sogleich wich die Farbe wieder aus seinem Gesicht, aber seine Augen blitzten. Kummer, Verschlagenheit und Wut flammten in ihnen auf. Ich glaubte, er würde aufspringen und mich beißen. Doch dann lächelte er mich nur an. Ein grauenhaftes Lächeln, das mich allerdings freute. Mir schien, als verwandle sich das Bett aus dem Hause Du Barry in einen Schreibtisch samt grüner Schreibunterlage und Akten. Und Flauvigny, der erbarmungslose Gérard Flauvigny, riß sich hier eine Fabrik, dort ein Aktienpaket unter den Nagel, wobei er seinen Konkurrenten nicht das Schwarze darunter und seinen Arbeitern nicht die Butter auf dem Brot gönnte. Vor meinen Augen verwandelte sich der schwache Greis wieder in einen reißenden Wolf – und das war für den kleinen Nestor mit der Lammfelljacke vielleicht gar nicht so schlecht.

„Verdammt nochmal, Burma!" zischte er. „Raus mit der Sprache! Wenn Sie schon mal angefangen haben zu denken... Was würden Sie an meiner Stelle tun?"

„Roland hat sich das Rauschgift im *Antinéa* beschafft. An Ihrer Stelle würde ich einen Privatdetektiv – da Sie schon mal einen an der Hand haben – zu den Arabern schicken, um sich da ein wenig umzusehen und die Bande hier und da ein wenig zu piesacken. Das wäre der schönste Kranz, den ein Vater auf den Sarg seines Sohnes legen könnte. Die beste Art, sein Andenken in Ehren zu halten."

Er wägte das Für und Wider meines Vorschlags so lange ab, wie es die Idee verdiente. Dann musterte er mich durch die engen Schlitze seiner halbgeschlossenen Lider und stieß hervor:

„Abenteuerlust, wie?"

„Große, ja."

„Und imstande, sich auf den Tanz einzulassen, nur so, aus Spaß an der Freude?"

Ich gab keine Antwort. Spaß an der Freude? Davon konnte wirklich keine Rede sein.

Flauvigny ließ sich in die Kissen zurücksinken und schloß wieder die Augen. Er schwieg eine Weile, um nachzudenken und frische Kräfte zu sammeln. Dann schien er zu einem Entschluß gekommen zu sein.

„Da die Dinge nun mal so liegen", flüsterte er, „arbeiten Sie weiterhin für mich! So kann ich wenigstens sicher sein, daß Sie nichts unternehmen, was mir schaden könnte."

Er hob seine bleischweren Lider.

„Ich bin härter, als Sie glauben, Burma."

Seine Lippen verzogen sich zu einem boshaften Grinsen.

„Wenn Sie bei mir gearbeitet haben, werden Sie's wissen... Ich hatte bereits eine ähnliche Idee, war mir jedoch nicht sicher, wie ich die Polizei aus dem Spiel lassen könnte..."

„Zum Teufel mit den Polypen!" rief ich. „Würde ich mir so was ausdenken, wenn man sie nicht links liegenlassen könnte? Es geht nicht darum, die Gangster vors Gericht zu bringen. Zahlen sollen sie, auf die eine oder andere Art, für das Leid, das sie Ihnen zugefügt haben. So was macht man unter sich aus, sozusagen im Kreise der Familie!"

„Sehr gut", stimmte er mir zu. „Und das alles aus Spaß an der Freude?"

„Ach, wissen Sie! Spaß, Freude... Ich werde Ihnen eine Rechnung schreiben... müssen..."

Flauvigny brach in ein schauerliches Lachen aus, kurz, höchst unangenehm, und wies auf seinen Mahagonischreibtisch. Auf die stumme Einladung hin näherte ich mich dem Möbelstück.

„Rechte Schublade", sagte mein Auftraggeber.

Für einen Detektiv war es eine sehr verführerische Schreibtischschublade. Außer einigem Papierkram enthielt sie eine Brieftasche und einen großkalibrigen Revolver mit Schalldämpfer. Ich weiß nicht, ob die Waffe geladen war. Die Brieftasche jedenfalls sah dick und rund und somit gut gefüllt aus. Und das war das einzige, wofür ich mich im Augenblick interessierte. Auf Flauvignys Anweisung hin gab ich sie ihm. Er fischte Banknoten im Werte von rund dreißigtausend Francs heraus und gab sie mir mit der Bitte, ordentlich aufzuräumen (bei den Arabern) und keine Mühen zu scheuen: Es gebe noch mehr davon (von den Scheinen), wenn ich den Auftrag zu seiner Zufriedenheit ausführen würde. Ich ließ das Geld in meine Tasche gleiten. Dieses Haus wurde immer attraktiver, je häufiger man es besuchte.

„Ich muß den Arabern so richtig Dampf machen können", sagte ich, um zu rechtfertigen, warum ich gleich zu Anfang von Geld gesprochen hatte.

Doch Flauvigny verlangte überhaupt keine Erklärungen von mir. Er schob seine Brieftasche unters Kopfkissen und tat beinahe das gleiche mit seinem spitzen, schweißnassen Gesicht. Mit einer erschöpften Geste verabschiedete er mich.

„Sagen Sie dem Doktor, er soll raufkommen", murmelte er.

„Ja, Monsieur. Auf Wiedersehen."

Der Arzt vertrieb sich die Wartezeit damit, die Rüstungen unten in der Halle unter die Lupe zu nehmen.

„Nun?" fragte er.

„Die Unterredung hat ihn angestrengt. Sie sollen zu ihm kommen..."

Ich gab ihm die Hand.

„Wiedersehn, Doktor. Ich muß mich wohl nach einer anderen Fahrgelegenheit umsehen, um nach Paris zurückzukommen, nicht wahr?"

„Ja, ich bleibe lieber bei Gérard."

Er sah mich fragend an.

„Und die Polizei...?"

„Da hab ich viele Freunde", übertrieb ich maßlos. „Ich werde sie von dem Unfall benachrichtigen und alles regeln. Übrigens, vergessen Sie unsere Begegnung und unsere verschiedenen Spazierfahrten! Das erleichtert mir meine Aufgabe. Mit dieser Drogengeschichte hat Flauvigny genug in der

Hand, um den Verantwortlichen für den Tod seines Sohnes die Flics auf den Hals zu hetzen. Aber er zieht es vor, so wenig Aufhebens wie möglich zu machen und selbst Gerechtigkeit zu üben."

„Selbst Gerechtigkeit zu üben!" rief der Arzt.

„Er ist ein alter Dickschädel, wußten Sie das nicht?"

Ich dachte daran, wieviel Überredungskunst ich gebraucht hatte, um ihn zu diesem Schritt zu überreden, und lachte still in mich hinein.

„Ein alter Narr ist er, jawohl! Was er braucht, ist ein stärkeres Beruhigungsmittel!"

Mit diesen Worten ging Dr. Péricat hinauf, um seine Meinung in die Tat umzusetzen und ihm eine ganze Serie Beruhigungsspritzen zu verabreichen. Ich öffnete die Tür, die in den etwas verwahrlosten Garten führte, gab einer der beiden Lampenträgerinnen einen freundschaftlichen Klaps auf den bronzenen Hintern und ging die Treppe hinunter.

* * *

Wenig später beugte ich mich über den Rand der öffentlichen Mülldeponie von Sceaux. Im Abendlicht, das Kinn auf der Brust, sah ich aus wie eine Figur des *Angelus* von Millet. Fehlte nur noch die Schubkarre, der Kartoffelsack und die Bäuerin an meiner Seite.

Und noch etwas anderes fehlte: Ali Ben Cheffour hatte sein Grab verlassen... und den schrecklichen Gestank gleich mitgenommen. Auch wenn es nicht grade nach frischen Rosen duftete, so war der Unterschied zu heute morgen doch deutlich spürbar.

Ich sagte mir: Wenn man die Leiche des Arabers entdeckt hatte, müßten die Leute in dem nahegelegenen Bistro das Ereignis lebhaft diskutieren. Ich nahm Kurs auf das *Café-Liqueurs.*

Es war ein furchtbar dreckiger Ort. Neben dem Haus, in dem sich die Kneipe befand, stand eine baufällige Hütte, deren Erbauer einem Robinson nie das Wasser reichen konnte.

Als ich das menschenleere Lokal betrat, begrüßte mich ein Schwarm Fliegen. Ich klopfte mit einem Geldstück auf die Theke, um etwas mehr Leben in die Bude zu bringen. Ein schmächtiges Kerlchen kam hinter einem schmutzstarrenden Vorhang hervor. Er sah reichlich degeneriert aus. Sein Gesicht wurde von einer Hasenscharte verunstaltet. Man konnte ihm nur raten, sich während der Jagdsaison zu verstecken...

„..asch ..üsch ..i?" stieß er gestikulierend hervor.

Ich versuchte erst gar nicht, ihn zu verstehen, und bestellte einen Aperitif.

„..a..i..i?"

„Nein, sonst nichts", antwortete ich auf gut Glück.

Wütend, weil ich ihn nicht verstand, warf er mir einen bösen Blick zu. (Hoffentlich brachte das kein Unglück!) Dann hielt er mir eine Flasche Martini unter die Nase.

„A?"

„Ja."

So langsam verstanden wir uns. Er bediente mich, ich zahlte, trank einen Schluck, stopfte meine Pfeife und wartete paffend auf Gäste mit flinkerem Mundwerk. Sie kamen nicht. Ich beschloß, mein Vorhaben aufzugeben.

„Wie heißt das Nest hier?" wandte ich mich an den Inhaber der Kneipe.

Er gab ein paar Mißtöne von sich, was sich anhörte, als würde Wasser aus einem Waschbecken ablaufen.

„Die nächste Metro?" fragte ich weiter.

„U..e..o..a..e."

Vor meinen staunenden Augen schickte er mit einer wegwerfenden Handbewegung seine mühsamen Sprechversuche zum Teufel und stöpselte das Waschbecken wieder zu. Er ging hinter der Theke auf Tauchstation, und als er wieder auftauchte, hatte er keinen Knüppel in der Hand – wie ich befürchtet hatte –, sondern einen zerfledderten Stadtplan, den er vor mir ausbreitete. Stumm zog er mit dem Zeigefinger einen Kreis um den Ort, an dem wir uns befanden: Bagneux, an der

Grenze zu Sceaux. Ich prägte mir den kürzesten Weg zur nächsten Metrostation ein und trank mein Glas aus.

„Wiedersehn", sagte ich und winkte dem armen Kerl freundlich zum Abschied zu.

„... i.. e.. ä", gab er zurück.

„A, e, i, o, u", verbesserte ich ihn.

Draußen orientierte ich mich kurz und lief dann zur Metrostation. Der Weg mußte dringend von einem Trupp arbeitswütiger, bärenstarker Straßenarbeiter überfallen werden. Der Regen hatte diesen Außenbezirk von Paris unter Wasser gesetzt. Und schon wieder drohte der Himmel. Ich ging den Wagenspuren aus dem Weg und wanderte in der Mitte entlang.

Plötzlich hupte jemand hinter mir und zwang mich, auf die Seite zu springen. Der kleine Lastwagen, der an mir vorbeirumpelte, verteilte einen großen Teil seiner Ladung – sah nach Mehl oder Gips aus – auf dem Weg, so heftig wurde er hin und her gerüttelt. Viel würde er bei seiner Ankunft nicht mehr geladen haben. Einen Augenblick lang hatte ich daran gedacht, den Fahrer zu bitten, mich zur Metrostation mitzunehmen. Aber er war so verdreckt – ich meine den Wagen –, daß ich mir das sofort wieder aus dem Kopf schlug. Außerdem bog der schwankende Wagen nach rechts in die Straße ein, während ich mich links halten mußte.

Allerdings bewahrte das meine Hose nicht davor, versaut zu werden. Ich rutschte auf den letzten Metern aus und legte mich der Länge nach in den Schlamm.

Zum Glück hatte ich jetzt ein paar Francs, um meine Garderobe aufzurüsten.

8

Dumonteil, die treulose Tomate

Die Uhr der Gare de Luxembourg zeigte halb neun, als ich aus der Metro an die Oberfläche stieg. Um neun öffnete ich die Tür zu meinem Büro. In einem Sessel versunken, ein Buch auf den Knien, eine Zigarette im Mund, so wartete Hélène auf mich. Mehrere Abendzeitungen lagen verstreut auf dem Boden.

„Nett von Ihnen, daß Sie noch hier sind“, sagte ich zu ihr.

„Die Neugier hat mich zurückgehalten“, erklärte sie ihren Arbeitseifer.

„Werd versuchen, Sie und Ihre Neugier zu befriedigen. Aber erst einmal...“

Ich zog das Bündel Geldscheine aus meiner Tasche und gab ihr fünf davon.

„Das ist fürs Taxi von eben nebst einem Vorschuß für den Fall, daß ich wieder mal blank bin.“

„Was für eine Familie!“ seufzte Hélène und steckte das Geld ein. „War der Herr Papa so froh, seinen Sohn loszusein, daß er Ihnen dessen Erbteil vermacht hat?“

„Nein. Er hat mir den Auftrag erteilt, Roland zu rächen.“

„Roland zu rächen? Dann denken Sie also doch an ein Verbrechen?“

„Ich denke an gar nichts, außer an den Aufschwung unserer Agentur und an die Freude von Mademoiselle Hélène Châtelain beim Kauf von Unterwäsche, die ihr Chef nicht mal bewundern darf... Auch wenn wir an der Unfallthese festhalten, gibt es doch Schuldige. Die nämlich, die dem Jungen das Rauschgift verkauft haben.“

„Stimmt.“

„Nun, ich hab dem Alten klargemacht, daß er sich nicht länger auf der Nase herumtanzen lassen darf.“

„Sie haben mit seinem Kummer und seinem Stolz gespielt, Sie gemeiner Kerl!“

„Geben Sie mir sofort das Geld zurück!“

„Nein. Sie haben sehr ritterlich gehandelt.“

„Klingt schon besser. Flauvigny hat sich meiner Sichtweise angeschlossen und mich damit beauftragt, den Verantwortlichen für den Tod seines Sohnes auf die Pelle zu rücken und sie ein wenig zu piesacken.“

„Was Ihnen ja nicht schwerfallen wird bei den Leuten im *Antinéa*.“

„Nein. Falls es um die geht.“

„Falls es um die geht?“ fragte Hélène erstaunt. „Weht denn der Wind nicht ausschließlich aus dieser Richtung?“

„Es gibt noch andere Winde auf der Welt als den Samum. Da ist zum Beispiel der Mistral, der...“

„... Pampero, der Tramontana, der Schirokko und der Blizzard“, sagte Hélène lächelnd. „Ich weiß. Und dazu noch die, die ich vergessen habe. Aber schließlich habe ich kein Abitur...“

„Das war gar nicht schlecht für den Anfang“, lobte ich sie.

„Und Reboul?“

„Reboul hat Abitur. Man ist hier sehr gebildet in der Agentur Fiat Lux.“

Sie wurde wieder ernst.

„Reboul ist vor ein paar Minuten weggegangen. Hat nichts Besonderes rausgekriegt. Hier, sein Bericht.“

Sie nahm ein Blatt Papier in die Hand und las:

„Mercadier ist seit einiger Zeit nicht mehr tätig. Hatte zuviel Dreck am Stecken. Büro geschlossen. Anderweitig vermietet. Bin um seine Privatwohnung rumgeschlichen. Hab ihn in einem Café-Restaurant gesehen, wo er bis zu den Knien in der Kreide steht. Anscheinend völlig abgebrannt. Macht nicht den Eindruck, in letzter Zeit ein interessantes Angebot gekriegt zu haben. Ich übrigens auch nicht, und die Zeit läuft...“

Ich brach in Gelächter aus.

„Der letzte Satz stammt von Ihnen, Hélène, nicht wahr?"
Sie stimmte in mein Lachen ein.
„Genauer gesagt, ich habe ihm geraten, ihn dazuzusetzen."
„Verdammtes Biest! Na ja, jetzt, da wir den Klienten fest im Griff haben, können wir über unsere Engpässe nur lachen. Ich verspreche Ihnen: Ich werde ihm eine saubere Arbeit hinlegen, und dann muß er noch etwas mehr rausrücken als ein paar anerkennende Worte... falls er uns nicht unter den Händen wegstirbt. Der Alte ist nämlich ziemlich wacklig auf den Beinen. Wir müssen vorsichtig mit ihm umgehen und ihm nicht den Gnadenstoß versetzen."
„Und was hat Mercadier damit zu tun?"
„Keine Ahnung."
„Na schön", seufzte Hélène, „Sie sind der Chef. Man kann nicht alles haben, Geld *und* das Sagen. Und außer Roland und Ihrem Araber gibt's keinen neuen Toten?"
„Nein, im Moment noch nicht."
„Im Moment? Aber es gibt doch Hoffnung, oder?"
„Wie gesagt, der Alte ist wacklig auf den Beinen."
„Und was ist mit Ihrem Araber?"
„Der ist nicht mehr dort, wo ich ihn heute morgen gesehen habe."
„Haben Sie vielleicht geträumt?"
Sie wies auf die Zeitungen zu ihren Füßen.
„Ich habe alles durchgesehen. Von der Leiche eines Nordafrikaners in Sceaux ist nirgendwo die Rede."
„Eventuell weiß Marc Covet etwas."
Ich rief im *Crépuscule* an. Mein Freund, der trinkfreudige Journalist, war nicht in der Redaktion. Ich legte auf. Hélènes Blick konnte sich nicht von meiner Hose losreißen. Jetzt erst fielen mir die verheerenden Spuren auf, die der Straßendreck von Sceaux hinterlassen hatte.
„Was ist passiert?" fragte Hélène.
„Ich bin hingefallen."
„Hingefallen, einfach so?"
„Ja, einfach so. Was hatten Sie gedacht? Ein Überfall?"

„Wär etwas spannender gewesen. Und nun…" Sie stand auf. „Hat Sie die Vorstadtluft nicht hungrig gemacht?"

„Doch. Bevor der Bauchtanz losgeht, sollten wir uns ein wenig stärken."

Wir gingen in eine Gaststätte ganz in der Nähe. Dort hatten wir das große Glück, unseren Freund Reboul anzutreffen. Wir setzten uns an den Tisch, an dem mein einarmiger Mitarbeiter als einziger später Gast saß und das bescheidene Tagesgericht verspeiste.

„Wann ist Ihre Miete fällig?" fragte ich ihn. „Wahrscheinlich ist die Frist schon abgelaufen…"

„Bei mir ist das anders", lachte Reboul. „Ich bin immer zwei bis drei Monate im Rückstand. Das ist mein Kapital."

„Auf die Agentur Fiat Lux ist Manna herabgeregnet", sagte ich und reichte ihm ein paar Banknoten. „Lassen Sie den Fraß da stehen und bestellen Sie sich etwas, das weniger intensiv riecht."

Dazu sagte er nicht nein. Auch nicht dazu, seinen Bericht über Mercadier wiederzukäuen.

„Ist es ein dicker Fall?" erkundigte er sich dann.

„Sieht ganz so aus. Also, es geht um folgendes: Ein stinkreicher Mann wird von seiner Tochter über den zweifelhaften Umgang seines Sohnes informiert. Da er ihr aber nur halb glaubt, beauftragt er mich damit, mal nachzusehen, was genau es damit auf sich hat."

„Eigentlich keine Arbeit für einen Detektiv", warf Reboul ein.

„Nein, keine Arbeit für einen Detektiv", pflichtete ich ihm bei. „Ich glaube eher, daß es nur ein Vorwand ist, um mich auf etwas anderes zu stoßen. Auf was? Keine Ahnung."

„Vielleicht auf die Leiche des Sohnes?" mutmaßte Hélène.

„Ach! Es gibt bereits eine Leiche?" fragte Reboul.

„Schon zwei", korrigierte ich. „Sie kennen doch Ali Ben Cheffour, nicht wahr? Wir haben ihn öfter im Bistro Ecke Rue des Petits-Champs und Rue Sainte-Anne getroffen."

„Ja, ich erinnere mich. Ein prima Kerl."

„Ich hatte ihn heute morgen als Aperitif."

Reboul wußte noch gar nichts davon und Hélène nur wenig mehr. Also schilderte ich ihnen die Ereignisse des Tages und schloß mit einem Defilee der Personen:

„Flauvigny: ein alter Industrieller mit schwindender Autorität. Gibt sich noch der Illusion hin, das Sagen zu haben, hat es hier und da wohl auch manchmal tatsächlich noch, was seinen Wutausbrüchen zuzuschreiben ist, läßt sich aber ansonsten mehr beeinflussen, als er ahnt. Joëlle, seine Tochter: eine betörende Mischung aus Bürgertöchterchen und Vamp. Genießt nicht das Wohlwollen des Alten. Das einzige Foto auf seinem Schreibtisch ist das seines Sohnes. Roland: ein labiler Junge von... sagen wir... durchschnittlicher Intelligenz, um sein Andenken nicht zu beschmutzen. Hat sich dem Rauschgift hingegeben, was ihm zum Verhängnis wurde. Dann haben wir noch einen gewissen Paul Dumonteil, Typ Börsenspekulant und Bonvivant. Ziemlich kaputt. Bei ihm beginnt das Leben irgendwann und der Tag um sieben Uhr abends. Das dürfte bei Joëlle übrigens nicht viel anders aussehen. Während des Mittagessens hatte ich den Eindruck, daß Dumonteil mich für einen ausgemachten Trottel hielt. Der Kerl hat mir nicht ein Viertel von dem gesagt, was er weiß. Ich werd ihn gleich wiedersehen und mit ihm ins *Antinéa* gehen. Dort werde ich mir eine abschließende Meinung bilden. Schließlich Ali Ben Cheffour: ein sympathischer Mohammedaner in gehobener gesellschaftlicher Stellung. Kam hervorragend in Paris zurecht, solide, sauber, anständig und... lag als Leiche, dreckig wie ein alter Kamm, auf einer öffentlichen Mülldeponie."

„Nicht weit von *La Feuilleraie*", ergänzte meine Sekretärin.

„Richtig. Den Umstand fand ich sofort interessant. Rolands Tod droht meine geschäftliche Beziehung zu Flauvigny zu beenden. Weil ich aber das dunkle Schicksal unseres Freundes Ali aufklären will, rede ich dem Alten ein, den Tod seines Sohnes nicht ungerächt zu lassen. Er springt darauf an, und mit seinem Geld werde ich nun eine ganz private Ermittlung durchführen, und zwar im *Antinéa.* Dorthin hat mich ein Glaubensbruder unseres Algeriers geführt, der sehr nervös wurde, als er Ali Ben Cheffour nicht zu Hause antraf."

„Was haben Sie in Bezug auf Roland beschlossen?" erkundigte sich Hélène.

„Ich werde wohl Florimond Faroux einschalten müssen und mich mit ihm darauf einigen, daß der Fall keinen Staub aufwirbelt. Morgen früh ruf ich ihn im Kommissariat an. Bis dahin liegt der arme Kerl lange frisch auf seinem Bettvorleger – ich meine natürlich Roland. Ich glaub nicht, daß man die Leiche entdeckt. Seine Wohnung sieht nicht so aus, als hätte der Student die Dienste einer Putzfrau häufig in Anspruch genommen."

„Das meinte ich gar nicht", unterbrach Hélène meinen Redefluß. „Unfall, Verbrechen oder Selbstmord?"

„Offiziell: Unfall. Wir müssen den Alten schonen. Flauvigny fürchtet Wärme, Feuchtigkeit und Skandale. Hat er mir selbst erzählt, und Dr. Péricat, sein Hausarzt, hat's mir bestätigt."

„Nur offiziell? Immerhin hat Roland den Riegel von innen vorgeschoben..."

„Wenn Sie's genau wissen wollen: Nein!"

Ich erklärte, wie sich der Riegel mit Hilfe des Vorhangs von ganz alleine vorschob.

„Wie praktisch!" rief meine Sekretärin lachend. „Wenn das jedesmal beim Hinausgehen passiert ist, dann mußte der arme Roland beim Heimkommen..."

„Vielleicht funktioniert das ja erst seit heute so... praktisch, wie Sie's ausdrücken", gab ich zu bedenken.

„Weil es die Umstände erforderten?"

„Möglich."

„Verrückt, daß Sie dennoch an Ihrer Unfallversion festhalten", lachte Hélène.

„Ja, verrückt, aber wahr. Wenn es nämlich weder Unfall noch Selbstmord war, dann war's ein Verbrechen. Die Folge: Großes Spektakel in der gesamten Presse, und selbst Sie, meine Liebe, im Evaskostüm oder nur mit schwarzen Strümpfen bekleidet, eine Maske vorm Gesicht und eine Peitsche in der Hand, auch Sie würden Flauvigny keinen Centime mehr aus der Tasche ziehen. Denken Sie darüber nach!"

„Darüber brauche ich gar nicht lange nachzudenken", entrüstete sie sich. „Ich war niemals Kundin bei Diana Slip. Maske? Peitsche? Was soll ich damit? Geben Sie uns lieber weitere Instruktionen!"

„Morgen in aller Frühe gehen Sie zum Gewerkschaftshaus."

„Schmeißen Sie mich raus?"

„Dort werden Sie Boyer treffen, einen Freund von mir. Er ist im Vorstand des Zentralverbandes Farben. Ich gebe Ihnen eine Nachricht für ihn mit..."

Ich kritzelte ein paar Zeilen auf eine Seite meines Notizbuchs, riß sie heraus und gab sie Hélène.

„Alle möglichen Informationen über Flauvigny und Mercadier?" fragte sie, nachdem sie die Nachricht gelesen hatte.

„Joëlle hat mich für Mercadier oder einen seiner Mitarbeiter gehalten. Sie kennt unseren verehrten Kollegen nicht, hat aber gehört, wie ihr Vater von ihm gesprochen hat. Hat sie mir jedenfalls erzählt. Wahrscheinlich hat sie ihn aber selbst vorgeschlagen, aber der Alte ist ihr nicht gefolgt. Entweder traut er seiner Tochter wirklich nicht über den Weg, und es genügt, daß sie einen Namen nennt, damit er auf gut Glück einen anderen aus dem Telefonbuch heraussucht; oder aber er vertraut Mercadier nicht. Sie müssen nämlich wissen, daß die beiden, Flauvigny und Mercadier, sich mindestens einmal begegnet sind. Wenn ich mich recht erinnere, hatte Mercadier eine sehr eigenwillige Art, sich an den Arbeitskämpfen in Flauvignys Fabriken zu beteiligen."

„Sehr gut", sagte Hélène. „Verstanden."

„Und ich?" fragte Reboul.

„Wenn Sie sich unbedingt ein paar Kröten verdienen wollen, dann fahren Sie morgen früh nach Sceaux."

Ich beschrieb ihm den genauen Ort, an dem sich seine Nase und seine Lunge auf etwas gefaßt machen konnten.

„Sollte man Alis Leiche entdeckt haben, wird es *das* Gesprächsthema sein. Heute hab ich davon noch nichts gehört. Hoffen wir, daß Sie mehr Glück haben! Imitieren Sie einfach den Wirt des komischen Bistros, in dem ich war: Bleiben Sie stumm. Hören Sie zu, aber sagen Sie nichts. Ich für meinen Teil werde genug damit zu tun haben, Faroux vom zufälligen Unfalltod des Sohnes meines Freundes Flauvigny zu überzeugen. Ja, meines Freundes! Sie haben richtig gehört. Und vergessen Sie dieses Detail nicht. Ich kann Florimond unmöglich erzählen, daß ich für den Alten arbeite. Also sind wir uns zufällig wieder begegnet – ich war ja früher mal in seiner Fabrik beschäftigt –, jeder auf dem Gipfel seines Ruhms, und haben uns angefreundet. Das ist die Geschichte, die ich Faroux auftischen werde, in der Hand den damaligen Arbeitsvertrag als Beweis."

Ich sah auf die Uhr. Wenn ich zum Hosenwechsel noch bei mir zu Hause vorbeigehen wollte, bevor ich Dumonteil abholte, mußte ich mich beeilen. Ich verabschiedete mich von meinen Mitarbeitern.

Ein Taxi fuhr mich zu meiner Privatwohnung. Ich zog mich um und stellte bei der Gelegenheit fest, daß meine Hose bei dem Sturz ungelöschten Kalk abgekriegt hatte und nun völlig versaut war. Es betrübte mich nicht übermäßig. Jetzt konnte ich mir ja eine neue Hose – und noch vieles mehr! – leisten.

Apropos Geld: Ich dachte an die Scheine, die ich mit mir herumschleppte. Einen großen Teil davon legte ich in eine kleine Schatulle. Dann wühlte ich ein wenig in meinen Papieren und fand, schneller, als ich gedacht hatte, die Bescheinigung, die ich nach drei Wochen Anwesenheit in der Eisenhütte von der Personalabteilung der *Tréfileries de la Seine* bekommen hatte. Das war inzwischen so einige Jährchen her.

Bevor ich hinausging, wollte ich Flauvigny noch darüber aufklären, daß ich mich am nächsten Morgen mit Florimond Faroux von der Kripo in Verbindung setzen würde. Meine Uhr zeigte kurz vor elf. Ich schnappte mir das Telefon.

„Hier *La Feuilleraie*", meldete sich die Stimme des treuen Dieners.

„Guten Abend, Albert. Hier Martin."

„Martin? Ach ja! Guten Abend, Monsieur."

„Monsieur Gérard, bitte."

„Ist es so wichtig, Monsieur? Wenn ich mir die Bemerkung erlauben darf... Monsieur Gérard schläft sehr tief und..."

„Na, dann lassen Sie ihn schlafen!" sagte ich fröhlich. „Nichts Neues seit eben? Befürchtet der Doktor keine Komplikationen?"

„Ganz und gar nicht, Monsieur. Monsieur Péricat hat Monsieur noch ein Beruhigungsmittel gespritzt und ist dann nach Hause gefahren."

„Na prima! Gute Nacht, Albert."

„Gute Nacht, Monsieur."

Ich legte auf und machte mich auf den Weg zu Dumonteil in die Rue de Seine. Zu früh war ich bestimmt nicht dran. Ich war sogar so spät dran, daß ich vor verschlossener Tür stand. Ich betätigte dreimal den Lichtschalter und ebensooft die Klingel. Nur der Lichtschalter reagierte. In der Wohnung rührte sich nichts. Mißtrauisch schnupperte ich am Schlüsselloch. Es hätte ja sein können, daß auch Dumonteil den Gasverbrauch in die Höhe schnellen ließ... Meine Nase nahm nichts Verdächtiges wahr. Ich gab's auf und ging wieder hinunter auf die Straße.

Zum Teufel mit Dumonteil! Mit Rolands Mitgliedskarte würde ich auch ohne die Hilfe der treulosen Tomate in den *Club Antinéa* gelangen.

9

Das Land von Durst und Angst

Antinéa ... Antinéa ... Das Neonlicht zitterte, ging aus, leuchtete auf. In regelmäßigen Intervallen, so, als zwinkerte die üppige Königin von Atlantis persönlich den Passanten zu, um sie anzulocken. Ich näherte mich der massiven braunen Tür, hob den schweren Klopfer und ließ ihn geräuschvoll fallen. Am Guckloch klapperte es.

„Privatclub!" rief der Rausschmeißer von innen.

„Clubmitglied!" rief ich zurück.

Sesam öffnete sich. Der Portier trug einen schwarzen Anzug und einen grauen Fes. Ich reichte ihm die Mitgliedskarte. Er suchte die Nummer in einer Liste, die auf einem kleinen Tischchen lag, fand sie, reichte mir das Kärtchen wieder zurück und verbeugte sich. Die Garderobe befand sich in einer Nische und wurde von einem Mädchen betreut, einem trotz Kriegsbemalung ansprechenden Wesen. Ich gab ihr meinen Mantel und meinen Hut. Daraufhin geleitete mich der Portier – seine Absätze knallten auf den glänzenden Fliesenboden – zu einem Vorhang mit geometrischen Figuren. Er schob ihn zur Seite, und zum Vorschein kam eine der halsbrecherischsten Treppen, die ich je gesehen hatte. Ich stieg hinunter. Hinter mir fiel der Vorhang. Ein angenehmer Wohlgeruch Arabiens kitzelte meine Nase, und disharmonische Klänge quälten meine Ohren.

Ich gelangte in ein weiträumiges Kellerlokal, das in ein diffuses Licht getaucht und so dekoriert war, wie man sich den Innenhof eines muselmanischen Palastes vorstellt. Um verschnörkelte Kupfertischchen saßen eine Menge Leute auf Sitzkissen und niedrigen Sofas herum. Ein kleiner Springbrunnen stand in der Mitte, ohne jedoch auch nur einen Hauch von Kühle zu spenden. Es herrschte eine Temperatur wie in der Sahara.

Auf einem winzigen Podium hockten, den unvermeidlichen Fes auf dem Kopf, in weißen Gewändern, wie Bündel sauberer Wäsche, die Musiker – *Made in Algeria* – und bearbeiteten wie rasend die Ziegenhaut kürbisförmiger und anderer Instrumente. Dazu summten sie mit geschlossenem Mund eine sehnsüchtige Melodie. Die Gruppe bildete die musikalische Begleitung einer verschleierten Frau, deren Oberkörper von einer Art silbernem Panzer geschützt, deren Bauch dagegen von dem bunten Rock überhaupt nicht verborgen wurde. Zur allgemeinen Freude, wie es schien, führte sie einen Original-Bauchtanz vor. Dabei ließ sie ihren Nabel, der so groß war wie ein Fünffrancsstück, die unwahrscheinlichsten und atemberaubendsten Sprünge vollführen. Am Schluß der Vorstellung würde sie ihn als Höhepunkt wahrscheinlich verschlukken.

Ein Kellner führte mich zu einem freien Platz. Ich bestellte einen Pfefferminztee. Die Tänzerin schwang gerade so heftig ihren Bauch von Ost nach West, daß ich sie schon als silberroten Ballon zur Decke entschweben sah. Die Musiker kreischten ein letztes Mal auf, Fatima brachte ihren Bauch in Normalstellung und zog sich unter Beifall, Geheule und verschiedenartigen Schreien hinter die Bühne zurück.

Es wurde heller. Die musikalischen Wäschebündel rückten zum Bühnenrand vor und fingen wieder an, frenetischer noch als zuvor, ihre Instrumente zu bearbeiten. Am Nebentisch sprach ein Freund orientalischer Folklore von Kamelen oder beschimpfte seinen Nachbarn als solches, ich weiß es nicht. Ein anderer bestellte einen Raki. Ich folgte seinem Beispiel, denn der Pfefferminztee sagte mir nach einigen langen Schlukken und kurzen Überlegungen doch nicht so zu.

Ich warf einen Blick aufs Publikum. Die Sammlung komischer Vögel hätte den Direktor des nahen botanischen Gartens vor Neid erblassen lassen: Tauben saßen da, Fasane, Hühner usw. usf. Ab und zu verschwand ein Gast hinter ein und demselben Vorhang mit Rautenmuster links vom Podium.

Von all den Leuten interessierten mich besonders zwei

Männer. Einer von ihnen stand neben der Bühne und plauderte gerade in der Pause mit einem der Musiker. Es war der Araber, den ich von Alis Wohnung aus hierher verfolgt hatte.

Der andere saß zusammengesunken vor einem Glas, das er mit finsterem Blick fixierte, und hieß Andréjol. Er war Inspektor der Kriminalpolizei und für seinen Übereifer im Dienst bekannt. Bestimmt saß er nicht hier, um sich in die Künste des exotischen Tanzes einführen zu lassen. Sein abgestumpfter Gesichtsausdruck war hervorragend geschauspielert.

Ich dachte noch über die Gründe für die Anwesenheit des Flics nach, als ich Dumonteil eintreten sah.

Mit seinem ungesunden Teint wirkte er kaputter denn je. Er ließ seine müden, fiebrigen oder unruhigen Augen – ich konnte es nicht genau erkennen – über die Gäste wandern. Ich winkte ihm unauffällig zu, so im Stile bekannter Geheimbünde, woraufhin er mich bemerkte. Offenbar machte ich den gleichen Eindruck auf ihn wie ein Steuereintreiber, so sehr verdüsterte sich sein Gesicht. Dann, ohne Übergang, hellte es sich wieder auf. Vielleicht ähnelte ich tatsächlich seinem Sachbearbeiter im Finanzamt, und er hatte mich verwechselt. Lächelnd kam er auf mich zu.

„Na?“ begrüßte ich ihn leicht vorwurfsvoll, gab ihm die Hand und machte ein wenig Platz auf meinem Kissen. „Sie sind wohl so einer wie Louis XIV., was? Der hat nämlich auch nicht gerne gewartet. Dabei komme ich nie mehr als zwanzig Minuten zu spät!“

„Ich weiß nicht, ob Sie sich verspätet haben“, erwiderte er mit einer Stimme, die seine Erregung nicht ganz verbergen konnte, „weil ich nämlich nicht zu Hause war. Ich mußte zu einem Bekannten und... Sagten Sie, ich würde nicht gerne warten? Das stimmt nicht! Gerade habe ich lange gewartet, und das auch noch für die Katz! Dann bin ich bei mir zu Hause vorbeigegangen, für den Fall, daß Sie vor meiner Tür warteten.“

Der Kellner kam, nahm die Bestellung auf und verschwand wieder.

„Haben Sie Mademoiselle Joëlle nicht mitgebracht?“ fragte ich Dumonteil.

„Das geht doch nicht“, erwiderte er.

„Allerdings nicht...“ Ich sah mich in dem Lokal um und bemerkte: „Ganz nett hier, was?“

„Wie zum Teufel, sind Sie hicr hereingekommen?“ fragte er.

Ich legte meinen Zeigefinger auf meinen Mund.

„Ich bin Detektiv“, flüsterte ich.

„Stimmt.“

Er lachte gekünstelt.

„Haben Sie Roland gesehen?“ fragte er mich.

„Nein. Ist er hier?“

Er blickte sich noch einmal um.

„Nein.“

„Sehen Sie sich mal den Kerl da neben dem Podium an, Typ Pigalle“, forderte ich ihn auf. „Kennen Sie ihn? Irgendwie kommt er mir bekannt vor.“

„Er ist einer der Betreiber“, sagte Dumonteil nach einem prüfenden Blick. „Aber fragen Sie mich nicht nach seinem Namen. Wissen Sie, diese komplizierten arabischen Namen...“

Heute nachmittag war der Mann mit den vielen Ringen an den Händen nervös gewesen und gleichgültig gegenüber allem, was sich um ihn herum abspielte. Jetzt spürte er, daß er Gegenstand unserer Aufmerksamkeit war, und ich begegnete seinem schwarzen Blick, der uns streifte. Kein Muskel bewegte sich in seinem Gesicht. Er ließ etwa eine Minute verstreichen, dann verschwand er hinter dem buntgemusterten Vorhang. Wenig später kam er, noch genauso lässig und undurchdringlich, zurück. Bei ihm war ein folkloristisch gekleideter Landsmann, der uns kurz musterte und seinem Freund etwas zuflüsterte. Dieser schüttelte den Kopf und ging wieder durch die Tür hinter dem Vorhang hinaus. Der Folkloristische bahnte sich einen Weg durch die Gäste und kam auf uns zu.

Ich glaube nicht, daß Dumonteil damit etwas zu tun hatte.

Seit wir uns hier begegnet waren, starb er vor Ungeduld, sich mir entziehen zu können, wußte nur nicht so recht, wie er es anstellen sollte. Ohne sich eine passable Ausrede zurechtgelegt zu haben, stand er auf. Der dekorative Araber blieb zwischen einer Platinblonden und einem dicken Fettkloß stehen.

„Ich muß..." stammelte Dumonteil. „Ich bin sofort wieder zurück."

Ich tätschelte ihm die Hand.

„Natürlich", sagte ich väterlich. „Sie sind doch nur deshalb hierhergekommen, oder?"

„Was meinen Sie damit?"

„Gehen Sie schon und rauchen Sie Ihre zwei Pfeifchen", forderte ich ihn statt einer Antwort auf. „Glauben Sie, ich hätte nicht verstanden? Sie sind heute abend nicht der erste, der durch dieses Loch da verschwindet."

„Verdammt nochmal!" fauchte er. „Was geht Sie das an?"

„Absolut nichts."

Er bewegte sich in Richtung Vorhang. Der Araber mit der malerischen Tracht folgte ihm. Ich goß fast 3 cl Raki in mich hinein.

Die Musikgruppe verstummte, und eine zweite Schöne betrat die Bühne. Verschleiert wie die erste, aber um den Bauch herum weniger entblößt, fing sie an, mittels einer Zither und einer hübschen, tiefen Stimme die Sehnsucht der Wüste unseren Herzen nahezubringen. Es klang so echt, daß ich mehr Durst bekam und mir gerne noch einen Raki genehmigt hätte. Doch das hätte böse ausgehen können, und zwar nicht nur für meine Leber. So begnügte ich mich damit, mit dem Rest meines Glasinhalts zu gurgeln.

Der Flic der Kripo hatte sich noch nicht bewegt. Offenbar waren ihm die Fatimas schnurzegal. Er war so gut wie eingeschlafen. Und das im Dienst, bei seinem Übereifer! Ein starkes Stück! Ich ging zu ihm und setzte mich aufs Nachbarkissen. Er fuhr auf, fixierte und erkannte mich und stieß unartikulierte Laute aus. O... a... u... a... oder so ähnlich. Ich faßte es als einen Willkommensgruß in einer mir nicht bekannten Geheimsprache auf.

„Das reicht jetzt aber!“ rief ich lachend. „Hab mich heute schon einmal mit einem Stummen unterhalten.“

Er bemühte sich, etwas deutlicher zu artikulieren.

„Mit einem Stummen?“ fragte er nach. „Sie haben sich mit einem Stummen unterhalten? ... Sind Sie sicher, daß Sie keine Halluzinationen haben?“

„Glaub ich nicht. Obwohl... Schließlich ist das die Spezialität des Hauses: Halluzinationen.“

„Ach, Sie wissen Bescheid?“

„Tja... Nein.“

„Ja oder nein?“

„Ich weiß, und ich weiß auch wieder nicht“, klärte ich ihn auf.

Er lachte mürrisch.

„Ich jedenfalls bin mir sicher, daß ich keine Halluzinationen habe. Die Antwort ist typisch Nestor Burma.“

„Ich bin der Leutnant von Saint-Avit“, sagte ich.

„Kenn ich nicht.“

„Und *Antinéa*? Erinnern Sie sich... Der Film von Feyder... Napierkowska, die ihre Liebhaber mit einem Busenschlag zu töten pflegte...“

„Wie ich schon sagte, Sie haben Halluzinationen... Ich übrigens auch.“

„Sie auch?“

Vor allem hatte er einen in der Krone! Mit zitterndem Finger zeigte er auf sein Glas.

„Ja, da drin“, sagte er.

„Ach, das ist nichts“, beruhigte ich ihn. „Machen Sie sich keine Sorgen! Ich kenne das. So ein Glas ist nicht groß, aber es hat's in sich.“

„Was hat es in sich?“

„Alles. Seiltanzende Seepferdchen, Elefanten im Korsett von Marie-Rose Lebigot... und Ratten... viele dicke fette Ratten.“

Er beugte sich zu mir herüber und versetzte mir einen kräftigen Schlag auf die Schulter.

„Machen Sie sich nicht lustig, Burma... Burma, Nestor..."

Er vertiefte sich in irgendwelche Gedanken. Plötzlich tauchte er wieder auf und nahm meine Hand. Seine war feucht.

„Was suchen Sie hier?" fragte er.

„Eine Privatangelegenheit."

„Ja, ja, verstehe... Und der Stumme? Auch privat?"

„Vollkommen zurückgezogen."

„Machen Sie sich nicht lustig, Burma. Vorort?"

Ein schönes Spielchen!

„Roter Vorort."

Er lachte.

„Roter Vorort! Ja, ja..."

Er schwieg. Das Orchester tat das Gegenteil. Hemmungslos begleitete es die Sängerin.

„Machen Sie sich nicht lustig, Burma. Alles nur angemalt."

„Der Stumme?"

„Nein, das Glas."

„Ein *trompe-l'oeil*, nicht wahr? Man sieht zwei Gläser, direkt nebeneinander."

„Machen Sie sich nicht lustig, Burma", wiederholte er zum x-ten Mal.

Verschwommen sah er mich an. Schweiß perlte auf seinen Schläfen. Ich machte mich nicht lustig. Mir war überhaupt nicht zum Lachen zumute. Ihm auch nicht. Ich kapierte... und bekam Schiß. Der Flic neben mir war nicht normal betrunken. Nun ist ein Flic so etwas wie 'ne heilige Kuh. Ich will damit sagen: Man krümmt ihnen nicht ungestraft ein Härchen. Wenn solche Regeln seine eventuellen Gegenspieler einen Dreck kümmerten...

„Brauchen Sie vielleicht frische Luft?" fragte ich Andréjol.

Er fuhr sich mit der Hand über die Stirn. Mit seiner feuchten Hand über seine nicht weniger feuchte Stirn.

„O ja, verdammt! Hauen wir ab!"

Er wollte aufstehen, versank aber nur noch tiefer in seinem Kissen. Um uns herum wurde weiter gelacht und gescherzt.

Wie aus dem Boden gewachsen, stand plötzlich ein junger Araber vor mir und sah mich mit den Augen einer Tempeltänzerin an. Er verbeugte sich und sagte:

„Monsieur Dumonteil möchte Sie sprechen."

Ich sah den schönen Jüngling an, dann Andréjol. Der Flic schien zu schlafen. Ich wandte mich wieder dem Araber zu. Er lächelte.

„Wo?" fragte ich.

Er machte eine vage, zu vage Geste.

„Im Hinterzimmer."

„Bedaure, aber man hat dieses Kissen mit Klebstoff eingeschmiert. Wenn Monsieur Dumonteil mir etwas mitteilen möchte, muß er schon hierherkommen."

„Selbstverständlich."

Immer noch lächelnd, verbeugte sich der Junge wieder und entfernte sich. Ich sah ihm hinterher. Die Pumphose, in der drei Nachfahren von Aga Khan bequem Platz gefunden hätten, verschwand hinter dem geheimnisvollen Vorhang. Der Stoffetzen mußte wohl häufig ausgewechselt werden, so oft, wie er angefaßt und bewegt wurde...

Ich widmete meine Aufmerksamkeit wieder Andréjol.

„Rappeln Sie sich hoch", raunte ich ihm zu. „Wir machen uns aus dem Staub."

Mühsam erhob sich der Inspektor. Ich schob meine Hand in meine Tasche, entsicherte meinen Revolver und hielt ihn einsatzbereit. Mehr schlecht als recht strebten wir dem Ausgang zu, wobei ich dem Flic helfend unter den Arm griff. Die frische Luft draußen würde ihm guttun. Doch vorher mußten wir noch die steile Treppe hinaufsteigen. Eine Mordsarbeit! Endlich hatten wir es geschafft. Der Rausschmeißer stand nicht mehr auf seinem Posten. Ich lehnte Andréjol wie einen Besoffenen gegen die Wand und ging alleine zur Garderobe, deren weibliches Personal gegen ein männliches ausgetauscht worden war. Jedenfalls so ungefähr. Der lächelnde Jüngling von eben streckte eine Hand aus, um die Garderobenscheine anzunehmen.

„Ach!“ wunderte ich mich. „Sind Sie hier das Mädchen für alles?“

„Ja, Monsieur. Für alles.“

„Sagen Sie bitte Monsieur Dumonteil, ich hätte nicht länger warten können.“

„Selbstverständlich.“

Er händigte mir Hut und Mantel aus. Um beides in Empfang zu nehmen, ließ ich meinen Rettungsanker in der Tasche los.

In diesem Augenblick spürte ich jemanden in meinem Rükken und gleichzeitig etwas vor meiner Brust. Man befreite mich von meinem Revolver. Es ging alles so schnell, daß ich mich nicht dagegen wehren konnte.

„Es ist besser, Sie bewegen sich nicht“, flötete die Tempeltänzerin. „Als Totengräber möchte ich nicht auch noch fungieren.“

Ich folgte der Richtung seiner schönen Augen. Dazu mußte ich nach unten auf mein Kinn sehen. Zwei Zentimeter von meiner Gurgel entfernt blinkte das schärfste Rasiermesser, das ich jemals in meinem Leben zu Gesicht gekriegt hatte.

Und das war keine Halluzination.

10

Vollgedröhnt

Der Jüngling und sein Freund, der Barbier, zwangen mich, den immer mehr schwankenden Andréjol zu stützen. Der Flic klammerte sich an mich wie ein Ertrinkender an ein Stück Treibgut. Ich kam kaum vorwärts. Wenn ich insgeheim den Plan gehegt hätte, ihn den beiden Wüstensöhnen zwischen die Beine zu werfen, um mich elegant aus der Affäre zu ziehen und zu verduften – das richtige Wort am richtigen Platz! –, es wäre unmöglich gewesen. Ich mußte mich mit meiner Last hinter die Garderobe schleppen und eine zweite Treppe hinuntergehen. Als Antwort auf eine meiner hilflosen Bewegungen, die er falsch interpretierte, warnte mich der Jüngling vor unbedachten Handlungen. Die Wände seien dick genug, um den Schall eines Schusses zu schlucken. Der Knall werde niemanden stören, außer natürlich den Unvorsichtigen, der sich die Kugel fange.

„Schon gut, Kleiner", brummte ich. „Auch ich kenne einen schalldichten Raum, in dem man alle möglichen Ideen in die Tat umsetzen kann, auch in die geräuschvollste! Werd Dich demnächst mal dorthin mitnehmen."

Er fauchte etwas in seiner Sprache, was sich wirklich nicht wie eine Liebeserklärung anhörte.

In dieser fröhlichen Stimmung gelangten wir auf einen Korridor, der von einer imposanten Gestalt versperrt wurde. Ein wohlgenährter, kräftiger Kerl, Typ Herkules-Eunuch, ein wahrhafter Haremswächter. Ich hatte allerdings meine Zweifel, ob man uns die entsprechenden Wonnen gewähren wollte. Der Herkules grinste, öffnete die Tür, vor der er Wache stand, ließ uns eintreten, folgte uns und schloß leise die Tür hinter unserer kleinen Karawane.

Der Raum war groß und gemütlich wie das Büro eines Geschäftsmannes. Jeglicher orientalischer Schnickschnack war – außer schweren Vorhängen mit Arabesken – aus dem Zimmer verbannt worden. Es roch nach Tabak, ein wenig nach Hammelfett und sehr intensiv nach Schweiß. Eine Deckenlampe warf gedämpftes Licht auf die Anwesenden. Im ganzen waren wir zu acht, unsere Eskorte, Andréjol und ich eingeschlossen.

Ein Dickwanst in Hemdsärmeln und mit unverkennbarem Galgenvogelgesicht, das von einem schwarzen Bart eingerahmt wurde, ließ sein ranziges Fett in einem Sessel hinter einem Minister-Schreibtisch schmoren. Er trug ein geblümtes Hemd am mächtigen Leib, mindestens drei Kilo Ringe an den Wurstfingern und rauchte einen Tschibuk. Im großen und ganzen machte er einen ebenso herzlichen, gastfreundlichen Eindruck wie der Gefängnisdirektor der Santé. Die beiden würden eines Tages Bekanntschaft miteinander machen, dessen war ich mir sicher. Bestimmt würden sie sich sofort sympathisch finden.

Mit schlaffem Gesichtsausdruck wie immer, ein Auge halbgeschlossen – durch den harten Kontakt mit einer Türkante, einer Schrankecke oder einer Expertenfaust –, saß Dumonteil auf einem Stuhl, so aufrecht wie ein Scheuerlappen.

Neben ihm stand Sidi-der-Beringte, der Freund von Ali Ben Cheffour und mir beinahe schon so vertraut wie meine Familie.

Der wohlbeleibte Boß – Araber, wenn ich mich nicht täuschte – musterte mich mit großem Interesse, sah dann seine Gefolgsleute an und sagte etwas in seiner Sprache. Ich hatte den Eindruck, daß er nicht recht zufrieden mit ihnen war. Der Barbier steckte sein Rasiermesser ein. Die Tempeltänzerin legte meinen Revolver wie ein Beweisstück vor den Herrn und Meister auf den Tisch. Der prüfte die Waffe mit Kennerblick, um sie dann in einer Schublade verschwinden zu lassen.

„Den bekommen Sie später zurück“, sagte er zu mir. „So ein empfindliches Spielzeug verlangt von seinem Besitzer die vollkommene Kontrolle über seine Nerven. Im Augenblick scheinen Sie nervös zu sein ...“

Als er – beinahe akzentfrei – französisch sprach, klang seine Stimme zuckersüß und klebrig, so daß sich mir der Magen herumdrehte.

„Ich bin überhaupt nicht nervös!" widersprach ich.

Er lächelte.

„Doch, Sie sind nervös. Die jungen Leute dort sind es ebenfalls. Deshalb hat ihr Verhalten es Ihnen gegenüber an Höflichkeit fehlen lassen. Ich habe es ihnen soeben zu verstehen gegeben und sie gerügt."

„Sehr liebenswürdig von Ihnen", lachte ich. „Der Empfang könnte dazu beitragen, daß ich zu den radikalen Kolonialisten überlaufe."

Er überhörte meinen Sarkasmus, zog an seiner Pfeife und schickte eine dicke Rauchwolke zur Decke. Dann stieß er noch einige gutturale Laute aus, und der Jüngling befreite mich von Andréjol, der jetzt endgültig eingeschlafen war. Wie ein Wäschepaket hielt er ihn und wartete auf weitere Anweisungen. Der Araber, den ich aus der Rue Chérubini kannte, scheuchte Dumonteil von seinem Stuhl auf.

„Hören Sie, verdammt?" schrie Dumonteil. „Hören Sie ..."

Er fing an zu heulen, mit tränenerstickter Stimme und angsterfülltem Blick (aus dem Auge, das ihm noch zur vollen Verfügung stand). Sein Schutzengel knallte ihm die beringte Hand auf die Lippen, die stark zu bluten anfingen.

„Verschwinden Sie!" sagte der Boß zuckersüß. „Sie stehen mir im Weg."

Für den Fall, daß ich schwer von Begriff war, drückte mich der Rasierklingen-Held gegen die Wand, eine Hand in der Tasche, bereit, mich jederzeit zu rasieren. Ohne Seife und Pinsel! Sein Chef rührte sich nicht vom Fleck und zog an seinem Tschibuk. Er gab seinen Leuten ein Zeichen, garniert mit ausgewählten Rachelauten. Der Jüngling und „mein" Araber gingen zur Tür. Der eine hatte Andréjol, der andere Dumonteil am Schlafittchen. Der bärenhafte Haremswächter öffnete die Tür, worauf Dumonteil wieder voller Verzweiflung zu heulen begann und sich gegen die liebevollen Schubser seines persönlichen Begleitschutzes wehrte. Den darauffolgenden kleinen Tumult nutzte ich aus, um mich davonzustehlen.

Es ist die reine Verschwendung, wenn man soviel Energie aufwendet, um so wenig weit zu kommen. Ich fing mir einen Schlag in den Nacken und einen anderen unters Kinn, so als würde ein Sandwich zugeklappt. Schmerzgeplagt ging ich zu Boden und spürte sofort ein Schwergewicht auf meiner Brust. Das Deckenlicht drang durch meine halbgeschlossenen Lider und brannte mir in den Augen.

„*Naddin zob er mok*", spuckte der Kerl, der mir den Magen zusammendrückte.

Ich öffnete die Augen und sah wieder das verdammte Rasiermesser, das ganz versessen auf meine Bartstoppeln war. Ich hielt es für ratsam, mich nicht zu bewegen. Die gefährliche Klinge befand sich in einem Abstand zu meiner Kehle, der leicht zu überwinden war. Der Koloß befreite meine Brust von seiner Last und schob mir den Stuhl hin, den Dumonteil freundlicherweise soeben freigemacht hatte. Der kräftige Stoß in meine Rippen sollte wohl bedeuten: ‚Steh auf und setz dich!' Ich gehorchte. Doch, die orientalische Höflichkeit ist wirklich ausgesprochen angenehm im Umgang miteinander. Mit schwerem Kopf saß ich auf dem wackligen Stuhl, der bei jeder Bewegung knarrte. Innerlich mußte ich lachen, als ich daran dachte, daß die Kripo eine ganz ähnliche Sitzgelegenheit bereithält, um die Nerven der Verdächtigen zu strapazieren.

Jetzt waren wir nur noch zu viert in dem Raum: Dickwanst, Barbier, Sidi-der-Beringte und ich. Ich rieb mir das Kinn und den Nacken.

„Geht's besser?" erkundigte sich Moktar mit seiner Honigstimme. „Ich hatte Sie doch bereits auf Ihren nervösen Zustand hingewiesen und..."

„Schnauze!" schnauzte ich und ließ etwa ein Dutzend wüster Beschimpfungen folgen, die ich von einem befreundeten Legionär gelernt hatte.

Unter dem Hagel der Beleidigungen erbleichte der Dicke.

Er legte seinen Tschibuk zur Seite, wuchtete seinen mächtigen Körper aus dem Sessel hoch und kam zu mir, um mich mit seiner beringten Hand mitten ins Gesicht zu schlagen.

Ich fing an, mein eigenes Blut zu saufen. Ein kleiner, hinterhältiger Vampir, dieser Nestor, mit den Prinzipien eines Selbstversorgers. Der Fettkloß setzte sich wieder hinter seinen Schreibtisch und sagte etwas auf arabisch. Untertitel waren nicht erforderlich. Die Bedeutung der Tirade verstand ich auch so. Sidi und der Barbier standen mir beratend zur Seite.

„Aufstehen und ausziehen!“ befahl einer der beiden klar und deutlich, was wieder einmal die Vorteile unseres französischen Schulsystems – gratis, konfessionsneutral und obligatorisch – unter Beweis stellte.

Die beiden packten mich, stellten mich auf meine zitternden Beine und fingen an, mich auszuziehen. Ich mußte wieder lachen. Wie hatte der Papagei der Gräfin bei der Versteigerung gekrächzt? „Für hundert Sous mehr zieh ich mich aus!“

Kurz darauf gab es weder was zu lachen noch Gräfin oder Papagei. In meinem Hirn spukte nur noch ein Bild aus den *Tréfileries de la Seine* herum: der Moment, in dem die Eisenstangen aus dem Feuer gezogen und durch den Gewindeschneider geschoben werden. Nur daß ich weniger Widerstand leistete als eine Eisenstange.

* * *

Sie hatten mich wieder oberflächlich angezogen. Ich saß auf dem Stuhl, der genauso stöhnte wie ich. Meine Nase brannte, eine Erinnerung an den Faustschlag des dicken Chefs. Denn seine Leute, als gute Mohammedaner, die das menschliche Antlitz als Ebenbild Allahs respektieren, hatten mein Gesicht geschont. Mir taten vor allem die Nierengegend und der Brustkorb weh. Ich hatte das Gefühl, als hätte ich mehrere Tausend Nadeln verschluckt und als versuchten sie nun, sich einen Weg durch mein Fleisch zu bahnen. Vor meinen Augen verschwamm und drehte sich alles. Ich brauchte eine Weile, bis ich Moktar hinter seinem Schreibtisch erkannte. Er lümmelte sich in seinem Sessel und begutachtete meine Papiere, die er in meiner Brieftasche gefunden hatte. Eine olivenfarbene Hand führte einen Becher an meine Lippen und flößte mir eine nach Anis schmeckende Flüssigkeit ein. Ich trank, ohne mir etwas Böses dabei zu denken. In meinem Zustand konnte mir selbst das abenteuerlichste Gebräu nichts anhaben... Inschallah! Es stand alles geschrieben. In der Gesellschaft dieser Beduinen wird man zum Fatalisten.

„Ich mag es nicht besonders, wenn man mich beleidigt, Monsieur Burma“, hörte ich die Honigstimme des Dicken säuseln. „Ich mache eine schwierige Phase durch... Die Geschäfte, Sie verstehen... Und bei der kleinsten Unannehmlichkeit reagiere ich gereizt. Die Nerven! Ich hatte Sie gewarnt... Ich weiß, welche Streiche uns unsere Nerven spielen können... Halten Sie mich immer noch für einen... Wie hatten Sie noch so schön gesagt?“

„Hab's vergessen“, antwortete ich. „Aber es wird mir schon wieder einfallen, wenn wir uns woanders und unter vier Augen wiedertreffen.“

„Ganz bestimmt.“ Er nickte, ohne weiter darauf einzugehen. „Sie sind Privatdetektiv, nicht wahr?“

„Ja, und der Mann, der bei mir war, ist ein richtiger Flic.“

„Wissen wir alles.“

„Dann wissen Sie sicher auch, daß es Sie teuer zu stehen kommen kann, wenn Sie Leute unseres Schlages so behandeln, wie Sie's getan haben.“

„Ja“, bestätigte er. „Ich habe mich vielleicht etwas zu sehr hinreißen lassen. Aber schließlich haben Sie mich provoziert und... Reden wir nicht mehr davon“, fügte er gönnerhaft hinzu, so als hätte er die Prügel bezogen. „Trotzdem bleibt die Tatsache bestehen, daß dies hier ein Privatclub ist, in den Sie sich eingeschlichen haben, ohne Mitglied zu sein. Darf ich fragen, mit welcher Absicht?“ fragte er.

„Bedaure, aber das ist streng vertraulich.“

„Daran zweifle ich nicht. Also: Warum, Monsieur Burma?"
„Man hat die üppigen Rundungen Ihrer Tänzerinnen gerühmt."
„Wirklich?"
„Ja."
Er langte in einen riesigen Steinguttopf, stopfte eine ordentliche Portion Tabak in den Kopf seines Tschibuks, zündete die Pfeife an und schwängerte die Atmosphäre mit schweren Düften.
„Reden wir ernsthaft, Monsieur Burma. Was suchen Sie hier?"
„Nichts!" antwortete ich. „Wie kommen Sie darauf, daß ich hier etwas suchen könnte?"
Der Dicke lächelte.
„Das reicht erst mal", sagte er. „Sie und ich, wir sollten unsere Nerven ein wenig schonen."
Nach diesem Vorschlag zur Güte versank er in Gedanken an den Propheten und hüllte sich in duftenden Rauch. Bei seinem Anblick lief mir das Wasser im Mund zusammen. Wie gerne wäre ich seinem Beispiel gefolgt! Ich klopfte meinen Anzug ab, fand aber weder Pfeife noch Tabaksbeutel. Moktar gab ein Zeichen, und Sidi trat in mein Gesichtsfeld. Ich folgte seinen blitzenden Ringen und sah, daß er mir eine ziselierte Schatulle mit geöffnetem Deckel hinhielt. Sie enthielt Zigaretten, so dick wie Zigarren.
„Feinster Orienttabak!" pries der Dicke seine Ware an.
„Ich ziehe französischen Tabak vor", sagte ich ablehnend.
Er bestand nicht auf seinem Angebot. Die Schatulle verschwand wieder. Auf dem Schreibtisch erblickte ich mein gesamtes Pfeifenzubehör. Ich erhob mich mühsam und streckte die Hand aus.
„Sie gestatten?"
„Bitte schön!"
Sidi händigte mir meinen Besitz aus. Ich stopfte meine Pfeife, zündete sie an und zog an ihr, als hinge das Schicksal der Welt davon ab.

Als Folge des leichtfertigen Konsums starker Getränke und der verschiedenen Gymnastikübungen war mir kotzübel, und ich hatte den Eindruck, daß mein Zustand durchs Rauchen noch verschlimmert wurde. Doch ich paffte nur um so hemmungsloser. Mal sehen, wer es als erster leid wurde, Moktar oder ich. Alle schienen auf etwas zu warten, und rauchend wartet es sich besser.

„Also", begann der Boß nach ein paar Schweigeminuten von neuem, „wir sind doch unter Freunden, nicht wahr? Warum wollen Sie dann nicht beichten?"

Ich lachte laut auf.

„Sind Sie Priester?"

„Ich könnte mir eine Soutane überziehen."

„Mit einer Soutane sähst du bestimmt allerliebst aus", bemerkte ich grinsend.

„Ich habe nicht die Absicht, dir zu gefallen", erwiderte er und lächelte zurück, eine Tonne türkischen Honig an den Lippen.

„Deine Tänzerinnen gefallen mir sowieso besser. Spendierst du mir eine?"

„Deswegen bist du hier, ja?"

„Nein, du Schlauberger! Aber ich würde mich nach der Arbeit gerne einer von ihnen annehmen, wenn das möglich ist. Ich stell mir dann vor, es wäre Renée Jeanmaire."

„Gefallen sie dir?"

„Ihr Schleier, Dickerchen, ihr Schleier... Das ist wie 'ne Maske vorm Gesicht... Kennt doch jeder, die weiße Maske... Und dazu schwarze Strümpfe... wie Stiefel... Und in der Hand eine Peitsche... Und die Musik! Vor allem die Musik... Ich weiß, was gespielt wird, wie man so sagt..."

„Du machst mir Spaß", stellte Dickerchen fest.

Ich schüttelte den Kopf und spürte, wie mein Gehirn sich bewegte wie ein Eidotter in seiner Schale.

„Schnauze!" rief ich wieder.

„Schon gut", lachte Dickerchen. „Du kriegst deine Tänzerin. Aber vorher möchte ich noch gerne wissen, warum du dich hier eingeschlichen hast."

„Ganz einfach: Ich war auf dem Nachhauseweg, als mich einer deiner verdammten Wüstensöhne mit einer tragbaren Guillotine bedrohte und mir befahl, ihn zu begleiten. Ich bin hierhergekommen, um mich verprügeln zu lassen, denn das gefällt mir nämlich noch viel mehr als die Tänzerinnen. Verstehst du, Pausbacke? Ein Machi... ein Macho... ein Narziß... Nein, das ist 'ne Blume... Ein Masozi... Ach, such du das Wort doch selbst! Du sprichst genauso gut französisch wie ich."

„Ich weiß aber immer noch nicht, wie du hier reingekommen bist", beharrte Pausbacke. „Dies ist ein Privatclub, Monsieur Burma! Und Sie sind kein Mitglied."

„Nein, bin ich nicht. Aber warum, zum Teufel, quält Sie die Frage so sehr, Sie und Ihre Leute? Und warum ‚Monsieur'? Sind wir nun Freunde oder nicht? Nein, ich bin kein Mitglied. Aber Roland Flauvigny war eins. Er ist tot, ich hab seine Karte geerbt. So einfach ist das. Zufrieden?"

„Komisch", staunte Pausbacke. „In deinen Papieren hab ich nichts gefunden, was nach einer Clubkarte aussieht."

„Gib mal her", bat ich.

Ich stand auf... und schützte instinktiv meinen Kopf mit einer Hand; denn ich hatte das Gefühl, ich würde fliegen und gleich an die Decke stoßen. Mit der anderen Hand stützte ich mich auf den Schreibtisch. Wieder mußte ich lachen. Noch nie in meinem Leben hatte ich so sehr gelacht. Als ich nach der Brieftasche greifen wollte, verwandelte sie sich plötzlich in eine Kröte. Sie sprang von rechts nach links, nach vorne und nach hinten. Wie eine Kröte eben. Wie ein Känguruh, eine Heuschrecke, eine Libelle. Wie eine Kröte, die vom Mars geflogen kommt. Kröte... hüpf! Hepp! Endlich hatte ich sie, die Kröte aus Maroquin. Von nicht enden wollendem Gelächter geschüttelt, wühlte ich in dem Bauch einer... Kröte! Die Mitgliedskarte fand ich jedoch nicht. Ich warf die Kröte dem Dikken zum Fraß vor und setzte mich wieder hin.

„Verschwunden", stellte ich fest. „Hab sie wohl verschluckt... wie eine Kröte... hihihi!"

Ich nahm das Ganze von der heiteren Seite und schüttelte mich aus vor Lachen.

„Du bist ein verdammter Lügner!" schimpfte Pausbacke.

„Ich schwör dir, sie ist verschwunden", widersprach ich und prustete los. „Frag deinen Portier!"

„Mach dir mal keine Gedanken, ob ich ihn frage oder nicht."

„Doch, du mußt ihn fragen, deinen Haremswächter... Ich hatte eine Mitgliedskarte, aber die eines Toten... Roland... Sohn eines Kol... Kollabo..."

Ich hatte einen Geistesblitz. So was soll vorkommen, wenn man Haschisch konsumiert. Schwerfällig stellte ich mich wieder auf die Beine, knallte die Hacken zusammen, hob den Arm und grölte:

„Heil Hitler!"

„Was bedeutet das denn?" fragte Moktar stirnrunzelnd.

„Heil Hitler!" wiederholte ich.

Ich hielt da ein interessantes Detail in der Hand, dessen Bedeutung mir – wie dem Araber – im Moment noch nicht ganz klar war.

„Sehr interessant", sagte der Dicke, zum Teil einverstanden mit mir. „Sehr interessant. Ist das alles, was du weißt?"

„Weiß ich alles, was ich weiß?" fragte ich zurück wie ein Weiser aus dem Morgenland und lachte wieder los.

Schwankend setzte ich mich auf den wackligen Stuhl. Doch sogleich verließ ich ihn wieder, diesmal rückwärts. Auf weiche Kissen gebettet, beherrschte ich die Situation. Die drei Araber lagen neben dem umgekippten Schreibtisch auf dem Boden. Die Deckenlampe hatte ihren Platz verlassen und hing nun horizontal an der Wand, direkt neben mir. Trotz ihres gestörten Gleichgewichts schienen sich die drei Araber mühelos zu bewegen. Der Dicke war noch dicker geworden. Der Barbier verbarg sein Gesicht hinter einem blauen Tuareg-Schleier. Sidi strich sich mit der beringten Hand über die Seite. Der Dickhäuter kam auf mich zugeflogen.

„Hör mal, Burma“, raunte er mir zu. „Du bist heute zusammen mit Dumonteil gesehen worden, und dann an einem Ort, an dem du nichts zu suchen hast. Was, meinst du, hab ich zu verkaufen?“

„Hanf“, antwortete ich. „Indischen Hanf.“

Er schüttelte mich an den Schultern.

„Was hab ich zu verkaufen?“ schrie er.

Ich dachte, ich hätte es ihm schon gesagt. Anscheinend war mir aber kein Ton über die Lippen gekommen. Moktar fluchte auf arabisch, dann sprach er wieder mit mir.

„Du kennst Dumonteil und Andréjol. Erzähl mir alles, was du über die beiden weißt!“

Ich gab keine Antwort. Das heißt, aus all dem, was ich dachte, aus all den Sätzen, die sich in meinem Hirn bildeten, wurden keine hörbaren Töne, nichts, was deutlich zu vernehmen gewesen wäre. Nicht einmal Laute, die der Stumme in Bagneux ausgestoßen hatte: a, e, i, o, u…

„Der Stumme?“ hakte Pausbacke nach. „Los, red schon!“

Ich mußte also doch etwas von mir gegeben haben! Was ich danach noch sagte, weiß ich nicht mehr. Genausowenig weiß ich, wie lange diese seltsame Unterhaltung dauerte.

Plötzlich funkelten bunte Steine und Gold vor meinen müden Augen, ein Torpedo riß mich beinahe in Stücke, und dann trug mich ein fliegender Teppich in seinen Falten fort.

11

Wunder und Visionen

Ich rede. Ich rede mit Andréjol. Ich rede mit Dumonteil. Ich rede mit Nestor Burma.

Niemand hört mir zu. Niemand versteht mich. Ich behaupte, ich sei Utter, das Opfer, das zu Nosferatu flieht wie die Fliege zur Hängebrücke. Sobald ich sie überquert habe – die Brücke nämlich –, werden sich die Phantome auf mich stürzen. Kennst du, Andréjol, den Untertitel, der freundlicherweise auf dem Fensterbrett erscheint, direkt neben dem mörderischen Rasiermesser des Regisseurs von *Ein andalusischer Hund*: Fünf Jahre früher? Fünf Jahre früher, zwanzig Jahre später, dreißig Jahre in einer Wand oder das Leben eines Ziegelsteins? Weder Vergangenheit noch Gegenwart noch Zukunft. Davongeflogen, diese Vorstellungen, zusammen mit der Büffel-Kröte, der Beutelrattenbrieftasche. Ich rede mit Nestor Burma, der vor fünf, zwanzig oder dreißig Jahren einmal Privatdetektiv war. Alles kommt ins Spiel. Wir fliegen, fahren schwarz auf dem fliegenden Teppich. Wir sind tot. Immer noch im Stand der Sünde, hüllen wir uns in den verderblichen Haschischrauch. Wir bremsen unseren Höhenflug; Karl der Große und sein tapferer Recke Roland können das Vordringen der Ungläubigen nicht verhindern. Die Soldaten des Halbmondes. Die Soldaten des Halbmondes sind frei verkäuflich…

Araber schleppen uns in ein feuchtkaltes unterirdisches Labyrinth. Wir sind Gefangene und werden auf Kamelrücken transportiert. Hallende Gänge mit kreideweißen, schwammigen Wänden. Unsere Karawane ruft endlose Echos hervor, die bis zum Mittelpunkt der Erde dröhnen. Wir sind tot.

Buchenwald taucht auf, riesig und winzig zugleich, nimmt die Dimensionen einer Kathedrale an, um sich im nächsten

Augenblick in ein glitzerndes Lichtermeer zu verwandeln, in dem man ertrinkt. Das ist nicht Buchenwald, das ist Luna-Park. Alles, was er auf der öffentlichen Mülldeponie einsammeln konnte, seine eigene Leiche eingeschlossen, hat Ali Ben Cheffour hierhergebracht. Ekelhaft dreckige Betten stapeln sich im Hintergrund. In einem Winkel liegen Tausende von Leichen übereinander. Es ist das Massengrab von Luna-Park, das Ergebnis eines kolonialen Feldzuges: zweitausend Araberleichen. Leute gehen hin und her, rufen sich etwas zu. Mit vorgehaltenen Maschinenpistolen zwingen sie andere Männer, einen Graben auszuheben, um kübelweise Kalk hineinzukippen. Ali Ben Cheffour stinkt wie alle hier, und alle stinken wie Ali Ben Cheffour. Irgendwo läuten Totenglocken. Ich höre Schreie, Heulen, knappe Befehle. Sidi-der-Beringte ruft mir lachend zu: „Was ist, mein Freund, platzt du immer noch vor Neugier?"

Unsere Karawane zieht weiter. Wir lassen sie alleine: die dreitausend Toten mit ihrer ewigen Ruhe, die zweitausend Totengräber mit ihrer Aufgabe, die tausend Aufseher mit ihren Maschinenpistolen. Mein ganzer Körper tut mir weh, mir wird übel vor Schwindel. Ich schleppe mich über einen holprigen Boden. Meine Nase berauscht sich an dem muffigen Gestank von schmierigem Holz. Ich krieche. Ich bin eine Schlange. Ich rolle mich zusammen. Ich schlängle mich über Dumonteils Körper. Dumonteil weint. Eben hat er geschrien, und sein Papa hat ihn verhauen. Ich bin eine Boa constrictor. Ich will Andréjol mit meinem Leib erdrücken. Ich lache. Ich biege mich vor Lachen. Ich kringle mich wie ein Korkenzieher. Ge-nau-so! Andréjol ist kein Flic. Er ist ein Einbrecher, der personifizierte Klimmzug. Riton-der-Spinner, den keiner erwischt. Ich überrasche ihn, wie er vor einem Tresor kniet. Ich höre das Zischen des Schneidbrenners. Jetzt weiß ich, warum Schlangen kriechen und nicht fliegen wie alle Welt: Ihr schwerer, bleischwerer Kopf hindert sie daran, sich anders als kriechend fortzubewegen. Warte doch, Andréjol, du falscher Polizist, warte einen Moment! Ganz in seine Arbeit vertieft, hört er mich nicht. Er legt sich mächtig ins Zeug. Ich beobachte ihn. Er macht aus dem Tresor einen eingebauten Schrank, der leichter zu knacken ist. Den Schneidbrenner hat er im Mund, und da drin zischt es. Wie es da drin zischt und spuckt! Ich weiß nicht mehr, wo ich bin. Dumonteil ist verschwunden. Ich verfolge seine Kriechspur. Wenn es doch wenigstens Kilometersteine gäbe, dann wüßte ich, welche Strecke ich zurückgelegt habe... Jemand packt mich. Es ist Andréjol, der helle Kopf. Jetzt ist er nur noch das: ein Kopf. Ein Kopf mit immer noch kräftigen Armen. Und dieser Kopf ruft jemanden, den ich früher einmal gekannt haben muß: Burma, Nestor Burma! Andréjol hat ein richtiges Galgenvogelgesicht. Er sieht mitgenommen aus. Seine Unterlippe schiebt sich boshaft vor. Ein böser Mensch, dieser komische Heilige! Bösartig wie ein Krebsgeschwür. Ich sage zu ihm: „Sie irren sich, ich bin nicht der Mann, für den Sie mich halten. Boa, ja, Boa. Ich bin eine Boa constrictor." Er stößt einen Fluch aus. Mein Schädel knallt auf den Boden. Man schnallt mich an einen Flaschenzug und hopp!, aufgestanden! Ich stehe. Ein Engel säuselt mir ins Ohr: „Sie sind keine Boa. Sie sind Burma. Sie sind Nestor Burma." Ich denke zehn Jahre lang nach, und dann gestehe ich: „Ja, ich bin Nestor Burma." – „Dann sehen Sie sich an, verdammt nochmal, was ich in dem Schrank gefunden habe!" Er zeigt mir zwei hübsche kleine Handgranaten. Wir werden davon abbeißen. „Nieder mit dem Krieg!" rufe ich lachend. Nach Holland will ich. Ich schlage dem Flic mitten ins Gesicht. Das haut ihn nicht um. Er redet. Ich verstehe nichts von dem, was er sagt, nur: „...zum Kaputtgehen..." Alles dreht sich um mich herum. Ich fühle mich wie ein Handschuh, der auf links gezogen wird.

Schreie hallen wider, sehr weit weg, hinten am Ende eines langen, schwankenden Korridors. Und dann plötzlich, ganz nah, quietscht eine Tür in den Angeln. Ich höre Andréjol brüllen: „Schweine!" Er beißt in etwas hinein, fuchtelt mit den Armen in der Luft herum und schleudert eine seiner Hände von sich. Sie fliegt durch die Luft und explodiert mitten in der Gruppe der arabischen Wüstensöhne, die uns belagern. Eine riesige, tosende Welle spült mich fort. Ich flüchte durch einen Korridor, die Angst im Nacken. Ich spüre die duftende Frische der ländlichen Nacht. In dem Haus, aus dem ich fliehen will, grollt der Donner. Andréjol stößt mich vorwärts, ich stolpere in die Nacht hinaus. Ich sehe, wie der Flic den Stift einer zweiten Granate abzieht. Gleichzeitig fällt ihn ein Araber an, ein Rasiermesser in der Hand. Die Granate explodiert zwischen den beiden, versöhnt sie wieder miteinander, die Decke stürzt ein, entreißt den Alptraum meinem Blick, und ich laufe – ja, ich glaube, jetzt laufe ich – in einen Garten hinaus. Plötzlich lasse ich mich fallen. Ich versuche, mich an irgend etwas zu klammern, es festzuhalten, aber anstatt zu ziehen, stoße ich es von mir. Bevor ich wie ein Baumstamm einen Hügel hinunterrolle, höre ich ein dumpfes Plumpsen, wie wenn das Wasser eines Brunnens über einem Körper zusammenschlägt. Sieben oder acht Jahre bleibe ich dort liegen, abgestumpft, völlig erledigt... dann wird wieder die Schlange in mir wach, und ich schlängle mich geräuschlos von dannen. So lege ich unzählige Kilometer zurück. Ich weiß nicht mehr, ob ich lebe oder tot bin. Es ist Nacht. Ich erreiche eine... eine Straße, ja, ich glaube, so nennt man das. Wenn Autos kommen, werde ich... Wieder bebt und dreht sich die Erde. Das ist das Ende, Nestor Burma! Nestor Burma! Aber das sind ja nicht wir. Nestor Burma, der dynamische Detektiv! Im Plural. Ich lache. Die Erde dreht sich etwas langsamer. Ich sehe nach unten auf meine Füße. Ja, ich habe das Gefühl, mit beiden Beinen auf dem Boden zu stehen. Tatsächlich, ich stehe! Aber nicht lange. Das Gewicht meines Kopfes zieht mich nach unten, und wieder beiße ich in den Kies der Straße. Ich denke an die alten Leute aus meiner Heimatprovinz und an ihre Meinung über die Behandlung von Verrückten: Nach Paris sollte man sie schicken, die Irren! Wenn sie da nicht freiwillig ins Gras beißen, erstickt man sie zwischen zwei Matratzen. Ich beiße freiwillig in den Kies. Dann verlange ich die Rechnung. Man sagt mir, Dumonteil bezahle alles. Mühsam komme ich wieder auf die Beine. Um jeden neuerlichen Schwindelanfall zu vermeiden, sehe ich hinauf zum Himmel, wie ein Hund, der den Mond anheult. Der Mond wird von Gewitterwolken verdeckt, so wie es in *Esau, der Aussätzige* steht, einem Hintertreppenroman, den ich als Halbwüchsiger verschlungen habe. Ich verlasse meine literarischen Jugenderinnerungen und schenke meine Aufmerksamkeit einem Auto, das vor einen Baum gefahren ist. Das Auto kenne ich. Wenn ich das Auto kenne, muß ich auch seinen Besitzer kennen. Wenn sein Besitzer drinsitzt, wird er mich einsteigen lassen. Ich kenne den Besitzer, und er sitzt am Steuer. Der Kerl heißt Pe... Pe... Ich habe Kopfschmerzen. Zuviele Gedanken schwirren in ihm herum. Petit! Dr. Petiot, der ungelöschte Kalk. Nein, er heißt Péricat. Dr. Péricat. Wie geht es Ihnen, Doktor? Zum Totlachen, einen Arzt nach seiner Gesundheit zu fragen! Natürlich, er weiß es ja besser als wir. Zu solch blöden Scherzen sagst du nichts, Péricat. Ich öffne die Wagentür. Ich kitzle den Arzt am Kinn. Killekille, lach doch den Onkel mal an! Von wegen! Lieber will er mir einen Tritt versetzen. Beinahe landet sein Fuß mitten in meinem Bauch. Aber er ist ja mausetot, der Dr. Péricat! Jetzt kapiere ich: Das ist das Ende der Welt, das Jahr Eintausend. Ich bin das einzige menschliche Wesen, das eine längst vergessene Naturkatastrophe überlebt hat. Wozu in Zukunft noch auf ein Auto, den Bus oder die Metro warten? Ich alleine. Setzen wir also unseren Fußmarsch fort. Die Welt gehört mir. Alles gehört mir. Wälder, Täler, Hügel, Berge, alles mir. Auch die Häuser, an denen ich vorbeigehe, gehören mir so sehr, daß mir ihr Anblick vertraut vorkommt. Von jeher stand es geschrieben – Inschallah! –, daß sie mir gehören würden. Auch diese Mauer. Auch diese kleine, fast unsichtbare Tür, diese unrealistische Tür, diese Tür, die ich ohne Mühe öffnen kann, diese fügsame Tür. Die Bäume im Park wollen mir den Zutritt zu ihrem Gelände verwehren. Sie stürzen sich auf mich, schlagen mich auf den Kopf, die Schultern, die Arme, werfen mich zu Boden. Ich verliere meine Schlüssel, bücke mich, um sie aufzuheben, richte mich wieder auf und gehe weiter. Und plötzlich, vor mir, feindselig und giftiggrün im bleichen Mondlicht: Schloß Flauvigny. Es gehört mir. Es streckt sich, reckt sich, wird kleiner oder größer, je nachdem, ob ich mich im Zickzack nähere oder zurückweiche. Es spielt Verstecken mit mir, aber ich werde gewinnen. Auf den Knien rutsche ich die Treppe zum Hauseingang hoch, packe eine der Fackelträgerinnen am Fuß, ziehe mich langsam an ihrer Wade und ihrem Oberschenkel hoch. Ich schlinge meine Arme um die Bronzefrau, betaste ihre Brust, küsse ihren kalten Mund und befreie mich spukkend von der metallenen Erinnerung. Schaudernd wende ich mich ihrer Freundin zu, bei der ich mir mehr Glück erhoffe. Und wirklich, die andere ist weniger kalt. Aber sie hat gefroren, denn sie ist angezogen. Unter einem Pelzcape trägt sie ein dünnes Nachthemd, hübsch und verführerisch wie das Laken eines Gespenstes. Ihre nackten Füße sehen nicht nach Bronze aus. Der Mond versilbert ihre blonden Haare. Sie hält keine Lampe in der Hand. Und in meinen eher schwachen Armen zittert sie. Sie redet, stößt mich zurück, wird wütend, fleht mich an. Sie legt einen Finger auf ihre Lippen und ermahnt mich so, still zu sein. Ich lege meine Lippen auf ihre Finger, dann auf ihren Mund. Ich trete einen Schritt zurück und betrachte sie. Sie und ich, wir sind das letzte Paar auf der Welt. Ich weiß nicht, ob sie wankt oder ob ich schwanke. Sie nimmt meine Hände, legt sie zusammen und lädt mich mühsam auf ihren Rücken. Sie schleppt mich fort, meine Füße schlurfen über den Boden. In meiner Hand fühle ich ihre warme Brust. Sie atmet heftig. Ich habe ihre Haare im Mund, kann ihr aber trotzdem sagen, daß sie schön ist und gut riecht.

Und dann schlafe ich ein, mein Kinn auf der duftenden Schulter von Joëlle Flauvigny.

12

Bittersüßes Erwachen

Nach der Behandlung mit einem Massagehandschuh flog mein Magen an Bord eines Flugzeuges in Luftnot, die Hymne der Savoyen dröhnte mir in den Ohren, die sieben Zwerge von Schneewittchen schmiedeten sieben Stelzen in meinem Schädel, und aus meiner Palisanderzunge hätte ein tüchtiger Tischler mühelos ein ganzes Eßzimmer herstellen können. Nur meine Nase funktionierte tadellos. Sie nahm einen Duft wahr, den sie schon einmal wahrgenommen hatte.

Als es mir gelang, meine verklebten Augenlider voneinander zu lösen, erblickten meine müden, schmerzenden Augen eine graue Zimmerdecke. Draußen regnete es wohl. Ich beglückwünschte mich zu dem Wetter. Meine Augen hätten pralles Sonnenlicht bestimmt nicht ertragen. Das graue Tageslicht fiel durch ein Fenster, das sich hinter mir und dem Sofa, auf dem ich lag, befand. Ich nahm meinen Kopf in beide Hände, was es mir ermöglichte, mich aufzurichten.

Eine Weile blieb ich so in der Haltung des großen Denkers sitzen, obwohl mein Kopf, außer den sieben Zwergen, leer war. Immer wenn ich die Lider bewegte, wanderten undurchsichtige Schleier über meine Augäpfel. Schließlich erkannte ich meine Füße. Von jeglichen Schuhen befreit, standen sie in löchrigen Strümpfen auf einem relativ luxuriösen Bettvorleger. Ich tastete mich ab. Ich trug weder Lammfelljacke noch Jackett noch Krawatte, nur ein zerknittertes, schmutziges Hemd und eine Hose, die wie eine Ziehharmonika aussah. Fehlte nur noch die Reihe Perlmuttknöpfe, und ich hätte anfangen können zu spielen. Ich drehte meinen gezerrten Hals auf meinen schmerzenden Schultern und warf einen langsamen Panoramablick in die Runde. In der Schmiede nahte der Feierabend. Besorgt, auch ja ihr tägliches Steak zu verdienen, hauten die sieben Zwerge noch einmal kräftig drauf. Ich wartete auf die Schlußsirene.

Ich befand mich in einem Zimmer, das ich trotz ein paar Kleinigkeiten und der herrschenden Unordnung als das eines jungen Mädchens identifizierte. Ich bin kein junges Mädchen, also war es auch nicht mein Zimmer. Obwohl, man weiß ja nie... Ich hatte das Gefühl, so außergewöhnliche Dinge erlebt zu haben... Ich sah mir das zerwühlte Bett an.

Auf einem Stuhl, nicht weit von mir, saß jemand und beobachtete meine Rückkehr ins Leben. Die sieben Zwerge hämmerten noch etwas lauter.

„Guten Morgen, Schneewittchen", sagte ich mit unsicherer, krächzender Stimme, die mich selbst überraschte.

Joëlle Flauvigny stand auf und legte einen Finger auf ihren Mund.

„Sprechen Sie bitte nicht... *chéri*", flüsterte sie. „Man könnte Sie hören. Es weiß niemand, daß Sie hier sind... *chéri.*"

Ich sah sie mit offenem Mund an. Sie lächelte ein so offenes Lächeln, wie es die vertragsschließenden Parteien eines Nichtangriffspaktes bei der Unterzeichnung an den Tag legen. Ihrer Kleidung nach zu urteilen, wollte sie ausgehen. Sie trug das Kostüm, das ich tags zuvor an ihr gesehen hatte. Tags zuvor? Großer Gott! Tags zuvor... vorgestern... vor sechs Monaten... vor einem Jahr... Alles ging ineinander über. Und diese verdammten Zwerge, die die Gewerkschaftsvereinbarungen ignorierten und wie wahnsinnig weiterarbeiteten! Dadurch wurde alles nur noch schlimmer.

Joëlle reichte mir eine Tasse schwarzen Kaffee.

„Trinken Sie", sagte sie leise. „Der Kaffee ist vielleicht nicht mehr ganz heiß. Schließlich mußte er lange auf Sie warten! Ich konnte dem Dienstmädchen nicht sagen, daß ich einen Gast habe und später läuten würde."

Ich nahm die Tasse.

„*Chéri*", ergänzte ich.

„Was?"

„Sie könnten ruhig wieder ein paar ‚*Chéris*' in Ihre Sätze einfließen lassen. Haben Sie vergessen. Ich habe Ihr Versäumnis nur ausgebügelt... *chérie*."

„Trinken... Sie."

Zwischen „Trinken" und „Sie" gähnte das Mädchen. Ich gähnte ebenfalls. Sie hatte Ringe unter den Augen. Wie meine aussahen, wollte ich gar nicht wissen. Ein hübsches Paar saß sich da gegenüber!

„Schwören Sie, daß der Kaffee nicht vergiftet ist?"

Sie nahm mir die Tasse aus der Hand, trank einen Schluck und gab sie mir wieder zurück.

„Jetzt werden Sie meine Gedanken lesen können", sagte sie verkrampft lächelnd.

„Nicht nötig", wehrte ich ab.

Sie sah mich ängstlich an. Ich trank die Brühe, behielt sie aber eine Weile im Mund, bevor ich sie hinunterschluckte. Nicht sehr elegant, aber es tat gut. Der Kaffee war stark, genauso, wie ich ihn liebe. Ein Pfeifchen dazu, und ich hätte mich sauwohl gefühlt. Die sieben lieben Zwerge verringerten die Schlagzahl. Bummelstreik in der Schmiede. Mit ziehendem Schmerz in den Muskeln stand ich auf, suchte mein Jakkett und erblickte es in einer Ecke, obwohl ich Mühe hatte, es wiederzuerkennen, so versaut war es. Ich durchwühlte die Taschen, fand aber nichts. Nicht nur Tabak und Pfeife fehlten, sondern es herrschte absolute Leere, abgesehen von meinem Schlüsselbund. Ich setzte mich wieder aufs Bett.

„Hätten Sie vielleicht eine Zigarette für mich?" fragte ich. „Verrückt bin ich danach zwar nicht, aber es ist besser als nichts."

Sie reichte mir ein Päckchen Zigaretten mit hellem Tabak. Ich nahm die letzte Zigarette, die noch drin war, zündete sie an, knüllte das Päckchen zusammen und legte es in einen Aschenbecher, der von Kippen überlief. Fast alle waren rot gefärbt.

„Glauben Sie einem verstockten Tabakspezialisten", sagte ich. „Wenn Sie so weiterrauchen, ruinieren Sie Ihre Gesundheit."

Statt einer Antwort gähnte sie. Dann setzte sie sich wieder auf ihren Stuhl, wobei sie ihre Beine in intimer Ungezwungenheit voll zur Geltung brachte. Vergebliche Liebesmüh. Ihre Beine waren einen Blick wert, aber im Augenblick hätte ich ihnen eine heißkalte Dusche, eine gute Massage sowie eine zweite Tasse Kaffee vorgezogen. Ich sah durchs Fenster. Hinter der Scheibe erhoben sich die Bäume eines Parks.

„Bin ich bei Ihnen zu Hause?" erkundigte ich mich. „In *La Feuilleraie*?"

„Was haben Sie denn gedacht?"

„Nichts. Aber ich sollte überall sein, nur nicht hier. Wie ist das möglich?"

„Heute nacht habe ich Sie in unserem Park überrascht. Sie versuchten, ins Haus einzudringen."

„Im Ernst? Arsène Lupin läßt grüßen, was? Und mit welcher Absicht... Ihrer Meinung nach?"

Sie errötete, gab aber keine Antwort. Sie stand auf, kam zu mir und fuhr mir mit der Hand durchs Haar. Das war die Antwort! Es gibt weniger beredte Erklärungen. Leider brummte mein Schädel zu laut, als daß ich die Geste zu schätzen gewußt hätte. Stattdessen gab ich ihr ihre Hand zurück.

„Wann war das?" fragte ich.

Automatisch sah ich auf meine Armbanduhr. Besser gesagt, auf die Stelle, an der sie sich normalerweise befand.

„Weiß ich nicht", antwortete Joëlle. „Ich habe Geräusche gehört, bin hinausgegangen, um nachzusehen... und habe Sie vor der Tür gefunden."

„In kläglichem Zustand, nicht wahr?"

„Sie waren offensichtlich betrunken und wußten nicht mehr, was Sie taten... Und was Sie danach taten, wußten Sie genausowenig, später, nachdem ich Sie nicht ohne Mühe hierhergebracht hatte..."

Ihre letzten Worte klangen bedeutungsschwanger.

„Ja, ja!" lachte ich, obwohl mein Kopf mir einen ungestraften Heiterkeitsausbruch noch nicht gestattete. „Ja, ja! In Ihr kleines, süßes Himmelbettchen! Und was hab ich hier getan, ohne zu wissen, was ich tat?"

Ich sah zu ihr hoch. Sie stand neben mir, sozusagen in Reichweite, und wahrte Stillschweigen. Ich stand auf, versenkte meine Augen in ihre und fragte so direkt wie möglich:

„Hab ich mit dir geschlafen?"

Sie zuckte zusammen und wandte ihren Kopf ab. Die verlegene Jungfrau! Wir waren an dem heiklen Punkt ihres Spielchens angelangt.

„Also wirklich... Sie stellen vielleicht Fragen!"

„Und du gibst vielleicht Antworten! Wagst weder zu dementieren noch zu bestätigen. Das heißt also ja, hm? Sieh mir in die Augen!"

Ich sammelte all meine Kräfte, packte sie an den Schultern und zwang sie, mich anzusehen.

„Und gefallen hat's dir auch noch! Das erste Wort, das ich heute von dir gehört habe, war ‚*chéri*'. Sicher, es kam ein wenig zögernd... wohl wegen fehlender Routine. Aber die wird sich schon noch einstellen, die Routine, und dann wirst du nicht mehr ‚*chéri*' zu mir sagen, sondern nur noch ‚mein Nessi', ‚mein Törchen', ‚mein kleines Nestörchen'..."

Ich strengte mein Gedächtnis an, um mich an das Gesicht des Sittenstrolches von Rueil zu erinnern. Auch wenn sich hinterher seine Unschuld herausgestellt hatte, war alle Welt einer Meinung gewesen: Der Mann hatte die Fresse eines richtigen Unholdes. Ich versuchte, ein ähnliches Gesicht zu machen. Mit der Zigarette im Mundwinkel, dem zugekniffenen Auge (wegen des aufsteigenden Rauchs) und der Blechstimme (vor allem, wenn ich flüsterte!) war das nicht gar so schwer. Ein lüsterner Lustmolch mit Löchern in den Strümpfen!

„Es muß also nicht unangenehm gewesen sein", fuhr ich fort. „Unglücklicherweise war ich nicht in der Verfassung, es zu genießen. Tja, du wirst sicher verstehen, *chérie*..."

Ich umarmte sie. Sie setzte sich zur Wehr. Ihre Haselnußaugen drückten Panik aus. Sie erinnerten mich an die Szene in dem Restaurant... und außerdem noch an ein anderes Augenpaar, nämlich an das von Dr. Péricat, als er befürchtet hatte, durch plötzlichen Herzstillstand eine wichtige Einnahmequelle zu verlieren. Ich ließ Joëlle sich eine Weile wehren, dann lockerte ich meinen Klammergriff und setzte mich wieder aufs Bett. Ich war noch weit von meiner Bestform entfernt, um das Spielchen länger spielen zu können.

„Ich will nichts... Böses von Ihnen“, sagte ich. „War nur ein Experiment. Sie wollten mich mal eben schnell davon überzeugen, daß zwischen uns beiden das ‚nicht Wiedergutzumachende‘ geschehen wäre, wie es in den rosa Romanen heißt. Aber als ich mir das Ganze jetzt noch einmal bestätigen lassen wollte: Pustekuchen! Warum wollen Sie mir weismachen, daß ich für eine Nacht Ihr Geliebter gewesen bin? Um mich in der Hand zu haben, mich unter Druck zu setzen, was? Warum?“

Sie brachte ihre Kleidung wieder in Ordnung, so als wäre wirklich...

„Sie sind widerlich“, hauchte sie.

„Na schön, dann bin ich eben widerlich. Sie haben mich im Park aufgelesen, groggy; Sie haben mich beherbergt; Sie haben sich nicht gescheut, sich eventuell zu kompromittieren. Das ist alles sehr nett von Ihnen, und vielleicht habe ich eine seltsame Art, mich zu bedanken. Aber, zum Donnerwetter! Wen Sie kompromittieren wollten, das bin ich! Geben Sie's schon zu! Mit welcher Absicht?“

Sie gab keine Antwort, legte nur trotzig ihre Stirn in Falten. Ich zog noch ein letztes Mal an der Zigarette.

„Hören Sie, Joëlle... Sie erlauben doch, daß ich Sie Joëlle nenne? Sie können mich Burma nennen, ganz einfach Burma... Nessi und Törchen“, lachte ich, „das war nicht schlecht...“

Als Creme gegen Faltenbildung hatte ich keinen Erfolg. Joëlle nickte nur kurz, hatte jedoch eigentlich keine rechte Ahnung, womit sie sich da einverstanden erklärte. Doch eines hatte sie ganz sicher: Schiß.

Ich fuhr fort:

„Ihnen zu erklären, in welcher Tinte wir alle sitzen, wäre zu kompliziert. Vor allem, weil ich selbst nicht die leiseste Ahnung habe, worum's geht. Ich weiß nur, daß wir in der dicksten Tinte sitzen, die man sich vorstellen kann! Und wenn ich sage: wir alle, dann meine ich uns alle damit: Sie, Ihren Vater, mich und weiß der Himmel, wen sonst noch. Ihren Bruder hab ich nicht mitgezählt. Sie wissen schon, warum, oder?"

„Ja, ich weiß", brachte sie mühsam hervor. „Er ist tot und..."

Sie schwankte. Ihre Finger krallten sich in den Rock ihres Kostüms. Der Blick, den sie mir zuwarf, sprach Bände; aber ich hatte keine Zeit, lange darin zu lesen.

„Sie... Sie auch... Sie...", stammelte sie.

Ich wartete auf weitere Sie-Sie-Sie. Als keins mehr kam, fauchte ich meinerseits:

„Sie-Sie-Sie!... Ich auch? Was auch?"

„Sie sind widerlich!"

Das wußte ich schon. Ich stand auf und nahm behutsam ihre Hände.

„Wovor haben Sie Angst?" fragte ich.

„Ich habe keine Angst!"

Ich ließ ihre Hände wieder los und strich mir über die Stirn. Die sieben Zwerge hatten ihre Forderungen durchgeboxt und nahmen die Arbeit wieder auf.

„Na schön!" sagte ich resigniert.

Meine Lenden schmerzten. Schwerfällig ging ich zum Fenster, immer noch auf Strümpfen. Sex-Appeal verpflichtet! Ich trat mit dem rechten Fuß auf eine feuchte Stelle im Teppich. Da mein Magen nach wie vor verdorben war, kapierte ich. Also wirklich, Benehmen ist Glückssache! Entweder man kann sich in vornehmer Gesellschaft bewegen oder nicht. Ich kann's nicht. Ein wenig schämte ich mich.

In nächster Nähe des Fensters lagen drei Zigarettenkippen herum. Da hatte wohl jemand den übervollen Aschenbecher entlasten wollen. Die Kippen waren rot gefärbt (der verräterische rote Kringel!), und eine von ihnen hatte den Teppich angesengt.

Ich betrachtete die Landschaft durch die weiße Musselingardine. Es regnete nicht, aber der Himmel war grau. Ich hatte keine Ahnung, wie spät es war.

„Gleich neun", teilte Joëlle auf Anfrage mit, wie man im Parlament sagt.

Irgendwo in der Umfassungsmauer, von den Bäumen versteckt, mußte sich eine Tür befinden. Ein Kiesweg tauchte hinter den Baumkronen auf und gabelte sich vor meinen Augen. Ein Teil führte wahrscheinlich zu der Treppe mit den Bronzestatuen, der andere zu diesem Flügel des Schlößchens. Ich dachte ein paar Augenblicke nach, unter wütenden Protesten meines Kopfes. Meine angestrengten Versuche, mich zu erinnern, taten ihm gar nicht gut.

„Ich bin durch die kleine Tür in der Mauer hereingekommen, stimmt's?" erkundigte ich mich.

„Ganz sicher", antwortete Joëlle.

„Dabei habe ich Lärm gemacht, und Sie haben mich gehört?"

„Ja."

„Außer Ihnen hat mich niemand gehört?"

„Anscheinend nicht."

„Aber Sie haben doch ebenfalls geschlafen, oder?"

„Natürlich."

Ich beendete das Kurzverhör.

„Sehr schön", murmelte ich.

Ich ging zurück zu dem Sofa, suchte meine Schuhe, fand sie und zog sie an.

„Ich bin zu kaputt, um so eine enttäuschende Unterhaltung fortzuführen. Besser, ich fahr nach Hause und ruh mich aus... Ich stehe im Telefonbuch", fügte ich hinzu. „Sollten Sie... Ich nehme an, Sie haben Tage, an denen Sie offen reden, so wie andere Tage der offenen Tür haben... Also, sollte sich so etwas ankündigen, sagen Sie mir Bescheid! Im Moment bitte ich Sie nur um eins: einen Lappen, mit dem ich meine dreckigen Schuhe säubern kann..."

Von einem Ausflug in die angrenzende Toilette brachte Joëlle mir das Gewünschte mit. Während ich mich mit meinen Schuhen abmühte, stand sie vor mir und sah mir stumm zu. Dann wurde es ihr zu langweilig, und sie setzte sich wieder auf den Stuhl.

So langsam war ich davon überzeugt, daß meine Schuhe nie mehr ihren ursprünglichen Glanz wiedererlangen würden. Ich gab es auf und ging zu meinem Jackett über. Überflüssig. Nach einer Bürste zu fragen, erübrigte sich. Das Kleidungsstück war nicht nur völlig verdreckt, sondern auch völlig zerknautscht, nur an den zerrissenen Stellen nicht. Das gute Stück paßte ausgezeichnet zu meiner Hose. Ein Anzug zum Ausziehen und Wegwerfen! Die Taschen enthielten, außer einigen Schlüsseln, nichts. Sogar das Etikett des Schneiders war entfernt worden. Ich zog die Jacke über.

„Bin ich in dieser Aufmachung vom Himmel gefallen?" fragte ich.

„Ja, genauso."

„Mit nichts weiter?"

Meine Augen blickten sich suchend nach meinem Hut, meiner Krawatte und meiner Lammfelljacke um.

„Ja, genauso", wiederholte Joëlle.

„Also im Sonntagsausgehanzug von Don Juan! Gibt's hier irgendwo einen Spiegel, in dem ich mich bewundern könnte?"

Das Mädchen führte mich in die Toilette. Aus einem Wandspiegel trat mir ein reizender Landstreicher entgegen. Wahrscheinlich hatte ich den Teint eines Fieberkranken von Bercy, doch das wurde unter einer Schmutzkruste verdeckt. Meine Hände waren auch nicht viel sauberer.

„Ich müßte mich mal mit einem Lappen ordentlich abreiben", bemerkte ich und mußte lachen. In puncto Abreibung hatte ich meinen Teil nun wirklich abbekommen in dieser Nacht! „Sie gestatten?"

Ich zog Jackett und Hemd aus. Joëlle unterdrückte einen Schrei des Entsetzens. Wenn mein Gesicht von einer Schmutzschicht überzogen war, dann war mein Oberkörper von blauen Flecken bedeckt.

„Haben Sie keine Angst", beruhigte ich sie. „Ich gehöre keiner anderen Rasse als der weißen an! Was Sie hier sehen, sind blaue Flecken. Blau ist die Farbe der Tuareg. Nun ist es aber so, daß sie abfärben, die Tuareg. Gehen Sie nie ins *Antinéa*, Kleine! Man kommt raus wie ein Roquefort."

„Ist das im *Antinéa*..."

„...passiert, ja. Araber haben mich ausgeraubt und durch die Mangel gedreht. Der Nachtclub ist der letzte Ort, an den ich mich erinnern kann, bevor ich hier wieder aufgewacht bin. Ich verzichte darauf, irgendwelche Zusammenhänge herzustellen, aus Mitleid mit meinem armen Kopf..."

„Um Gottes willen! Und das alles wegen..."

„Wegen einem kleinen Blödmann, der Drogen nimmt und dann stirbt, wegen einem alten Ausbeuter, der nichts so fürchtet wie Scherereien, und wegen einer jungen Lügnerin, die genau solche Scherereien zu sammeln scheint wie Briefmarken."

Ich ließ das Wasser laufen und nahm eine Grundreinigung an mir vor. Danach hätte ich mich gerne abgetrocknet; aber es war gar nicht so einfach, zwischen all dem, was an dem Handtuchhalter hing, etwas zu finden, das trocken war und abtrocknen konnte. Endlich gelang mir der seltene Fund. Ich rieb mich trocken und zog wieder meine Klamotten an. Ein erneuter Blick in den Spiegel zeigte mir eine gespaltene Lippe und eine geschwollene Nase. Die Färbung hätte man auf übermäßigen Genuß von Rotwein zurückführen können. Ich folgte Joëlle ins Schlafzimmer.

„Der schmerzliche Augenblick des Abschieds naht", sagte ich. „Ich kann leider nicht ewig lange hierbleiben, um mich mit Ihnen rumzuzanken. Aber genausowenig kann ich mich in dieser abenteuerlichen Aufmachung auf die Straße wagen. Haben Sie keinen Mantel, unter dem ich mein Elend verbergen könnte?... Und vielleicht müssen Sie ja auch wieder rein zufällig nach Paris fahren, wie gestern? Diese Gangster haben mir nicht einen Sou gelassen."

„Sie nach Paris fahren? Um mich wieder Ihren Fragen auszusetzen?“

„Ich Ihnen Fragen stellen? Dafür bin ich viel zu müde… und nicht blöd genug.“

„Einverstanden.“

Sie schloß die Zimmertür auf und verschwand auf dem Korridor. Kurz darauf kam sie zurück, über dem Arm einen abgetragenen Herrentrenchcoat. Er paßte mir. Jetzt ging es darum, unbeobachtet *La Feuilleraie* zu verlassen. Ich legte keinen besonderen Wert darauf, aller Welt mitzuteilen, daß ich einen Teil der Nacht im Schlafzimmer von Joëlle Flauvigny verbracht hatte. Genausowenig Lust hatte ich, Erklärungen über das abgeben zu müssen, was ich selbst nicht kapierte. Und schließlich wollte ich nicht noch mehr Zeit verlieren und mir das Leben nicht noch schwerer machen. Kurz und gut, ich hatte nur ein einziges Interesse: dem Schlößchen von Gérard Flauvigny unauffällig den Rücken zuzukehren.

Joëlle schlug vor, mich in ihrem Kabriolett an der kleinen Pforte zu erwarten. Ich gab zu bedenken, daß der Butler mich durch den Park gehen sehen würde. Dann bleibe nur eine Möglichkeit, erwiderte sie: zusammen in die Garage zu gehen. Man gelange auf der Rückseite des Hauses dorthin, wobei keine Gefahr bestehe, dem Personal zu begegnen. Die Alberts und Maries hätten um diese Zeit vorne im Haus zu tun. Mit anderen Worten: Das Ei des Kolumbus‘! Es mußte nur noch gelegt werden…

Nach ein paar Gehversuchen brachte ich es fertig, mich fortzubewegen, ohne zu schwanken. Wenn ich erst mal im Auto sitzen und durch das offene Tor fahren würde, würde mir schon irgendeine Erklärung einfallen, falls uns jemand über den Kiesweg lief.

Joëlle zog sich einen durchsichtig-blauen Regenmantel über, puderte sich ein wenig das Näschen, und dann ging’s los. Wir schlichen die Treppe hinunter und verließen ohne Zwischenfälle leise das Haus. Der frische Frühlingswind tat mir gut. Schnell huschten wir ums Haus herum, um den wachsamen Blicken des Butlers zu entgehen. Alles lief wie geschmiert. Wir erreichten die Garage, die von einer hohen Hecke verdeckt wurde. Doch nicht nur die Garage. Als wir vor ihr standen, sahen wir, daß schon jemand hier auf uns wartete.

„Guten Morgen, Mademoiselle. Guten Morgen, Monsieur", begrüßte uns Albert.

13
Erwachen mit Pauken und Trompeten

Der Butler mit dem Herzen für das Herz seines Herrn war sicherlich nicht darauf gefaßt gewesen, daß wir uns hier begegnen würden.

„Guten Tag, Albert!" rief ich fröhlich. „Bald kenne ich *La Feuilleraie* wie meine Westentasche! Wollte zu Monsieur Flauvigny, und als ich so um die Ecke segle, rutsche ich doch tatsächlich aus und falle hin!"

„Ich hoffe, Monsieur haben sich nicht weh getan?" erwiderte Albert besorgt und sah leicht ironisch auf meine geschwollene Nase.

„Nein, nein. Eine Tür... Ging einfach auf und hat sich an meiner Nase gestoßen, hahaha!"

Albert runzelte die Stirn.

„Eine Tür? Die kleine Tür?" fragte er nach.

„Ja. Ich hab's Mademoiselle mitgeteilt und wollte es ihr zeigen, und da sie sowieso wegfahren wollte, habe ich sie begleitet. Eine kleine Besichtigungstour über das Grundstück..."

„Natürlich, Monsieur", sagte Albert nachdenklich.

„Sie sollten die Tür abschließen", regte ich an.

Wortlos wischte er sich die Hände an seiner Gärtnerschürze ab.

„Soll ich Monsieur bei Monsieur Gérard melden?"

„Wenn er Besuche empfangen kann, ja."

„Monsieur ist wach. Wenn Monsieur mir folgen wollen..."

Ich wandte mich Joëlle zu.

„Auf Wiedersehen, Mademoiselle."

Durch entsprechende Mimik bedeutete ich ihr, daß sie in einiger Entfernung auf mich warten solle. Es würde nicht lange dauern, hoffte ich. So langsam fragte ich mich, ob ich mich mit diesem Mädchen eines Tages auch mal normal würde verständigen können, nicht nur durch Zeichen, Flüstern oder Anspielungen. Allerdings glaube ich nicht an Wunder...

Ich schloß zu dem gärtnernden Butler auf und erkundigte mich höflich nach dem Gesundheitszustand seines Herrn. Albert sagte mir, Monsieur habe dank eines starken Schlafmittels, das Dr. Péricat ihm verabreicht habe, eine ausgezeichnete Nacht verbracht. Er hatte wirklich Schwein, der Alte!

Gérard Flauvigny hatte die verquollenen Augen und den benommenen Gesichtsausdruck eines Menschen, der eben aus einem durch eine starke Dosis künstlich herbeigeführten Schlaf erwacht ist. Er setzte sich in seinem königlichen Bett bequem auf. Wenn er mich auch einfach so empfing, so rief mein Anblick – das fühlte ich – bei ihm keine Begeisterung hervor. Er mußte fürchten, daß ich so langsam lästig würde. Vielleicht fürchtete er auch, ich wolle ihn anpumpen.

„Entschuldigen Sie, daß ich Sie überfalle", begann ich, „aber ich muß gewisse Vorsichtsmaßnahmen treffen, und es gibt Situationen, in denen ich das Telefon lieber nicht benutze."

„Sind Sie... Sind Sie dagewesen?" fragte er rundheraus.

„Ich komme sozusagen direkt von dort", antwortete ich. „Ein erster Erkundungsgang. Man kann nicht gleich am ersten Tag hinter die Kulissen gelangen. Aber ich packe die Burschen schon! Es muß da noch um etwas anderes gehen als um Drogen..."

Sein Interesse war geweckt.

„Wirklich? Und um was? Haben Sie einen Anhaltspunkt?"

„Noch nicht. Aber Sie können sicher sein, ich schlafe nicht!" Das stimmte sogar beinahe. „Lassen Sie mir ein wenig Zeit, und Sie werden sehen... Aber deswegen bin ich heute morgen nicht zu Ihnen gekommen. Es geht um... um Ihren Sohn. Es tut mir leid, aber..."

„Raus mit der Sprache!" polterte der Alte los. „Sie haben die Polizei benachrichtigt, und die glaubt nicht an einen Unfall, stimmt's?"

„Warum sollte sie nicht daran glauben, wenn's doch nichts anderes war?"

„Also?“

„Ich habe die Polizei noch nicht benachrichtigt. Werd’s gleich tun. Und dafür brauche ich einen vernünftigen, nichtberuflichen Grund für unsere... äh... Beziehung. Um keinen dummen Verdacht aufkommen zu lassen...“

Ich erklärte ihm, welches Märchen ich mir ausgedacht hatte und auftischen wollte, wenn nötig mit der Arbeitsbescheinigung unterm Arm.

„Der Rest ist dann kein Problem mehr“, fügte ich hinzu. „Nur müssen Sie im Falle eines Falles erklären, daß wir uns schon seit ewigen Zeiten kennen.“

„In Ordnung“, sagte er seufzend. Dies war das Haus des Seufzens und des Flüsterns! „Sie werden den Fall sicher bestens zu Ende bringen. Ist das alles?“

„Ja, das ist alles.“

„Nun, dann auf Wiedersehen.“

Ich verdrückte mich. Albert, der Angst hatte, daß ich mich verlaufen könnte, begleitete mich bis zum Gartentor. Ich ging nach rechts. Am Ende der Rue Decomble wartete Joëlle auf mich. Sie war aber nicht alleine. Ein massiger Kerl stand neben ihrem Wagen und redete mit dem jungen Mädchen. Er war wohl soeben aus dem Schlitten gestiegen, der nicht weit von dem Kabriolett parkte und bestimmt nach Maß angefertigt worden war. Ich verlangsamte meinen Schritt. Mit einem eleganten Lüften seines Hutes verabschiedete sich der Dicke, stieg wieder in seinen *Studebaker* und brauste davon. Verächtlich fuhr er an mir vorbei, erreichte mit ein paar Radumdrehungen das Tor von *La Feuilleraie* und hupte.

Der Mann gefiel mir nicht. Seit meiner Unterhaltung mit dem honigsüßen Araber im *Antinéa* widerte mich alles an, was mehr als einhundert Kilo auf die Waage brachte.

„Sie Wüstling!“ sagte ich zu Joëlle. „Vor Ihnen ist aber auch keiner sicher! Ekeln Sie sich nicht vor solchen Fettklößen?“

„Steigen Sie ein und seien Sie still!“ befahl sie.

Gehorsam setzte ich mich neben sie. Neben einem jungen Mädchen in einem Wagen Platz zu nehmen, war – unter anderem – eine Spezialität, die diese hügelige Straße für mich bereithielt. Als ich mich an dieselbe Bewegung vom Vortag erinnerte, wurde mir ganz komisch zumute. Es ging vorbei.

„Was war das denn für ein Elefant?“ fragte ich.

„Das ist kein Elefant, das ist Maître Lenormand, Papas Anwalt.“

„Ihr Vater braucht einen Anwalt? Ach ja, richtig! Seine Geschäfte, natürlich!“

„Ja, seine Geschäfte. O Gott!“ rief sie verzweifelt aus.

Angst stand wieder in ihren Augen.

„Machen Sie sich keine Sorgen um Ihren Vater“, beruhigte ich sie. „Der Besuch eines Anwalts ist noch kein Grund zur Aufregung. Ihr Papa hatte ’n bißchen Ärger bei der Befreiung, aber das ist vorbei. Jetzt wird er nicht mehr eingesperrt. Schließlich ist er weder Journalist noch Schriftsteller…“

„Ja… Ja… Hat er Ihnen was erzählt?“

„Nein, ich war es, der die ganze Zeit geredet hat.“

„Und wie… wie ist es gegangen?“

Der Eindruck des schon Gesehenen, schon Gehörten, schon Erlebten verstärkte sich. Jenes seltsame Gefühl des Wiedererkennens, das man angesichts einer vollkommen unbekannten Landschaft empfindet. War es lediglich der Tatsache zuzuschreiben, daß ich – wie gestern – mit Joëlle in ihrem Auto über ihre Familie sprach? Oder mußte man es als Folge dessen ansehen, was ich im Laufe der Nacht erlebt hatte? (Aber was hatte ich eigentlich erlebt?…)

„Gut ist es gegangen“, antwortete ich auf die Frage des Mädchens. „Ich habe ihm nicht verraten, daß ich schnurstracks aus Ihrem Schlafzimmer gekommen bin. Hab ihn nur gebeten, wenn nötig zu erklären, daß wir uns alle schon seit Urzeiten kennen: er, Sie, Ihr Bruder und ich. Dadurch soll bloß ein Skandal wegen des Unfalltodes Ihres Bruders vermieden werden. Verstehen Sie?“

„Ja… und… war es ein Unfall?“

„Ja.“

Verstehen Sie? Ja. Dr. Péricat, Joëlle und noch andere antworteten alle: Ja. Allerdings mit einem Gesichtsausdruck, der das Ja ihrer Lippen dementierte. Einem Gesichtsausdruck wie nach einem Alptraum. Ich zuckte die Achseln und wechselte das Thema:

„Was Albert wohl gedacht hat?"

„Albert?... Worüber?... Ach ja!... Über uns?... Ihre Erklärung schien ihn doch überzeugt zu haben, oder?"

„Ich glaub schon."

Die Straße gabelte sich.

„Den gleichen Weg wie gestern?" fragte Joëlle.

„Gestern? Ja, ja..." Jetzt schwebte ich in den Wolken. „Wir kommen an einem Café-Tabac vorbei. Wenn ich nämlich nicht binnen fünf Minuten eine qualmende Pfeife zwischen den Zähnen spüre, sterbe ich."

Sie hielt vor einem Café mit Tabakverkauf. Mir fiel ein, daß ich ohne einen Sou dastand. Gerade wollte ich das Mädchen anpumpen – Not kennt kein Gebot! –, als ich meinen guten alten Reboul aus dem Bistro kommen sah. Ich rief ihn an, und er drehte sich zu uns um.

„Eine Sekunde", sagte ich zu Joëlle und krabbelte aus dem Kabriolett. „Ein Kriegskamerad von mir..."

Ich ging zu meinem einarmigen Mitarbeiter. Er schien ganz aufgeregt zu sein.

„Um Himmels willen, Chef!" rief er und verzog sein Gesicht. „Hab Sie gar nicht erkannt in der Kiste... neben der Kleinen. Und dann der Mantel! Wo haben Sie den denn her? Hab ihn noch nie bei Ihnen gesehen... Und die Nase! Ist die Kleine ein Tiger?"

„Und der Anzug?" fuhr ich fort und schlug den Mantel zurück. „Haben Sie den schon mal bei mir gesehen?"

„Ja, da schlag doch einer lang hin! Haben Sie sich geprügelt?"

„Nein, ich mache Mode! Und Sie? Kommen Sie voran?"

„Ich komme gerade aus der Telefonkabine. Versuche schon den ganzen Morgen, Sie zu erreichen. Es gibt was Neues."

„Alis Leiche? Wiedergefunden? Entdeckt?"

„Und dazu noch eine andere, damit's ein Paar wird. Die Flics sind schon am Fundort. Florimond Faroux und seine Leute. Ich wollte Sie anrufen, weil ich mir vorstellen könnte, daß es Sie interessiert. Den Namen der zweiten Leiche haben Sie gestern im Restaurant erwähnt…" Er senkte die Stimme. „Péricat… Dr. Péricat, Hausarzt Ihres Klienten."

14
Wieder im Tran

Es war, als ließen mich der dicke Chef des *Antinéa* und seine Leute wieder von ihrem Kuskus, der Spezialität des Hauses, kosten. Die sieben Zwerge in meinem Schädel hämmerten lustig weiter, nach der Melodie: Hau-ruck, hau-ruck, ran an die Arbeit, in die Hände gespuckt! Die alte Leier. Ich fuhr mir mit meiner feuchten Hand über die Stirn.

„Ach, du Scheiße!" fluchte ich. „Péricat?"

„Am Steuer seines Wagens", erklärte Reboul. „Der Wagen war gegen einen Baum gefahren. Aber nicht der Unfall hat ihn umgebracht. In seinem Herzen steckte eine Kugel. Vielleicht Selbstmord. Auf dem Boden lag ein Revolver. Nur daß ein Arzt heutzutage normalerweise mehr als tausend Francs bei sich hat... Das war nämlich die Summe, die in seiner Brieftasche gefunden wurde."

„Péricat?" wiederholte ich stumpfsinnig. „Einfach kaltgemacht, hm?"

„Das will ich Ihnen doch die ganze Zeit erklären, Chef! Ist das 'ne Überraschung, oder ist das keine?"

Ich schüttelte meinen schmerzenden Kopf. Überraschung war eigentlich nicht das richtige Wort. Der Fall lag viel komplizierter. Die neue Leiche überraschte mich nur insofern, als daß ich nichts mit ihr anfangen konnte. Ich wußte das alles. Ich wußte, daß ich das alles wußte. Ich schüttelte mich.

„Gehn wir rein und trinken 'n Gläschen", schlug ich vor. „Verdammt und zugenäht! Los, trinken wir was!"

Ich ging als erster in das Café-Tabac. Das Lokal war leer. Kein Wunder bei dem dicken, alten Weib, das zwischen den verlockenden Rauchwaren der staatlichen Tabakregie thronte. Ihr mürrisches Gesicht alleine rechtfertigte es, daß man sie in einen Glaskasten gesperrt hatte. Hinter der Theke vertrieb sich der Wirt die Zeit mit Däumchendrehen. Eine Kellnerin staubte Flaschen ab.

Der Wirt begrüßte uns mit einer Baßstimme. Nachdem wir in einem stillen Eckchen Platz genommen hatten, kam die Kellnerin zu uns und fragte nach unseren Wünschen.

„Kaffee“, sagte ich. „Aber richtigen! Schön stark und heiß, und lieber in einer Salatschüssel als in einer Tasse.“

„Dasselbe“, bestellte Reboul. „Für mich aber eher in einem Fingerhut. Und dazu einen Rum.“

„Insgesamt also zwei mittlere“, lachte die Kellnerin freundlich und schlurfte in die Küche, um unsere Wünsche zu erfüllen.

„Hübsches Kind“, murmelte Reboul. „Müßte nur mal mit Stahlwolle abgeschrubbt werden...“

Er verstummte, und uns beiden fiel ein, daß wir Joëlle draußen warten ließen. Ein Blick durch die Scheibe überzeugte mich vom Gegenteil: Sie hatte das Warten schon aufgegeben. Zwar stand ein Wagen vor dem Bistro, aber das war nicht ihr Kabriolett.

„Prima“, kommentierte Reboul. „Hab ich ihr Angst gemacht?“

„Das hab ich schon vorher besorgt. Wundert mich nicht! Seit ein paar Stunden erschrecke ich mich selbst, wenn ich in den Spiegel sehe... Ich hoffe, Sie haben Geld bei sich“, fügte ich hinzu. „Ich kann nämlich nicht mal mehr den Bus nehmen! Die Kleine sollte mich eigentlich nach Hause fahren.“

„Wieviel brauchen Sie?“

„Zweitausend reichen.“

Grinsend wühlte er in seinen Taschen.

„Teurer Schuppen, das *Antinéa*, was?“

„Ziemlich kostspielig, aber man kriegt was geboten für sein Geld. Prügel, leere Taschen und Drogen! Mit Kleinigkeiten geben die sich nicht ab. Ich aber auch nicht, verdammt nochmal! Die werden mir das bezahlen, mit Zinsen! Ich hatte die schlimmsten Alpträume meines Lebens. So richtig kann ich mich nicht mehr erinnern, nur noch schemenhaft an Einzelheiten. Es war gräßlich! Und da soll's doch tatsächlich Leute geben, die sich ruinieren, um so was durchzumachen! Das war schlimmer als Prügel... Péricat kam auch drin vor, in meinen Drogenphantasien. Und zwar als Leiche. Ob das was zu bedeuten hat?"

„Kann schon sein", sagte Reboul und wiegte seinen Kopf hin und her.

Er gab mir einen nagelneuen Zweitausender, den ich sofort an der Kasse wechseln ließ. Mit dem Kleingeld kaufte ich mir eine Pfeife und etwas, womit ich sie stopfen konnte. Der Wirt stand jetzt neben seiner Frau und las Zeitung. Er faltete das Käseblatt zusammen.

„Scheißwetter", knurrte er nach einem Blick nach draußen. „Sieht nicht so aus, als würd's besser... In Bourg-la-Reine soll's 'n Unfall gegeben haben", fuhr er mit seinen Kurzmeldungen fort. „Einer ist mit seinem Wagen gegen einen Baum gerast."

„Hab schon davon gehört", erwiderte ich.

Ich zog ein paarmal an meiner neuen Pfeife, was ich trotz meines Brummschädels genoß.

„Eine prima Pfeife ist das", pries der Wirt seine Ware an.

„Sieht so aus."

„Soll sich um einen Mord handeln", bemerkte die Kellnerin, die unsere Getränke zu Reboul an den Tisch brachte.

Der Wirt klopfte auf die Zeitung.

„Ist ja klar! Wenn soviele Gangster frei rumlaufen..."

„Riton-der-Spinner vielleicht", seufzte seine Frau hinter Glas. „Unruhige Zeiten sind das!"

„Komische Zeiten", stimmte ich ihr zu.

Ich ging an unseren Tisch zurück und spülte mir den Mund mit einem Schluck Kaffee aus. Die Brühe enthielt genug Zichorie und Gerste, um dem Wirt einen ruhigeren Lebensabend zu garantieren als mir, unruhige Zeiten hin und her. Na ja, jedenfalls desinfizierte das Zeug.

„Die Geschichte steht ganz im Zeichen der Pfeife", sagte ich zu Reboul und ließ ihn meine neueste Errungenschaft bewundern. „Ich verliere andauernd welche, und andere legen sie für immer aus der Hand."

„Hoffen wir, daß es bald nicht umgekehrt zugeht", sagte mein Mitarbeiter.

„Viel hat heute nacht nicht gefehlt! Diese Araber haben mich völlig ausgeraubt, nur meine Schlüssel haben sie mir gelassen. Möchte wissen, warum."

„Die haben sie wohl vergessen."

„Wahrscheinlich. Sogar die Etiketts haben sie aus meiner Jacke rausgerissen, um jede Identifizierung zu erschweren. Ahnen Sie was?"

„Großer Got!! Dann war das also nicht nur 'ne normale Abreibung, die Sie sich abgeholt haben?"

„Das können Sie mir glauben. Die Kerle wollten mich fertigmachen, das ist sonnenklar!"

„Und wie sind Sie ihnen entwischt?"

„Keine Ahnung. Ich war bekifft. Ich weiß nicht, ob ich Halluzinationen oder böse Träume hatte. Unmöglich, zwischen Realität und Täuschung zu unterscheiden. Ich bin aus dem Quartier Latin davongeflogen und im Schlafzimmer der Kleinen gelandet, in deren Kabrio Sie mich eben gesehen haben."

„Also wirklich, Chef! Verraten Sie mir, um welche Droge es sich gehandelt hat. Ich möchte auch neben so einem Käfer aufwachen! Das ist ja wie im Kino, wenn ich Sie recht verstehe."

„Péricat tot am Steuer seines Wagens, das kam mir auch wie im Kino vor. Gehörte ihm der Revolver, den man bei ihm gefunden hat?"

„Weiß ich nicht."

„Und ich weiß nur, daß die Gummi-Arabiker mir meinen geklaut haben. Möglich, daß sie ihn benutzt haben, um Péricat umzubringen ... und mich noch tiefer reinzureiten, als ich sowieso schon drinstecke. Die Kerle sind zu allem fähig. Und außer konfusen Erinnerungen habe ich praktisch keine Ahnung, was gestern nacht passiert ist."

„Ich hab mir das Ding angesehen. Beruhigen Sie sich, es gehört nicht Ihnen. Es sei denn, Sie hätten einen Schalldämpfer draufgesteckt und…"

„Ach, sie haben einen Schalldämpfer benutzt?"

„Ja, ein ungewöhnlich dickes Modell. Faroux schien sich sehr dafür zu interessieren."

„Ach, Faroux! Es wird immer komplizierter. Was hat er denn dazu gesagt, daß Sie zufällig in der Gegend waren?"

„Ist es verboten, Freunde in einem Vorort zu haben? Ich hab Faroux erzählt, ich hätte einen Kumpel besuchen wollen, und als ich was von einem Unfall läuten gehört hätte, wär ich zum Ort des Geschehens gekommen. Berufliche Neugier, sozusagen."

„Und das hat er geschluckt?"

„Schmerzlos. Hat mich nur gebeten, schleunigst zu verschwinden. Was ich dann auch getan habe. Übrigens wußten in Sceaux genug Leute Bescheid, so daß ich auch ohne seine Hilfe Informationen sammeln konnte."

„Und die wären?"

Reboul berichtete, was er gehört hatte. Ein Arbeiter hatte auf dem Weg zur Arbeit gegen sieben Uhr das Auto entdeckt und die Flics alarmiert. Vor einer halben Stunde war die Kripo eingeschaltet worden.

„Noch keine Spur. Hat nicht schlecht geregnet, heute nacht. Man weiß noch nicht mal, woher das Auto gekommen ist."

„Und Ali Ben Cheffour?"

„Der lag nach wie vor auf der Mülldeponie. Ein Lastwagen aus Montrouge hatte ihn unter seiner Ladung begraben. Ein Lumpensammler, der zweimal wöchentlich im Müll rumstochert, hat ihn gefunden und die Polizei benachrichtigt. Die Flics waren ja sowieso schon wegen der Péricat-Geschichte auf den Beinen."

Wir legten eine Schweigeminute ein. Mein Kopf schmerzte, als wäre er in einen Schraubstock geraten.

„Ein merkwürdiger Fall", brummte ich nachdenklich. „Zuerst finde ich Alis Leiche ganz in der Nähe von *La Feuilleraie*;

dann kratzt der Sohn des Hausherrn von *La Feuilleraie* ab; und schließlich muß der Hausarzt von *La Feuilleraie* dran glauben. Ich meinerseits bin nur knapp daran vorbeigekommen, die Löffel abzugeben. Da muß doch ein Zusammenhang bestehen! Wenn die glutäugigen Gangster des *Antinéa* nichts weiter als Rauschgift verschieben würden, würden sie dann Ihrer Meinung nach zu solch extremen Mitteln greifen?"

„Da muß es noch was anderes geben."

„Ganz bestimmt. Und zwar etwas, von dem die Flics bereits Wind bekommen haben. Im *Antinéa* hab ich Andréjol getroffen. Kennen Sie ihn?"

„Andréjol? Faroux hat den Namen erwähnt."

„In welchem Zusammenhang?"

„Keine Ahnung. Hab nur den Namen gehört."

„Der Flic ist verprügelt und mit Drogen vollgestopft worden, genau wie Dumonteil und ich."

„Und... Wo ist er jetzt?"

Ich hob die Schultern.

„Wir sollten wohl alle drei für immer ausgeschaltet werden, nehme ich an. Als ich Andréjol zum letzten Mal sah, hat er Granaten durch die Gegend geschmissen."

„He? Was?"

„Ich bin mir nicht sicher, aber so schien es mir jedenfalls. Er hat Handgranaten geworfen, und alles ist explodiert."

Reboul sah mich lange aufmerksam an. Er konnte einen besorgten Ausdruck in seinem Blick nicht verbergen.

„Ich verstehe Sie ja", sagte ich. „Aber ich bin wirklich nicht verrückt geworden... obwohl ich manchmal selbst das verdammte Gefühl habe. Sogar von einem Besuch in Buchenwald hab ich geträumt..."

„Und ich hab immer geglaubt, Rauschgift würde rosarote Träume erzeugen!"

„Haschisch nicht, oder ich bin dafür nicht geeignet. Aber das mit dem toten Péricat hinterm Steuer, das war wohl kein Traum, nicht wahr?"

„Was machen wir nun?" fragte Reboul statt einer Antwort.

„Sie bleiben am besten hier in der Gegend und schnüffeln ein wenig herum. Anweisungen zu geben, das geht im Moment über meine Kräfte. Mein Gott, bin ich kaputt! Auf den Beinen bin ich nur noch aus Gewohnheit und weil das gerade Mode ist. Ich geh jetzt nach Hause und schlaf mich aus... Übrigens: Wann ist der Arzt gestorben?"

„Weiß ich nicht."

„Gestern abend hat er vor elf Uhr *La Feuilleraie* verlassen, nachdem er seinem Patienten ein Schlafmittel gegeben hatte. Wenn Faroux das herausfindet, rennt er sofort zu Flauvigny und löchert ihn mit seinen Fragen, auf die Gefahr hin, daß der Alte auch noch dabei draufgeht! Na, mir soll's recht sein. Einer mehr oder weniger..."

„Seien Sie mal nicht so pessimistisch, Chef!"

Wir gaben uns die Hand, und ich sprang in einen Bus, der gerade vorbeifuhr. Fünf Minuten später setzte er mich vor der Gare de Robinson ab. Auf dem Vorplatz wartete ein Taxifahrer auf Arbeit. Ich gab ihm welche unter der Bedingung, daß er kräftig auf die Tube drückte, da ich's eilig hätte. Der Fahrer hatte bereits das Fahrgeld des Gastes, den er hergebracht hatte, in der Tasche und raste los. Er machte soviel Wind, daß er die dunklen Wolken am Himmel verscheuchte. Hinter Châtillon schien die Sonne. Dennoch sah ich in dem ganzen Mischmasch nicht klar.

15

Kraut, Rüben und faule Tricks

Zu Hause erwartete mich eine Überraschung: Das Türschloß widerstand den Bemühungen meines Schlüssels. Ich sah ihn mir genauer an. Es war nicht meiner. Glücklicherweise lag ein zweiter Satz Schlüssel bei meiner Concierge. Ich holte ihn mir und gelangte ohne weitere Zwischenfälle in mein Badezimmer. Nach einer Dusche hätte ich mich liebend gerne für mindestens zwölf Stunden ins Bett gelegt, doch da mußte noch dringend etwas erledigt werden. Ich rasierte mich, zog vorzeigbare Kleidung an, aß eine Kleinigkeit und trank einen Schluck. Dabei untersuchte ich die Schlüssel, die auf geheimnisvolle Weise in meinen Besitz gelangt waren. Sie hatten nichts Besonderes an sich. Rolands Wohnungsschlüssel fand ich an derselben Stelle, an den ich ihn hingelegt hatte, bevor ich zu meiner abenteuerlichen Expedition aufgebrochen war: auf meinem Schreibtisch, neben der Arbeitsbescheinigung der *Tréfileries de la Seine*. Dieses Dokument erinnerte mich an die verschiedenen Ausweise, die mir abhanden gekommen waren. Für alle Fälle bewaffnete ich mich mit einem Wählerausweis, der noch keine Urne gesehen hatte, und einem Duplikat meiner Lizenz als Privatdetektiv. Dazu nahm ich ein wenig Geld von dem Schatz mit, den ich sicherheitshalber versteckt hatte. So ausgestattet, verließ ich das Haus.

Zuerst ging ich aufs Polizeirevier meines Viertels, um eine Verlustanzeige aufzugeben. Nachdem ich mich dann per Telefon versichert hatte, daß Hélène im Büro saß, fuhr ich im Taxi zu ihr.

„Wir machen eine Tour zur Rue Tournefort“, sagte ich zu ihr. „Roland muß sich so langsam vernachlässigt vorkommen. Wird höchste Zeit, daß wir ihn offiziell entdecken!“

„Und dafür brauchen Sie mich?" fragte meine Sekretärin, ohne ihren Widerwillen zu verbergen.

„Ich reise lieber in Begleitung", gab ich zurück. „Seit gestern sind viele Dinge passiert, die meine ursprünglichen Pläne durchkreuzt haben und..."

„Was für Dinge?" wollte Hélène wissen.

„Später", vertröstete ich sie. „Waren Sie heute morgen im Gewerkschaftshaus?"

„Bin gerade zurückgekommen. Ihr Freund Boyer kennt Mercadier sehr gut. Die beiden haben zusammen bei Flauvigny gearbeitet, allerdings in entgegengesetzten Funktionen. Boyer organisierte die Gewerkschaftsarbeit, und Mercadier desorganisierte sie, indem er Spitzel einschleuste, die die Gewerkschafter denunzierten. Außerdem rekrutierte Mercadier Streikbrecher."

„Ist das alles?"

„Ja, das ist alles. Und Sie?"

„Meine Arbeit wollte man ebenfalls desorganisieren..."

Ich berichtete ihr von den Ereignissen meiner Nacht. Besser gesagt, von dem, was in meiner Erinnerung übriggeblieben war.

„Und zum Mundausspülen hat Reboul mich über den gewaltsamen Tod von Flauvignys Hausarzt unterrichtet."

„In der Umgebung des Alten wird viel gestorben, finden Sie nicht?" bemerkte Hélène.

„Ich frage mich schon die ganze Zeit, ob da ein Zusammenhang besteht. Jedenfalls wird der letzte Tote meine Arbeit nicht grade erleichtern. Die Diskretion, die ich Flauvigny zugesichert habe, hält dem Druck der Ereignisse immer weniger stand. Wenn das so weitergeht, werde ich meinen Kopf für rund vierzig Scheine hingehalten haben. Sobald die Polizei auf der Bildfläche erscheint, wird der Alte mich zum Teufel jagen und womöglich noch sein Geld zurückverlangen."

„Daran wollen wir lieber gar nicht erst denken", seufzte Hélène. „Bisher hatte ich noch keine Herzattacken, doch das kann sich sehr schnell ändern..."

Ein Taxi brachte uns zur Place Contrescarpe. Nichts deutete in der wie gewöhnlich friedlich daliegenden Rue Tournefort darauf hin, daß man inzwischen irgend etwas entdeckt hätte. Tatsächlich lag Roland immer noch in seiner Mansardenwohnung. Nur etwas starrer vielleicht. Ich inspizierte seine Wohnung, aber es fiel mir nichts Außergewöhnliches auf. Ich öffnete den Gashahn, damit die Flics, die ich gleich benachrichtigen würde, ihre Nasen gebrauchen könnten. Dann schlug ich Alarm, als wäre es das erste Mal, daß ich einen Toten gesehen hätte. Während Hélène die Treppe hinunterlief, klopfte ich an alle Türen der Nachbarschaft.

„O Gott, o Gott!“ jammerte ich, als sich der erste Nachbar blicken ließ. „Nebenan... Ein Unfall... Gas... Sind Sie zufällig Arzt?“

„Ein Unfall?“

Die Augen des schnellen Nachbarn leuchteten. Unfälle schienen ihm wohl Spaß zu machen, wenn er nicht grade selbst das Opfer war.

„Ja... Gas“, wiederholte ich stammelnd.

„Kann man reingehen?“

„Sind Sie Arzt?“

„Unten wohnt einer.“

Nach diesem Tip ließ er mich stehen und stürzte in Rolands Wohnung. Ich freute mich über seine Neugier und ging nach unten, um den Doktor zu rufen. Der Aufzug fuhr an mir vorbei nach oben. Seine Fahrgäste waren die Concierge und ein anderes dickes Weib, die nachsehen wollten, was passiert war, um sich mit Gesprächsstoff für die kommende Woche zu versorgen. Mir sollte es recht sein. Die ganze Bande würde einen solchen Wirbel veranstalten, daß die Spurensicherung nichts mehr finden würde.

Ich klingelte bei dem Arzt, setzte ihn ins Bild und sagte, ich würde jetzt zur Polizei gehen.

Hélène wartete unten auf mich.

„Sie sind dazu verdammt, mein Schatz, tief bewegt zu sein“,

befahl ich ihr. „Gehen Sie ins Bistro gegenüber, und trinken Sie ein Glas auf den Schreck."

Der diensthabende Inspektor in der Rue Lhomond hörte sich um so lieber mein Märchen an, da er schon von mir gehört hatte. Wir nahmen noch einen Flic mit und gingen zusammen zu dem Totenhaus. Ich kümmerte mich so rührend um Roland, als wäre er tatsächlich der Sohn eines alten Freundes.

In der fünften Etage wimmelte es von Neugierigen. Der Flic sorgte dafür, daß sich die Menge zerstreute. Nur der Arzt durfte bleiben.

„Asphyxie", stellte er fest. „Der Tod muß schon vor vielen Stunden eingetreten sein. Anscheinend hatte der junge Mann geschlafen... vielleicht betrunken..."

„Ich weiß", unterbrach ihn der Inspektor, dem ich nicht verheimlicht hatte, daß Roland Drogen genommen hatte.

Der Arzt legte uns Eigenschaften und Wirkungsweisen des Gases auseinander. Seit einiger Zeit sei es in geringer Dosis beinahe geruchlos, klagte er, was die Unfallgefahr erhöhe. Wenn man etwas bemerke, sei es meistens schon zu spät...

Mit Hilfe des Wassertopfes demonstrierte ich den Hergang des tödlichen Ereignisses. Der Inspektor schien von meiner Theorie überzeugt. Er dankte dem Arzt für seine erste Hilfe, stellte seinen Untergebenen als Wachposten vor die Tür und ging mit mir zurück aufs Revier. Dort gab er seinen Leuten Anweisungen, das zu tun, was in solchen Fällen eben zu tun ist, und nahm meine Zeugenaussage zu Protokoll. Nachdem die Formalitäten erledigt waren, erzählte ich dem Flic, welch ein hohes Tier mein Freund, der Vater des Toten, sei, daß er ein schwaches Herz habe und ich ihn deshalb lieber selbst von dem Schicksalsschlag unterrichten wolle. Ich bat ihn, unterdessen den Bluthunden von der Presse nichts über Rolands Stammbaum zu verraten, ebenfalls wegen Papas schwachem Herzen. Er versprach mir, sich daran zu halten, und entließ mich, erfreut, meine Bekanntschaft gemacht zu haben, wie er mir versicherte. Ich folgte Hélène ins Bistro gegenüber.

„Ich muß Sie ins Archiv des *Crépu* schicken", sagte ich bedauernd zu ihr. „Sehen Sie die Ausgaben der letzten drei Monate durch, und machen Sie eine Liste aller Diebstähle, Überfälle usw., an denen Nordafrikaner beteiligt waren. Vielleicht hilft uns das nicht weiter, aber man soll nichts außer acht lassen. Bitten Sie Marc Covet, Ihnen beim Staubschlucken beizustehen. Was über Riton-den-Spinner zusammengeschmiert wurde, braucht Sie nicht zu interessieren. Das ist nicht unser Bier."

„In Ordnung, Chef."

Ich rief den Wirt des Bistros, um zu zahlen. Er beobachtete gespannt, was sich auf der sonst so ruhigen Straße tat. Soeben waren die Ambulanz und ein Polizeiwagen eingetroffen. Der Wirt kassierte.

„Was ist denn da drüben los?" erkundigte er sich.

„Ein Unfall", sagte ich. „Ein junger Student ist an einer Gasvergiftung gestorben. Übrigens, vielleicht kennen Sie ihn: Roland Flauvigny..."

„Ach, wissen Sie, mit Namen hab ich's nicht so... Nicht mal den meines Abgeordneten kann ich mir merken... Nur einen, den kenne ich: Riton-den-Spinner."

„Den Namen oder den Mann?"

„Oh, nur den Namen natürlich. Den kennt doch jeder... Entschuldigen Sie, aber ich hab eben gehört, wie Sie den Namen ausgesprochen haben. Hat er was mit der Sache da drüben zu tun?"

„Nein, es war ein ganz gewöhnlicher Unfall."

„So was kann man nie wissen, heutzutage. Um wieder auf Riton-den-Spinner zurückzukommen, seit dem Überfall auf die Zentrale der Kreditbank vor zwei Monaten sieht man ihn anscheinend überall, wie ein Phantom. Ich zum Beispiel hab ihn vor einer Woche vor dem Panthéon gesehen. Nach den Fotos in der Zeitung konnte er es jedenfalls gewesen sein, so ungefähr..."

„Ja, ja, so ungefähr. Vor dem Panthéon? Na ja, das ist leicht zu erklären. Bald wird er zu den großen Männern Frankreichs gehören."

Hélène und ich ließen den Wirt mit den Auswüchsen seiner Phantasie alleine. Riton-der-Spinner machte alle Welt verrückt, verrückter, als er selber war.

Ich brachte Hélène zu einem Bus, der zur Redaktion des *Crépuscule* fuhr. Dann winkte ich ein Taxi heran und versprach dem Fahrer, ihn in meinem Testament zu bedenken, wenn er mich nach Sceaux hinausfahren würde. Lachend erwiderte er, ihm sei ein sattes Trinkgeld lieber. Ich verstand ihn, er verstand mich, und ab ging's in den reizenden Vorort, wo mich vielleicht die nächste Leiche erwartete. Wenn einen das Glück nämlich erst mal verfolgt...

* * *

Ein Renault der Polizei stand vor *La Feuilleraie.* Ich sah den Wagen gleichgültig an, und der Flic am Steuer sah ebenso gleichgültig zurück. Ich läutete am Eingangstor. Der Portier öffnete mir. Im selben Moment ging die Haustür auf, und Florimond Faroux erschien zwischen den beiden Lampenträgerinnen. Wie der Esel, der sich nicht zwischen zwei Heubündeln entscheiden kann! Hinter ihm tauchte Grégoire auf, einer seiner Männer. Albert, der Butler, vervollständigte das hübsche Gruppenbild.

„Na sowas!" rief der Kommissar. „Da kommt ja Nestor Burma!"

Er verzog das Gesicht zu einem Grinsen und schob seinen schokoladenbraunen Hut mit dem Daumen auf den Hinterkopf, so wie es die Gangster im Film tun. Auch er wurde von Riton-dem-Spinner angesteckt! Ich ging die Treppe hinauf und gab meinem Freund die Hand.

„Grégoire kennen Sie doch, oder?" sagte er und wies auf den Inspektor.

Ich nickte. Der dicke Grégoire lachte.

„Wir treffen uns immer auf dem Lande", stellte er fest.

„Was tun Sie hier?" fragte mich Faroux.

„Und Sie?" fragte ich zurück.

Mit leiser Stimme fügte ich hinzu:

„Ich habe Monsieur Flauvigny eine betrübliche Nachricht zu überbringen.“

„Von dem Tod seines Freundes und Arztes?“

„Was ist das denn überhaupt für eine Geschichte?“ ereiferte ich mich. „Ganz Sceaux ist in Aufruhr … Ach, verstehe!“ rief ich und machte ein Gesicht wie jemand, der schneller kapiert als ein Pferd, aber langsamer läuft. „Jetzt verstehe ich, warum Sie hier sind!“

„Aber ich nicht, warum *Sie* hier sind“, knurrte Faroux. „Doch das trifft sich gut, ich wollte sowieso mit Ihnen reden.“

„Aber nicht hier auf der Treppe“, sagte ich. „Haben Sie kein stilles Örtchen für uns, Albert?“

„Wir können uns genausogut in unserem Wagen unterhalten“, schlug Faroux vor.

„Ich würde neutralen Boden vorziehen“, sagte ich. „Na ja, egal. Bis gleich, Albert. Fragen Sie bitte Monsieur, ob er mich in zirka zwanzig Minuten empfangen kann. Ich hoffe, Ihr Besuch hat ihn nicht zu sehr ermüdet“, fügte ich an Faroux' Adresse hinzu. „Er hat ein schwaches Herz.“

„Und ich habe einen empfindlichen Magen“, lachte der Kommissar. „Also, servieren Sie mir nicht zu dicke Brocken!“

Wir gingen zum Polizeiwagen und zwängten uns hinein.

„Fahren Sie los“, befahl mein Freund dem Chauffeur, um sich dann mir zuzuwenden: „Nun, Burma, besteht ein Zusammenhang zwischen dem schwachen Herzen des Schloßherrn und der betrüblichen Nachricht, die Sie ihm überbringen wollen?“

„Ein direkter: Sein Sohn ist tot.“

Faroux und Grégoire fuhren so erschreckt hoch, daß der Renault beinahe umkippte.

„Was?“ schrie Faroux. „Tot? Wieso tot?“

Ich erklärte ihnen das Nötigste, wobei sich der Rauch meiner Pfeife mit dem ihrer Zigaretten vermischte.

„Ein Unfall, sagen Sie?“ murmelte Faroux, nachdem ich geendet hatte.

Ich nickte. Der Kommissar überlegte.

„Und was wollten Sie bei dem jungen Mann?"

„Ihn besuchen."

„Kannten Sie ihn denn?" fragte Grégoire.

„Ein wenig. Nicht so gut wie seinen Vater."

„Womit hat er Sie beauftragt?" erkundigte sich Faroux unvermittelt.

„Mit nichts. Unsere Beziehung ist nicht geschäftlich."

Ich erzählte ihnen die rührende Geschichte von dem Hilfsarbeiter, der zum Freund des Chefs aufgestiegen war. Eine Verbindung von Arbeit und Kapital eben. Wie das Leben so spielt!

„Hm", brummte Faroux. „Und jetzt wollten Sie ihm die Sache ganz behutsam beibringen... Kennen Sie einen Mann namens Reboul? Er ist doch einer Ihrer Mitarbeiter, nicht wahr? Heute morgen hat er sich hier in Sceaux herumgetrieben."

„Ich glaub, ein Freund von ihm wohnt in der Gegend."

„Hat er mir erzählt. Na ja, das wird sich feststellen lassen. Reden wir erst mal von Dr. Péricat, Hausarzt von Flauvigny und seit etwa zwanzig Jahren Freund des Hauses. Noch eine Geschichte, die zu Herzen geht! Zwischen elf und Mitternacht ist der Arzt erschossen worden... mitten ins Herz! Der passende Revolver lag neben ihm auf dem Boden. Sollte wohl nach Selbstmord aussehen. Meiner Meinung nach ist er jedoch ermordet worden. Man hat versucht, die Leiche woandershin zu transportieren, und ist bei der Gelegenheit gegen einen Baum gefahren. Wir sind in die Wohnung des Toten gegangen – seine Papiere hatte er bei sich – und haben erfahren, daß er gestern abend gegen sechs Besuch gehabt hatte. Er ist mit dem Unbekannten aus dem Haus gegangen, um nicht mehr zurückzukommen. Die Haushälterin hatte von Anfang an kein gutes Gefühl dabei. Der Doktor sei sehr nervös gewesen. Behaupten könne Sie's nicht, aber der Besucher scheine dem Doktor nicht gefallen zu haben. In einem Punkt ist sie sich allerdings sicher: Ihr selbst sei der Mann überhaupt nicht sympathisch gewesen."

„Vor allen Dingen“, mischte sich Grégoire ein, „wegen des Namens, mit dem sich der Unbekannte vorgestellt habe. ‚So heißt doch kein anständiger Christenmensch‘, hat sie gemeint, ‚war bestimmt ’n falscher Name!‘“

„Was Sie nicht sagen!“ rief ich empört. „Und wie hieß der Herr, der den Damen nicht gefällt?“

„Das ist kein Herr“, korrigierte mich Faroux, „sondern ein Subjekt. Ein gewisser Burma. ‚Nestor für die Damen‘ kann man ja leider nicht sagen, weil...“

„Na gut“, unterbrach ich ihn und seufzte resigniert. „Ich gestehe, Dr. Péricat getötet zu haben.“

„Stellen Sie sich nicht blöd, und versetzen Sie sich in meine Lage! Ich führe die Ermittlungen in einem Mordfall und treffe einen Mitarbeiter der Agentur Fiat Lux am Fundort. In der Wohnung des Toten erfahre ich, daß der Tote mit dem Leiter der fraglichen Agentur am Abend des Mordes von zu Hause fortgegangen ist. Ich besuche einen Patienten des Opfers, weil der nicht weit von der Stelle entfernt wohnt, an der man die Leiche gefunden hat. Als ich das Haus verlasse, stolpere ich über Nestor Burma. Dieser Nestor Burma bereitet seinen großen Auftritt vor, indem er eine zweite Leiche ins Gespräch bringt. Würde Sie das nicht neugierig machen?“

„In Ordnung. Hören Sie, Faroux, ich will offen zu Ihnen sein...“

„Nein!“ brüllte der Kommissar. „Um Himmels willen, seien Sie bloß nicht offen zu mir!“

„Aber reden darf ich doch, ja?“

„Schießen Sie los! Ich werd mir dann überlegen, was ich glauben kann und was nicht.“

„Gut. Also... Roland Flauvigny ist schon seit gestern tot, und gestern hab ich ihn auch entdeckt...“

Ich erklärte, warum ich nicht sofort die Polizei benachrichtigt hatte, sprach von den Gründen für meinen Besuch bei Péricat, von Flauvignys Gesundheitszustand, der eine gewisse Behutsamkeit erfordere usw.

„Der Alte hat den Schock besser verwunden, als ich gedacht

hatte", fuhr ich fort, „mußte aber mit Sedativa vollgepumpt werden. Gegen elf rief ich in *La Feuilleraie* an. Dr. Péricat hatte das Haus bereits verlassen, und der Alte schlief."

Faroux verdaute meinen Bericht und betrachtete schweigend die Bäume, die draußen an uns vorbeizogen. Ich klopfte meine Pfeife aus, stopfte sie wieder und genoß ebenfalls die Aussicht auf die Landschaft. Nur Grégoire schien sich zu langweilen. Der Fahrer nahm etwas zu forsch eine enge Kurve, und die träge Masse des Inspektors drohte uns aus der Bahn zu werfen.

„Hört sich nicht unbedingt nach Bluff an", entschied Faroux schließlich. „Was meinen Sie, Grégoire?"

„Ich kenne Monsieur Burma nicht gut genug", sagte der dicke Rothaarige ausweichend, „um mir eine fundierte Meinung bilden zu können."

„Das versuche ich schon seit einiger Zeit", lachte Faroux. „Inzwischen weiß ich aber im großen und ganzen, was man ihm glauben kann. Man muß nur hier ein Detail abziehen, dort eins hinzufügen... Zum Beispiel, Burma: Es ist schon fast Mittag. Wie kommt es, daß Sie nicht früher die Leiche des jungen Flauvigny... äh... entdeckt haben?"

Ich erklärte ihm, daß ich am Abend zuvor das Fest irgendeines Heiligen gefeiert hätte und etwas spät aufgewacht sei. Mein blasser Teint, meine rote Nase und meine rostige Stimme sprachen für sich.

„Und gestern, als Sie die Leiche zum ersten Mal entdeckt haben?" hakte Faroux nach. „Aus welchem Grunde haben Sie ihn da besucht?"

„Aus keinem besonderen. Ich war gerade in der Nähe, nichts weiter."

„Wenig Arbeit zur Zeit, was?"

„Kaum."

„Und Ihre Sause sollte wahrscheinlich die beruflichen Sorgen ersäufen, nicht wahr?" lachte der Kommissar verständnisvoll.

„So ungefähr."

„So was kostet aber heutzutage ’ne Stange Geld, solche Extratouren! Und das bei der miesen Auftragslage...“ fügte er heimtückisch hinzu.

Ich lächelte. Faroux ist ein Flic. Wenn er zwei und zwei zusammenzählt, kriegt er meistens vier heraus. Manchmal sogar mehr. Je nachdem, was er sich noch hinzudenkt. Ich hielt es für diplomatisch, ihm das Kopfrechnen zu erleichtern.

„Na schön“, sagte ich achselzuckend. „Verlieren wir keine Zeit. Schließlich ist der Fall jetzt abgeschlossen... Das Besäufnis hab ich mit Flauvignys Geld bestritten. Er machte sich Sorgen um den Lebenswandel seines Sohnes und bat mich, den Jungen zu beobachten. Ich wollte mich mit Roland ein wenig unterhalten... und fand ihn tot in seiner Wohnung, so wie ich’s Ihnen erzählt habe. Und das bei einem Auftrag, der sich noch einige Zeit hätte hinschleppen können“, jammerte ich. „So’n Pech aber auch!“

„Und bleibt’s bei der Unfallthese?“

„Die halte ich aufrecht. Reden Sie mit Ihren Kollegen in der Rue Lhomond, die werden Ihnen dasselbe sagen. Stellen Sie sich nicht wer weiß was vor! Roland stand unter Drogen, als sich das Gas in seiner Wohnung ausbreitete.“

„Er nahm Rauschgift?“ wunderte sich mein Freund. „Ich wußte doch, daß Sie mir nicht alles gesagt haben.“

„Ich hab’s den Kollegen in der Rue Lhomond erzählt. Das reicht doch wohl, oder?“

„Welche Art Droge?“

„Eine, die man raucht. Opium, nehme ich an.“

„Wußte sein Vater das?“

„Inzwischen weiß er’s.“

„Höchst sonderbar, das Ganze“, brummte Faroux und strich seinen Schnurrbart glatt. „Der Sohn tot, der Arzt und Freund ebenfalls... hm... Was wollten Sie denn eigentlich heute noch hier, wenn der Alte schon alles wußte?“

„Ihm mitteilen, daß ich die Polizei benachrichtigt habe.“

„Konnten Sie nicht telefonieren?“

„Sicher, das habe ich auch getan. Allerdings mit Louis Reboul, meinem Mitarbeiter. Sie können ihm glauben oder nicht, aber er war rein zufällig hier in Sceaux. Als er von dem Tod des Doktors und von Ihrer Anwesenheit hörte, hat er mich angerufen. Mit anderen Worten: Ich bin gekommen, um mit Ihnen zu sprechen!"

„Sehr nett von Ihnen... Sagen Sie, haben Sie auch bemerkt, daß Péricat nervös war, so wie es seine Haushälterin behauptet?"

„Klar, er hatte Angst, sein lieber Freund und teurer Patient könne die Nachricht vom Tode seines Sohnes nicht überleben. Gesagt hat er's nicht, aber ich hab's mir so zusammengereimt. Einen Patienten wie Flauvigny findet man nicht alle Tage, und Péricat machte nicht den Eindruck auf mich, als würde er in Gold schwimmen. Wenn Sie noch dazu bedenken, daß er Roland von Kindesbeinen an kannte, dann erscheint seine Nervosität in einem ganz normalen Licht."

„Wer weiß, vielleicht findet sich noch ein anderer Grund für seine Unruhe. Haben Sie nichts bemerkt, was Sie auf die Idee gebracht hat, ein Wagen könnte Ihnen gefolgt sein?"

„Warum soll uns ein Wagen gefolgt sein?"

„Hätten Sie's bemerkt, ja oder nein?"

„Es gab keinen Grund dafür, daß uns jemand gefolgt sein könnte. Deshalb hab ich auch keinen Blick nach hinten geworfen. Ich hatte genug mit dem unpassenden Tod Rolands zu tun, der einen geruhsamen Auftrag so schnell beendete. Was geistert Ihnen denn im Kopf herum?"

„Nichts."

Anscheinend war er in der Wohnung des Arztes auf irgendeinen dunklen Punkt in dessen Leben gestoßen. Auf Anzeichen für ein Doppelleben vielleicht? Ich behielt meine Überlegungen für mich und sagte:

„Nun, wenn Ihnen nichts im Kopf herumgeistert, dann wäre es das Einfachste, an irgendwelche Herumtreiber zu denken, die den Arzt überfallen und ausgeraubt haben. Seit einiger Zeit laufen genug Gangster frei herum. Man könnte sich direkt fragen, was die Polizei eigentlich so macht..."

„Ja, ja, ist schon gut“, lachte der Kommissar. „Seit wann ziehen Sie Fälle mit einfachen Lösungen vor?“

„Einer von Zeit zu Zeit wäre mir ganz willkommen“, antwortete ich seufzend. „Aber so ein Glück werd ich wohl nie haben. Nehmen Sie den jetzigen Fall zum Beispiel: Flauvigny hält mich für einen der fähigsten Detektive, ist beinahe stolz darauf, daß ich früher mal Arbeiter in einer seiner Fabriken war. Er beauftragt mich, seinen Sohn zu überwachen, und zahlt dafür. Der zweifelhafte Erfolg meiner Bemühungen: Als erstes teile ich ihm das plötzliche Ableben seines Sohnes mit, und dann schleppe ich seinen Arzt und Freund in sein Schlößchen, damit der sich auf dem Nachhauseweg abknallen läßt. Zum krönenden Abschluß zwingen mich die Umstände dazu, einem Kommissar der Kripo alles auf die Nase zu binden. Diskret und schnell, dieser Burma! Wenn Flauvigny jemals in seinem Leben noch mal einen Privatflic brauchen sollte, wird er an alle möglichen Kollegen denken, außer an den lieben kleinen Nestor!“

„Das Saufen bekommt Ihnen nicht“, stellte Faroux lächelnd fest. „Ich habe keinen Grund, den Tod des jungen Flauvigny an die große Glocke zu hängen, damit Sie Ihr Gesicht verlieren. Im Moment interessiere ich mich ausschließlich für Péricat. Ärgerlich, daß die beiden kurz nacheinander von der Bühne abgetreten sind; aber mich geht nur der Arzt was an.“

„Wie hat Flauvigny auf die Nachricht vom Tode seines Freundes reagiert?“ erkundigte ich mich.

„Mißvergnügt, höchst mißvergnügt.“

„Das ist nichts Ungewöhnliches“, kommentierte ich. „Hab noch nie erlebt, daß er irgendein anderes Gefühl geäußert hätte. Ein Dauerzustand bei ihm. Und nun, lieber Faroux, wenn wir uns sonst nichts mehr zu erzählen haben ...“

Ich hielt ein paar Sekunden lang die Luft an. Vielleicht würde mein Freund von dem toten Araber zu sprechen beginnen ... Er begann nicht. Also fuhr ich fort:

„... und Sie mich nicht einsperren wollen, ist es Zeit für

mich, das Mißvergnügen des alten Herrn zu verstärken. Ich muß ihm wohl oder übel sagen, daß Sie über alles Bescheid wissen."

„Armer Alter!" sagte Faroux und gab Anweisung, nach *La Feuilleraie* zurückzufahren.

Albert führte mich in die Bibliothek-Galerie. Das erste Mal, als ich Flauvigny gesehen hatte, saß er; das zweite und dritte Mal lag er. Jetzt ging er. Das überraschte mich. In einen Morgenmantel gehüllt, ging er so wütend auf und ab, wie es seine weichen Knie erlaubten. Dabei hämmerte sein Stock, auf den er sich stützte, gedämpft auf den Teppich.

Der Alte war besser zu Fuß, als ich angenommen hatte. Anstatt ihn umzubringen, schien ihn jede neue Aufregung zu einer Art zweiter Jugend zu erwecken. Relativ gesehen, natürlich. Unsere Blicke kreuzten sich. In seinem las ich, daß er gerade dabei war, die gesamte Menschheit auf einen Spieß zu schieben und zu braten. Ein zäher Bursche!

„Der Tod von Dr. Péricat hat meine Pläne durcheinandergebracht, Monsieur", begann ich.

„Kann ich mir vorstellen", schnauzte der Hausherr.

Er blieb abrupt stehen, so als überlege er, ob er sein Soll an Hin und Her erfüllt habe, und setzte sich dann in seinen Sessel.

„Kommissar Faroux", fuhr ich fort, „hat von meinem gestrigen Besuch bei Dr. Péricat erfahren. Ich mußte ihn über alles ins Bild setzen. Der Kommissar ist ein alter Freund von mir und ist derjenige, mit dem ich mich ohnehin in Verbindung setzen wollte. Also alles halb so schlimm. Sie werden bei der ganzen Geschichte außen vor bleiben."

„Ich nehme an, Sie haben Ihr Möglichstes getan", flüsterte er.

Auf seinem Bratspieß drehte sich zur Zeit niemand mehr.

„Ja, Monsieur", versicherte ich ihm.

„Ich danke Ihnen."

„Bevor ich gehe, Monsieur, würde ich mit Ihnen noch gerne über Dr. Péricat sprechen."

„Nicht nötig“, fauchte Flauvigny und rammte seinen Stock in den Teppich. Der Bratspieß in seinem Kopf setzte sich wieder in Bewegung. „Das werd ich dem Idioten nie verzeihen! Sich ein paar Meter vor meinem Haus umbringen zu lassen und mir damit solchen Ärger zu machen!“

Für alte Freunde bereitete Flauvigny seine Leichenreden ganz besonders sorgfältig vor.

„Der Meinung bin ich auch, Monsieur!“ pflichtete ich ihm bei. „Trotzdem dachte ich...“

„Die Ermittlungen der Polizei sind angelaufen. Lassen Sie sie laufen!“

Ich verabschiedete mich. Besser gesagt, ich betrachtete mich als rausgeschmissen und nahm mir vor, den Fall von nun an als neutraler Beobachter zu verfolgen.

Der Wagen der Kripo parkte noch vor dem Eingangstor. Schien auf mich zu warten.

„Ich bringe Sie nach Paris zurück“, sagte Faroux und hielt einladend die Tür auf.

Auf dieser Straße stand anscheinend immer ein Wagen für mich bereit. Ich nahm das Angebot an. Nie hatte ich mich so erschöpft gefühlt. Der dicke Grégoire überließ mir freiwillig seinen Platz. Die laufenden Ermittlungen hielten ihn noch eine Weile in Sceaux zurück.

16

Ben, altes Haus!

„Wohin wollen Sie?“ fragte mich Faroux am Ortsausgang.

„In die Rue Lhomond. Liegt ja auf Ihrem Weg!“ lachte ich.

„Verdammter Nestor!“ Der Kommissar stimmte in mein Lachen ein. „Vor Ihnen kann man aber auch nichts verbergen.“

Er stieß mich freundschaftlich in die Seite, was in mir schmerzhafte Erinnerungen an den honigsüßen Araber im *Antinéa* weckte.

„Und vor Ihnen, Florimond?“ gab ich zurück. „Vermutlich wollen Sie mir beweisen, daß ich Flauvigny junior mit dem Gas das Lebenslicht ausgepustet habe. Leugnen zwecklos!“

„Es würde mich nicht wundern, wenn es kein Überfall war.“

„Doch, es war einer! Aber ohne das verfluchte Rauschgift wär's nicht passiert. Ich glaube, ich weiß, wo er's sich beschafft hat. Interessiert Sie das?“

„Sagen Sie's mir?“

„Im *Antinéa*, einem Nachtclub seines Viertels. Inhaber sind Araber.“

Faroux zuckte unmerklich zusammen.

„Natürlich kennen Sie das Lokal, oder? Nichts Neues für Sie.“

„Nein, ich kenn's nicht.“

„Also ein neues Giftmörder-Nest? Veranlassen Sie doch demnächst mal 'ne Razzia! Wenn ich mir überlege, daß die Kerle einen Jungen von zwanzig Jahren...“

„Nun weinen Sie mal nicht“, unterbrach mich Faroux. „Apropos Araber: Hat Ihnen Reboul sonst nichts erzählt?“

„Den Tip mit dem *Antinéa* hab ich nicht von ihm.“

„Ich meine auch nicht das *Antinéa*. Die Kollegen in Sceaux

haben einen Araber gefunden, tot, auf der öffentlichen Mülldeponie."

Ich spielte den Ahnungslosen.

„Was? Noch einen Toten? Ein schönes, ruhiges Viertel!... Einen Araber?"

„Ja, so was Ähnliches wie 'n Clochard. Muß wohl seinen Rausch ausgeschlafen haben, als ein Lastwagen seinen Müll auf ihn gekippt hat."

„Reboul hat mir nur das von Péricat erzählt, weil ich den Namen mal erwähnt hatte. Von einem arabischen Clochard war nicht die Rede."

Faroux strich sich die Enden seines Schnurrbartes glatt. Ich hatte das Gefühl, daß es unter seinem schokoladebraunen Hut mächtig brodelte.

„Stimmt es, daß Inspektor Grégoire Sie ein wenig einschüchtert?" fragte er plötzlich.

„Sehr sogar", gestand ich.

„Nun, im Moment ist er nicht hier..."

„Hab ich schon bemerkt."

Faroux verzog mürrisch das Gesicht und knurrte vorwurfsvoll:

„Ich aber nicht."

Unter seinem bösen Blick senkte ich den Kopf. Nicht aus Scham, sondern vor Müdigkeit. Ich fing ganz einfach an zu dösen. Gähnend kletterte ich vor dem Polizeirevier in der Rue Lhomond aus dem Wagen.

Niemand hier zog die Unfallversion in Zweifel, wovon sich Kommissar Faroux sofort überzeugte. Allerdings beklagte man, daß ein Haufen Idioten die Wohnung des Studenten „besichtigt" habe, während ich in die dritte Etage gelaufen sei, um den Arzt zu Hilfe zu holen. Als Faroux das hörte, machte er sich über die „Privaten" lustig, die, wie er sagte, manchmal ihre Kaltblütigkeit verlören, auf die sich ihr zweifelhafter Ruf gründe. Mit mitleidiger Ironie zwinkerte er mir zu, was ich mit einem Gähnen beantwortete. Mein Freund wollte unbedingt den Ort des Geschehens inspizieren, von dem Roland inzwischen auf Staatskosten fortgeschafft worden war. Nach ein paar Fragen – mehr an den Flic, der uns begleitete, als an mich gerichtet – kehrten wir wieder auf das Revier zurück.

„War's wirklich ein Unfall?" fragte der zuständige Inspektor besorgt.

Faroux bejahte und fügte hinzu, daß Roland unter Rauschgift gestanden habe. Der andere war sichtlich erleichtert, daß seinen Leuten nichts entgangen war. Sie hatten Hasch-Zigaretten in einem Aschenbecher gefunden. Faroux lenkte das Gespräch nun auf das Thema *Antinéa*. Das sei ein wenig katholischer Ort, erklärte der Inspektor des Viertels, denn dort hätten Muselmanen das Sagen. Bisher habe man jedoch noch nichts gegen sie unternehmen können.

„Wir haben in letzter Zeit wenig Vorteilhaftes über den Nachtclub gehört", sagte Faroux. „Vielleicht sollte man sich den Laden irgendwann mal näher ansehen."

Es folgte eine Diskussion über technische Fragen einer Razzia.

„Also dann, auf Wiedersehen!" verabschiedete sich Faroux. „Die Journalisten müssen übrigens nicht unbedingt wissen, daß der junge Mann der Sohn eines Industriellen war. Schließlich heißen viele Leute Flauvigny."

Der Inspektor nickte zustimmend und begleitete uns zum Wagen. Mein Freund schickte den Fahrer zur Tour Pointue zurück und lud mich zum Essen ein. Das paßte mir ausgezeichnet.

„Man muß den Flics nicht immer alles auf die Nase binden, nicht wahr?" sagte Faroux, während er mit seinem Beefsteak kämpfte. „Sie haben die Unfallthese geschluckt… Wenn's keiner war, muß man anerkennen, daß er gut inszeniert war, der Unfall. Oder war's ein Unfall?" sinnierte er weiter. „Im allgemeinen ist so was in der Welt, in der Flauvigny sich bewegt, verpönt."

Ich säbelte ebenfalls an meinem Steak herum. Auch wenn mein Gaumen sich noch an die drei Aspirin erinnerte, die ich zum Aperitif geschluckt hatte, schien mir das Fleisch nicht sensationell zu sein.

„Je weniger Lärm man um diesen Tod macht“, sagte ich, „desto besser. Übrigens verdient er es auch nicht. Sie wollen alles miteinander verbinden: den Tod des Sohnes, den Mord an dem Arzt und was weiß ich noch. Es liegt im Interesse meines Klienten, aus der Sache herausgehalten zu werden. Das heißt nicht, daß die Ermittlungen im Sande verlaufen sollen. Aber man täte gut daran, Leute nicht mit hineinzuziehen, die nichts damit zu tun haben. Davon abgesehen, wäre ich nicht böse darüber, wenn Sie diejenigen ein wenig piesacken würden, die Roland mit Rauschgift versorgt haben. Auch dem Papa würde es gefallen...“

„Werd versuchen, heute abend ’ne Razzia zu veranstalten. Wollen Sie sich das Schauspiel ansehen?“

„Ganz bestimmt nicht. Ich werde mich ins Bett legen und hoffentlich erst in zwei Tagen wieder aufwachen... Der Tip mit dem *Antinéa* war prima, was? Araber interessieren Sie, könnte man meinen. Ist es wegen des Toten auf der Mülldeponie?“

„Riton-der-Spinner hatte einen Araber in seiner Bande. Der wurde bei dem Überfall auf die Bankzentrale erschossen.“

„Riton-der-Spinner?“ Ich lachte laut auf. „Geben Sie mir bitte noch was zu trinken. Der Name geht sonst so schlecht runter. Riton-der-Spinner! Hab schon lange nichts mehr von ihm gehört. Etwa seit einer Stunde. Den gibt’s also wirklich? Und ich dachte schon, das wär ’ne Erfindung der Tour Pointue. Alle ungelösten Fälle können so schön seinem Konto gutgeschrieben werden...“

„Doch, den gibt es“, versicherte Faroux, schien aber selbst wenig überzeugt davon.

„Und natürlich ist er der Mörder von Dr. Péricat?“

„Sie wissen doch, daß Sie den Arzt erschossen haben!“

„Ach ja, stimmt! Aber Sie kennen noch nicht mein Tatmotiv: mangelndes Vertrauen zu mir. Mein Gesicht hat weder ihm noch seiner Haushälterin gefallen, und er hat zur Sicherheit einen Revolver mitgenommen, um mich zu begleiten. Das hat mich geärgert."

„Lassen Sie die Scherze", sagte Faroux, ein Salatblatt zwischen den Zähnen. „Wie meinen Sie das mit dem Revolver?"

„Sie sind doch der Experte! Bei dem Interesse, das Sie für die Waffe an den Tag gelegt haben..."

Wie ein Kaninchen mümmelte er an seinem Salatblatt, bevor er es endlich hinunterschluckte.

„Wenn wir neben einem Erschossenen einen Revolver finden, interessieren wir uns nicht für eine Armbrust", belehrte er mich. „Wir werden nicht dafür bezahlt, unserer Phantasie freien Lauf zu lassen. Und ob die Waffe dem Opfer gehört hat oder nicht, spielt keine Rolle. Wir ziehen die entsprechenden Schlüsse daraus."

„Und? Gehörte sie ihm?"

„Das weiß ich nicht. Seine Haushälterin konnte uns nicht weiterhelfen."

Ich trank langsam ein paar Schlückchen, dachte schnell nach, stellte das Glas auf den Tisch zurück und beschloß, es mit einer Notlüge zu versuchen.

„Péricat besaß eine Waffe", sagte ich.

„Woher wissen Sie das?"

„Er hat mich ein paar Minuten in seinem Arbeitszimmer alleingelassen. Und da habe ich..."

„... seine Schubladen durchwühlt!" ergänzte Faroux.

„Nein, nur eine."

„Und sofort die richtige, was? Was war das denn für eine Waffe?"

„Eine Feuerwaffe!" lachte ich. „Bestehend aus verschiedenen Metallteilen: Kolben, Lauf und Magazin. Nichts ähnelt so sehr einem Revolver wie ein Revolver."

„Ein Schalldämpfer verändert das Aussehen."

„Oh, Péricats Waffe besaß keinen Schalldämpfer."

„Wissen Sie nicht, daß man einen Schalldämpfer auf- und wieder absetzen kann?"

„Doch, das weiß ich. Aber ein normaler Bürger, der im Besitz eines Revolvers ist, benutzt so ein Ding nicht. Überlassen wir das lieber Riton-dem-Spinner!"

„Péricat war vielleicht kein normaler Bürger. Hat er seine Waffe auf Ihrem gemeinsamen Ausflug mitgenommen?"

„Wenn er's getan hat, dann ohne daß ich's bemerkt hätte. Ich erinnere mich jedoch, daß er noch mal in sein Arbeitszimmer zurückgegangen ist..."

Die Märchenstunde neigte sich ihrem Ende zu. Faroux verschlang den Nachtisch, zahlte... und vergaß prompt das Trinkgeld. Das sicherte uns die äußerst zurückhaltende Beachtung des Kellners, als wir das Restaurant verließen.

„Kommen Sie doch mit zur Tour Pointue", forderte mich der Kommissar auf.

Auf den düsteren Korridoren der Kripo informierte mich mein Freund über das Neueste von Riton-dem-Spinner. In Batignolles hatten Ritons Nacheiferer – wenn nicht der Meister persönlich – aus reiner Menschenfreundlichkeit versucht, einen Kassierer von allen Sorgen und zwei Millionen Francs zu befreien. Der Kassierer lag im Koma und die kassierten Millionen wahrscheinlich in einem sicheren Versteck. Ich erfuhr weiter, daß ein Juwelier in der Rue Paix sich gezwungen sah, die Scheiben seines Schaufensters zu ersetzen. Was er nicht ersetzen konnte, war das, was dahinter gelegen hatte und jetzt nicht mehr dort lag. Alle diese Ereignisse wirbelten viel Staub auf.

In seinem Büro angelangt, schickte Faroux einen seiner Untergebenen ins Labor, um den fraglichen Revolver zu holen. Dann schnappte er sich das Telefon und teilte einem unsichtbaren, aber offensichtlich Respekt gebietenden Gesprächspartner seine Absicht mit, noch am selben Abend eine Aktion gegen das *Antinéa* zu starten. Was der Mann am anderen Ende der Leitung sagte, ließ meinen Freund nach Luft schnappen.

„Also, das ist doch...!" schimpfte er, nachdem er aufgelegt hatte.

Sogleich wählte er eine andere Nummer.

„Bringen Sie mir den Obduktionsbericht von der Leiche des Arabers... Ja, der in Sceaux gefunden wurde... Genau!"

Er schob seinen Hut in den Nacken und kratzte sich am Kopf.

„Was ist denn los?" erkundigte ich mich.

„Ein komisches Ding, Burma! Der Araber ist von der Lastwagenladung nur begraben worden. Tot war er schon vorher."

„Hat man ihn auch erschossen? Hören Sie, Florimond, vielleicht haben die beiden sich gegenseitig umgebracht, der Arzt und der Araber. Wäre doch gut möglich bei Ihrer Manie, alles miteinander zu vermischen..."

„Reden Sie keinen Quatsch! Man hat den Araber nicht erschossen. Und er hat den Doktor nicht erschossen, sondern hätte eher einen gebraucht... In letzter Zeit kommen soviele Illegale über die Grenze! Sie fürchten, abgeschoben zu werden, wenn..."

Die Tür wurde geöffnet. Faroux nahm einen Stoß Blätter in Empfang. Als er den letzten Absatz las, stieß er wilde Flüche aus. Er wies mit dem Finger auf eine unterstrichene Passage. Ich las.

„Das ist doch..." rief ich nun meinerseits. „Wenn Sie den Kerl angefaßt haben, können Sie sich schon mal im Hospital anmelden!"

Ali Ben Cheffour, der arabische Clochard, war an Typhus gestorben!

* * *

„Das ist doch wirklich..." wiederholte ich, nahm mir aber gleichzeitig vor, nicht länger auf diesem originellen Satz herumzureiten.

Die Tür ging wieder auf, und herein kam ein schmächtiges Kerlchen in einem Kittel. Er hielt einen Karton in der Hand, den er dem Kommissar so feierlich überreichte, als wären es die Heiligen Sakramente.

„Die Fingerabdrücke stimmen mit denen des Opfers überein“, sagte das Männchen. „Aber ihre Position auf dem Kolben schließen jeden normalen Gebrauch der Waffe aus. Die Finger des Opfers wurden auf den Kolben gedrückt, um vorzutäuschen, daß der Tote die Waffe als letzter benutzt hat. Übrigens stimmt das mit dem überein, was mir der Inspektor gesagt hat. Die Waffe selbst stimmt mit dem Modell überein, das Sie mir zum Vergleich gegeben haben.“

Nach seinem Kurzreferat ging das Männchen wieder hinaus, was mit dem übereinstimmte, was ich erwartet hatte. Faroux öffnete den Karton und forderte mich auf:

„Prüfen Sie nach, ob dies der Revolver ist, den Sie in Péricats Schublade gesehen haben.“

Ich prüfte.

„Was soll das denn sein?“ lachte ich. „Eine Kanone? Ein neues Damenmodell, frisch aus der Fabrik in Saint-Etienne?“

„Ich bin nicht zu Scherzen aufgelegt, Burma!“ erinnerte mich der Kommissar. „Haben Sie das Ding beim Doktor gesehen, ja oder nein?“

„Nein.“

Diesmal war es keine Lüge. Allerdings auch nicht die Wahrheit. Es war nicht der Revolver von Dr. Péricat. Hatte er überhaupt einen besessen?

Es war der Revolver von Gérard Flauvigny.

17
Arabisches Durcheinander

Gegen 14 Uhr lag ich zwischen meinen Laken. Die Wohnungstür war fest verschlossen und die Vorhänge ebenso fest zugezogen. Draußen lärmte der Straßenverkehr. Ich wünschte mir sehnlichst, alles bis morgen vergessen zu können. Aber wahrscheinlich war ich viel zu erschöpft und nervös, um Schlaf zu finden. Nachdem ich mich eine Weile hin- und hergewälzt hatte – zum großen Leidwesen meines geschundenen Körpers –, knipste ich das Licht an, stand auf und suchte Dumonteils Nummer im Telefonbuch.

Hinter seinem Namen stand die Bezeichnung: „Phot." Ich wählte die angegebene Nummer. In der Rue de Seine läutete es, was das Zeug hielt, aber niemand ging an den Apparat. Zu behaupten, daß das mich überrascht hätte, wäre gelogen gewesen. Nicht alles, was ich in meinen Rauschgiftträumen gesehen hatte, war eine Halluzination gewesen. Péricats ganz reale Leiche war der traurige und wenig lebende Beweis.

Ich rief einen befreundeten Arzt an, um mich über Typhus zu informieren. Kopfschmerzen, Gliederschmerzen, brennender Durst, Erschöpfungszustände, Schlaflosigkeit, Hirnstörungen: Sämtliche Symptome trafen auf mich zu, manche schon seit über zwanzig Jahren. Das bewies jedoch noch nicht, daß ich mich angesteckt hatte.

Mit einem Buch in der Hand streckte ich mich wieder auf meinem Bett aus. Ich las ein paar Seiten, unterbrach dann meine Lektüre, um über den Revolver nachzudenken, den man neben Péricat gefunden hatte und der Flauvignys Waffe wie ein Ei dem anderen glich – wenn nicht noch mehr.

Unten auf der Straße wurden Kisten mit Flaschen abgeladen. Nicolas erhielt seine Ware. Der Lärm weckte in mir brennenden Durst. (Typhus!) Ich stand auf, schluckte ein Aspirin, spülte ein wenig Wasser nach und begoß das Ganze mit Rum. Dann legte ich mich wieder hin, um meinen Träumen nachzuhängen.

Etwas Ähnliches wie die besagte Waffe hatte ich noch nie gesehen. Es mußte ein neues Modell sein, ein bisher noch geheimer Armeerevolver oder so was. Daraus erklärte sich Faroux' besonderes Interesse. Irgendwie hatte sich Flauvigny, der alte Fuchs, das Ding verschafft. Ich hätte viel darum gegeben zu erfahren, ob die Waffe noch in *La Feuilleraie* in der Schublade lag. Wenn das nämlich nicht der Fall war...

So eine Kanone fand man nicht überall auf der Straße, verdammt nochmal! Ich brauchte mir nichts vorzumachen: Der Alte kam als Péricats Mörder in Frage. Das Motiv kannte ich nicht, aber er konnte es getan haben. Seine Leichenrede zeugte nicht grade von inniger Freundschaft, und er war flinker, als es den Anschein hatte.

Ich sprang aus dem Bett, wählte die Telefonnummer von *La Feuilleraie* und bat Albert, mich zu benachrichtigen, sobald Mademoiselle nach Hause gekommen sei. Dann ging ich wieder in die Horizontale und grübelte über das Verhalten des jungen Mädchens nach.

Joëlle Flauvigny wußte etwas. Etwas, das schwer wog. Sie hatte die ganze Nacht kein Auge zugetan. Sie hatte an ihrem Fenster gestanden, hatte geraucht und gewartet. So hatte sie mich durch den Park geistern sehen. Die Behauptung, ich hätte sie aufgeweckt, war eine Lüge. Auf jeden Fall hatte die Kleine Angst. Vor wem oder wovor? Reichlich ungeschickt hatte sie mich zwingen wollen, ihr Verbündeter zu werden. Gegen wen oder gegen was? Sie hatte eingewilligt, mich in ihrem Wagen nach Paris zu fahren, war mir aber bei der erstbesten Gelegenheit entwischt. Sie fürchtete vielleicht nicht Gott, aber alle Welt. Sogar den Anwalt, der...

Der Anwalt! Wozu brauchte Flauvigny seinen Anwalt? Sicher, dafür gab es normale, alltägliche Gründe; aber wenn Flauvigny seinen Freund Péricat umgelegt hatte, wollte er sich eventuell einen juristischen Rat geben lassen. Und für so etwas kam Maître Lenormand, auch er ein alter Freund der Familie, viel eher in Frage als Nestor Burma, der so langsam zu stören schien.

Mörder seines Hausarztes! So etwas Unerhörtes, noch nie Dagewesenes liebe ich. Die Fakten sprachen für diese These. Flauvigny hatte Péricat getötet. Das Motiv galt es noch herauszufinden. Wenn er nicht selbst die Leiche fortgeschafft hatte, dann hatte er Albert mit dieser Aufgabe betraut. Die Leiche wird durch die kleine Tür in der Umfassungsmauer herausgeschmuggelt, und Joëlle beobachtet diese Aktion von ihrem Fenster aus. Rein zufällig. Oder weil irgendwelche Geräusche ihre Aufmerksamkeit geweckt haben. Danach bleibt sie wie angewurzelt an ihrem Fensterplatz stehen, bis ich auf der Bildfläche erscheine.

Drei Dinge waren mir in Erinnerung geblieben. Erstens: Alberts Stirnrunzeln, als ich ihm gesagt hatte, ich sei durch die kleine Tür hereingekommen. In der Aufregung hatte er vergessen, sie abzuschließen. Stilechte Butler erledigen jede Arbeit lautlos und zuverlässig; aber Leichentransporte sprengen den Rahmen des täglichen Einerleis. Zweitens: Schlüssel in meiner Tasche, die mir nicht gehörten. Drittens: der Ort, an dem ich die fremden Schlüssel aufgehoben hatte (nämlich auf dem Parkweg, der zu der kleinen Tür führte). Wahrscheinlich waren es Péricats Schlüssel. Sie waren ihm, unbemerkt von Albert, auf seiner vorletzten Reise aus der Tasche gefallen.

Ich stand wieder auf, um den Schlüsselbund noch einmal zu untersuchen. Es waren ganz gewöhnliche Schlüssel, einer für ein *Yale*-Schloß. Ein Autoschlüssel war nicht darunter, doch das wollte nichts heißen. Autoschlüssel hängen häufig an einem separaten Bund. Gut. Bei dem Versuch, den Toten in seinem eigenen Wagen aus der Gefahrenzone zu bringen, hatte dem Fahrer ein Baum im Wege gestanden. Also hatte er sich entschlossen, einen Selbstmord vorzutäuschen. Eine einzige Kugel im Herzen und die Tatwaffe auf dem Boden, das konnte hinhauen: Der Doktor erschießt sich am Steuer seines Wagens, und der Wagen landet führerlos vor einem Baum. Normal. Tatmotiv? Großes Geheimnis. Verdammt nochmal, was für eine Geschichte! Wenn Flauvigny der Mörder war, lag ihm natürlich sehr an meiner Diskretion, mit der er mir ständig die Ohren vollblies. Auf diese Weise machte er mich sozusagen zum geheimen Zeugen seiner Taten. Was hatte das für einen Sinn? Ich nahm mir vor, in Péricats Wohnung ein wenig herumzuschnüffeln, zumal Faroux dort anscheinend etwas Merkwürdiges gefunden hatte. Ich dachte an den Kommissar und dann an Ali Ben Cheffour, der an Typhus gestorben war, um die Dinge zu vereinfachen. In der Rue Chérubini hatte er sich die Krankheit sicherlich nicht geholt. Bis auf weiteres hielt Faroux ihn für einen frisch und illegal ins Land gekommenen Nordafrikaner. Ich grübelte ein wenig darüber nach und entwickelte eine recht zufriedenstellende Theorie. Danach fühlte ich mich erheblich ruhiger und bereit einzuschlafen. Bevor mich der Schlaf übermannte, rief ich noch in meiner Agentur an. Hélène war soeben aus der Redaktion des *Crépuscule* zurückgekommen.

„Haben die vermischten Nachrichten was Interessantes hergegeben?" erkundigte ich mich.

„Ja, haben sie. Und? Gibt's noch weitere Tote?"

„Noch nicht. Es ist jetzt drei Uhr..."

„Zu früh zum Sterben?"

„...Kommen Sie so gegen sechs zu mir. Wir könnten zusammen essen und die Ausbeute sichten. Vorher werd ich noch eine Mütze Schlaf nehmen... Reboul?"

„Nicht gesehen."

* * *

Von der Straße drang undeutlich Autolärm an mein Ohr. Was mich jedoch aufgeweckt hatte, war wohl eher das Gefühl, daß jemand Fremdes in meiner Nähe war. Ich horchte. Im Nebenzimmer, das mir als Büro diente, waren Schritte zu hören. Vorsichtig tastete ich auf dem Nachttischchen nach meinen Schlüsseln. Sie lagen noch dort, zusammen mit dem fremden

Schlüsselbund. Also hatte ich sie nicht außen in der Wohnungstür stecken lassen. Diese Erkenntnis verschaffte mir sogleich Klarheit über den Charakter des Besuchers und seiner möglichen Absichten. Ich stand geräuschlos auf, nahm meinen Revolver aus der Schublade und riß die Verbindungstür auf.

Zwei Araber standen in dem sonnendurchfluteten Raum. Ein Paar, zur Abwechslung. Der eine war jung, klein und dünn, mit abgerissener Kleidung und dementsprechendem Selbstvertrauen. Der andere war groß, gut gekleidet und mit einer Kanone bewaffnet. Mein Auftritt verblüffte ihn nicht sonderlich. Entschlossen trat er mir entgegen. Ich kannte den Kerl. Vor dem Krieg hatte ich die Ehre gehabt, ihm eine Kugel durchs Handgelenk zu jagen und mit einer zweiten ein Glied von seinem Mittelfinger abzutrennen. Belkacem war bestimmt gekommen, um das Stück Fleisch von mir zurückzufordern. Bedauern meinerseits: Ich hatte es inzwischen verspeist! Doch es blieb mir keine Zeit, um ihm das zu sagen. Der Kerl tat gleichzeitig mehrere Dinge: Er lächelte, fuhr sich mit der Zunge über seine schmalen Lippen, blitzte mich mit seinen kohlrabenschwarzen Augen an und hieß mich herzlich willkommen.

Die Kugeln schossen so schnell aus dem Lauf seines Revolvers, daß sie sich beinahe überschlugen. Dank des aufgesetzten Schalldämpfers machten sie nicht mehr Lärm als eine Schreibmaschine. Glücklicherweise kann ich Gedanken lesen. Mit einem Hechtsprung zur Seite entging ich dem Trommelfeuer, erwiderte die Schüsse und flüchtete ins Schlafzimmer hinter mein Bett. Liebe macht blind. Haß auch. Zuerst hatte er die Treffsicherheit des Arabers beeinträchtigt. Jetzt verführte er ihn zu der Unvorsichtigkeit, mir ins Halbdunkel des Schlafzimmers zu folgen. Ich sah ihn im Türrahmen stehen. Bevor er den Lichtschalter betätigen konnte, gab ich ihm geübt und wirksam seinen höflichen Begrüßungsstrauß zurück. Eine Kugel fing er mit seiner Brust auf, eine zweite mit der Schulter, und die dritte landete in seiner Leistengegend. Trotzdem hätte es mich vielleicht doch noch erwischt, wenn seine Waffe keine Ladehemmung gehabt hätte. Hatte sie aber. Belkacem warf mir das unnütze Ding an den Kopf, wohl um alle Möglichkeiten des Angriffs auszuschöpfen. Dann stürzte er sich mit gezücktem Rasiermesser auf mich. Vor Wut und Schmerz schnaufte er wie ein Stier. Doch ich ließ ihn nicht zu nah an mich herankommen. Mit dieser Typhusepidemie, die zur Zeit grassierte, war nicht zu spaßen! Eine vierte Kugel aus meinem Revolver brachte ihn und sein Herz zum Stillstand. Er brach zusammen und fiel der Länge nach auf den Teppich, noch ungefährlicher als bei seiner Geburt.

Ich lief ins Nebenzimmer, um nachzusehen, was der andere ungebetene Gast inzwischen so gemacht hatte. Er hatte gemacht, daß er fortkam. Dafür stand Hélène in der Wohnungstür und klammerte sich, blaß wie ein Bettlaken, an den Rahmen. Also mußte es sechs Uhr sein. Ein seltsames Glokkenspiel, was da eben die volle Stunde angezeigt hatte!

„So, da hätten wir den nächsten Toten!“ lachte ich. „Gefällt er Ihnen? Wird morgen bestimmt in den ‚Vermischten‘ erwähnt. Und der andere? Abgehauen?“

„Er ist mir auf der Treppe entgegengekommen, wie ein geölter Blitz!“ sagte sie und löste sich vom Türrahmen. „Die Tür hat er offenstehen lassen... Mein Gott, was wollten die beiden von Ihnen?“

„Maßnehmen anscheinend, für meinen Sarg“, erwiderte ich trocken.

Ich ging hinaus in den Treppenflur, gerade als mein Nachbar, angelockt von dem Schützenfest, seine Tür einen Spaltbreit öffnete. Er sagte nichts, sah mich nur vielsagend an. Bestimmt würde er sich wieder beim Hauswirt beschweren. Jetzt verbarrikadierte er sich erst einmal in seiner Wohnung.

Der Schlüssel, mit dem Belkacem & Co. bei mir eingedrungen waren, steckte noch im Schloß. Noch andere Schlüssel hingen an dem Bund und schaukelten lustig hin und her. Einbruchswerkzeuge waren das nicht. So wie ich vermutet hatte, war das mein Schlüsselbund, der mir in der letzten Nacht während meiner Odyssee abhanden gekommen war. Ich ließ den Schlüssel samt Bund dort hängen, wo er hing, und ging in meine Wohnung zurück.

Hélène saß an meinem Schreibtisch und rauchte eine Zigarette, um ihre Nerven zu beruhigen. Dem Schlafzimmer mit der wenig dekorativen Leiche hatte sie den Rücken zugekehrt. Ich durchsuchte die Taschen des Arabers und ließ ihm nur sein Taschentuch und sein Geld. Den Rest nahm ich an mich, um meine Beute später einer genaueren Untersuchung zu unterziehen.

Ich zog die Vorhänge zurück und öffnete die Fenster. Luft und Sonne drangen ins Zimmer, das beides so sehr nötig hatte. Dann hob ich den Revolver des schießwütigen Pechvogels auf, legte ihn neben das Telefon und nahm den Hörer in die Hand.

„Hallo... Faroux? Erinnern Sie sich an Belkacem? Er hat mich soeben in meiner Wohnung überfallen... Nein, ich war schneller... Werd die Müllabfuhr anrufen, sollen die ihn mir vom Hals schaffen. Sein Revolver ist mit einem Schalldämpfer ausgestattet, wenn Sie das interessiert... Ja, so einer wie der, der bei dem Mord an Péricat für ruhiges, leises Arbeiten gesorgt hat."

Als die Hüter des Gesetzes eintrafen, hatte ich Hélène über die neuesten Neuigkeiten informiert, unter anderem über die Todesursache von Ali Ben Cheffour und die auffallende Ähnlichkeit zwischen Flauvignys Revolver und der Waffe, die Péricat ins Jenseits befördert hatte und jetzt mich dorthin hatte befördern sollen.

Ich war gerade dabei, den zuständigen Flics des Viertels die fälligen Erklärungen zu geben, als Florimond Faroux auf der Bildfläche erschien.

„Na? Was ist hier passiert?" fragte er statt einer Begrüßung.

„Ich hab geschlafen wie ein... äh... Toter. Muß wohl von einem ungewöhnlichen Geräusch wachgeworden sein. Mißtrauisch, wie ich nun mal von Natur aus bin, wollte ich nach dem Rechten sehen. Gut, daß ich einen Revolver in der Hand hatte, denn Belkacem..."

„Ist das Omar Belkacem?“ fragte Faroux, um auch mal etwas zu fragen, denn er kannte den Kerl genausogut wie ich.

„Keine Papiere“, stellte der uniformierte Flic fest.

„Keine Papiere nötig“, sagte ich. „Das Gesicht, die Narbe am Handgelenk und das fehlende Fingerglied reichen als besondere Merkmale. Seine Fingerabdrücke werden's beweisen.“

„Ja, er ist es“, bestätigte Faroux, nachdem er sich über die Leiche gebeugt hatte. „Was wollte er von Ihnen?“

„Keine Ahnung. Ich hatte die beiden nicht eingeladen. Wie bereits erwähnt, hat er mich mit einem Kugelhagel empfangen. Vielleicht wollten sie mir gar nichts Böses tun, und ich habe die Geste falsch verstanden. Tut mir leid für die Witwe. Werd ihr 'ne Rente aussetzen.“

Die beiden Uniformierten rissen die Augen weit auf.

„Er ist vor mehreren Jahren aus dem Knast gekommen“, sagte Faroux achselzuckend. „Hat sich sehr viel Zeit gelassen, sich an Ihnen zu rächen.“

„Heiß kochen, kalt essen!“ erwiderte ich.

„Wo ist der Revolver?“

„Hier, Kommissar.“ Einer der Flics reichte ihm die Waffe. „Ein Ballermann ist das! Und obendrein noch mit Schalldämpfer!“

Faroux warf einen kurzen Blick auf die Kanone.

„Sehr gut! Ich begleite Sie aufs Revier. Die Waffe müssen Sie mir unbedingt überlassen!“

„Die gleiche wie Péricats, stimmt's?“ sagte ich.

„Genau die gleiche.“

„Ist das eine Spezialanfertigung für Verbrecher?“

„Schon möglich.“

Offensichtlich wollte mein Freund sich nicht in Einzelheiten verlieren.

„Nicht schlecht gekleidet, der Junge. Sogar sehr gut gekleidet!“

„Erdnüsse hat der bestimmt nie verkauft.“

„Aber gearbeitet hat er in letzter Zeit. Seine Hände sind

nicht mehr die, die wir bei ihm gewohnt waren. Richtige Schwielen haben sie."

„Seine Hände gehören zu denen, die so wenig an Arbeit gewöhnt sind, daß man ihnen schon das Kistenschleppen oder Koffertragen ansieht."

„Zu dumm, daß Sie ihn erschossen haben, Burma!"

„Er oder ich, das war die Frage", verteidigte ich mich. „Ich werd's mir aber merken. Übrigens hab ich eine Schwäche fürs Proletariat. Wenn mich das nächste Mal ein Arbeiter umlegen will, laß ich ihn machen. Dann können Sie ihn wenigstens verhören. Ich kann Ihnen nämlich keinerlei Informationen liefern."

„Na ja", lachte Faroux, „mit Informationen kann man bei Ihnen fast nie rechnen!... Los, Jungs!" forderte er die Flics auf. „Bringt die Leiche hin, wohin ihr wollt!"

„Hätten Sie vielleicht eine Decke?" fragte mich einer der Flics.

Ich empfahl ihm, die Leiche in den ohnehin schon blutgetränkten Teppich einzuwickeln. Es würde billiger für mich werden, ihn zu ersetzen, anstatt ihn reinigen zu lassen.

Die Uniformierten verließen meine Wohnung und nahmen das makabre Paket mit.

„Heute abend, elf Uhr", verkündete Faroux, „findet die Razzia im *Antinéa* statt. Werden Sie sich's ansehen?"

„Das hab ich Ihnen doch schon gesagt: nein", erwiderte ich. „Belkacem hat meine Siesta unterbrochen. Heute nacht muß ich sie nachholen."

Der Kommissar machte Anstalten zu gehen, besann sich dann aber.

„Wie sind die beiden eigentlich hier hereingekommen?" fragte er.

„Durch die Tür. Ich hab den Schlüssel steckenlassen."

„Und ich dachte, Sie sind von Natur aus mißtrauisch..."

„Bin ich auch, aber nur dann, wenn es einen Grund dafür gibt."

„Und den gibt es im Moment nicht?"

„Ich bin gerade mit einem ganz geruhsamen Fall beschäftigt", behauptete ich.

Das war das richtige Wort. Geruhsam! *Requiescat in pace.*

* * *

Hélène und ich gingen hinunter ins nächste Bistro. Bei einem 35prozentigen Anisschnaps erfuhr ich, an welchen Delikten in den letzten drei Monaten Nordafrikaner beteiligt gewesen waren. Die Informationen, die meine Sekretärin im Archiv des *Crépuscule* zusammengetragen hatte, waren von unterschiedlichem Interesse. Zunächst waren da die gewöhnlichen Schlägereien, kleinen Diebstähle, alltäglichen Überfälle und freundschaftlichen Tätlichkeiten. Diese Dinge konnte ich getrost links liegenlassen. Bei dem Artikel, in dem zum ersten Mal Ritons Name auftauchte, hielt ich inne. Es ging um den Überfall auf die Zentralbank. Dabei war der arabische Komplize, von dem Faroux gesprochen hatte, den Flics ziemlich angeschlagen in die Hände gefallen. Wenige Augenblicke später war er gestorben, ohne daß man ihn hätte identifizieren können. Vorher hatte er aber noch etwas gesagt – nicht viel, aber andererseits genug, um zu der Legende des Mannes beizutragen, der jetzt als Staatsfeind Nr. 1 galt: Riton-der-Spinner. Diesem Banditen war es gelungen, alle seine Beutezüge – falls sie denn alle auf das Konto dieses Phantoms gingen – erfolgreich zu Ende zu führen. Nie war er oder einer seiner Komplizen zu Schaden gekommen. Der Coup, der ihn mit einem Schlag zum Star gemacht hatte, schien schlecht organisiert gewesen zu sein: Einer seiner Männer war auf der Strecke geblieben, war sozusagen in den Armen des Feindes gestorben. Das mußte dem As der Asse, vorsichtig ausgedrückt, schlecht geschmeckt haben. Immerhin hatte der Coup rund sechs Millionen Francs eingebracht, die bisher nicht mehr wieder aufgetaucht waren. Ohne den Kunstfehler – den Tod des Bandenmitglieds und seine letzten Worte – hätte man jedoch nie etwas von der Existenz des Spinners erfahren. Publicity hat eben ihren Preis...

Weitere Verbrechen mit arabischer Beteiligung führten mich zu einer merkwürdigen Feststellung. Möglicherweise wegen der Wiedereinführung demokratischer Verhältnisse war das politische Niveau der Araber, die in die Vororte von Paris verpflanzt worden waren, höher und ihr Interesse größer als vor dem Krieg. Hier und da wurden Versammlungen verschiedener Parteien gestört, sei es durch Geschrei, durch den Einsatz von Knüppeln oder Fäusten. Dahinter standen Algerier, die bemüht waren, die auf Plakaten angekündigte Kontroverse in die Diskussion hineinzubringen. Die Journalisten sprachen von „Söldnern" und verlangten eine strengere Reglementierung der Immigration.

Ich sah Hélène an.

„Ist das alles?"

„Das Beste hab ich für den Schluß aufgehoben", sagte meine Sekretärin und reichte mir einen weiteren Artikel. „Die Meldung ist nur im *Crépu* erschienen, und da auch nur in einer einzigen Ausgabe. Marc Covet hat mich darauf aufmerksam gemacht. Er selbst hat den Artikel geschrieben und wurde deswegen sowohl von seinem Redaktionschef als auch von der Tour Pointue heftig gerügt. Die Sache war wohl noch nicht zur Veröffentlichung freigegeben worden. Man war dabei, eine Polizeifalle aufzubauen, und es sollte vorläufig alles geheim bleiben. Aber Covet hat's irgendwie vergessen."

Ich las:

Heute morgen wurden bei einer Polizeiaktion in Montreuil mehrere Araber verhaftet, die in einer stillgelegten Kfz-Werkstatt zusammen mit streunenden Hunden und Ratten hausten. In der Abschmiergrube wurde eine Kiste mit automatischen Waffen gefunden. Nähere Einzelheiten sind nicht bekannt. Die Festgenommenen, die weder einen Beruf haben noch sich ausweisen können, leugnen hartnäckig, etwas von der Kiste und ihrem brisanten Inhalt gewußt zu haben. Die

Polizeiaktion hatte nicht den Charakter einer Razzia. Angeblich wurde das Waffenlager nur rein zufällig gefunden. Nichtsdestoweniger schien die Aktion gut vorbereitet, was auf eine Fortsetzung schließen läßt. Wir werden unsere Leser auf dem laufenden halten. Der Inspektor der Kripo, der die Ermittlungen leitet...

Die Meldung war drei Tage alt. Der Journalist hatte sich vom Namen des Inspektors verwirren lassen und ihn in zwei Teile geteilt: André Jol hieß der Mann bei ihm.

„Sie haben nicht umsonst den Staub des Archivs geschluckt, Hélène", sagte ich zu meiner Sekretärin. „Apropos Staub: Am besten, wir trinken noch einen Aperitif."

„Sie haben also eine Theorie, Chef. Wird sie durch das da bestätigt?" fragte Hélène lächelnd und wies auf die Zeitungsartikel, die zwischen unseren Gläsern auf dem Tisch lagen.

„Das da", erwiderte ich, „erhellt einige dunkle Punkte. Jetzt weiß ich zum Beispiel, was Andréjol ins *Antinéa* gelockt hat und welchen Geschäften sich Freund Honigkuchenpferd außer den Drogen sonst noch so widmet. Viel gefährlicheren und viel einträglicheren! Den Handel mit Menschenfleisch hatte ich schon entdeckt. Dazu kommt also noch Waffenhandel."

„Handel mit Menschenfleisch?" wiederholte Hélène entsetzt.

„Nicht zum Essen, keine Sorge! Sie können weiterhin ohne Bedenken Ihr tägliches Fleisch verspeisen. Übrigens, es ist Zeit zum Mittagessen..."

Im Hinausgehen kaufte ich mir die allerneueste Ausgabe des *Crépuscule*. Zwei Spalten auf der ersten Seite nahm der Überfall auf den Kassierer in Batignolles ein, von dem ich auf den Korridoren der Kripo bereits erfahren hatte. Der Artikel enthielt die üblichen Anspielungen auf eine mögliche Beteiligung von Riton-dem-Spinner.

Verloren auf Seite 5, zwischen einem Taschendiebstahl und einer Reklameanzeige für ein Hühneraugenmittel, wurde von dem Unfalltod – austretendes Gas! – eines jungen Mannes namens Flauvigny berichtet. Der Vorname fehlte, ebenso jeder Hinweis auf die Abstammung des Toten.

Auf Seite 3 nahm Georges Péricat da schon etwas mehr Platz ein. Allerdings wurde seine Beziehung zu Gérard Flauvigny mit keiner Zeile erwähnt. Hoffentlich würde dieser Beweis von Diskretion, die zum Teil mein Werk war, im Hause *La Feuilleraie* entsprechend gewürdigt. Die Ermittlungen dauerten noch an, schloß der Redakteur. Er verschwendete keine Druckerschwärze mehr an den Arzt und hatte es eilig, zur nächsten vermischten Nachricht überzugehen, die Anlaß zu Klatsch und Tratsch gab. Ich war ihm deswegen nicht böse. Wenn ich über den Fall Péricat mehr wußte als er, so wußte ich jedoch überhaupt nichts über Ahmed Embarek. Es ist immer gut, sich weiterzubilden. Diese Seite 3 schien wohl die „Arzt-Ecke" zu sein. Außer Péricat füllten Berichte über drei andere seiner Kollegen die Spalten. Darunter auch dieser Embarek, geboren in Oran, vierzig Jahre, Gebiß vollständig. Jedenfalls war es noch an dem Abend, an dem der Mann verschwunden war, vollständig gewesen. Bis dahin hatte er in Billancourt Patienten behandelt, die sich ausschließlich aus Glaubensbrüdern zusammensetzten. Zwei Landsleute hatten ihn vor zwei Tagen abgeholt, und seitdem ward er nicht mehr gesehen. Heute morgen hatte die Concierge sich entschlossen, die Polizei zu benachrichtigen. Die beiden Männer seien zwar gut gekleidet gewesen, hätten jedoch eindeutig nach Gangstern ausgesehen. Nur gut, daß Entführer so entgegenkommend sind und den Vorstellungen von Leuten, die zu viele Kriminalfilme sehen, stets entsprechen. Vor allem, wenn sie gleichzeitig auch noch Araber sind!

Der Bericht enthielt folgende Angaben:

Dr. Embarek hatte nach der Befreiung Schwierigkeiten mit der Polizei. Ein gefährliches Mitglied der Gruppe um Mohamed el Maadi, die während der Besatzung kollaboriert hatte, hatte sich bei ihm versteckt gehalten. Es kann nicht ausge-

schlossen werden, daß die ehemaligen Kollaborateure eine alte Rechnung begleichen wollen. Uns liegt eine ungefähre Beschreibung der beiden Männer vor, mit denen Dr. Embarek seine Wohnung verlassen hat. Der eine ist sehr groß, auffallend elegant gekleidet und trägt viele Ringe aus Gold oder vergoldetem Metall. Der andere ist ebenfalls groß, dabei aber unauffälliger gekleidet; am Mittelfinger der rechten Hand fehlt ihm ein Glied.

Ich brauchte nicht lange zu grübeln, um zu kapieren. Ich überflog die übrigen Seiten auf der Suche nach ebenso interessanten Dingen und stieß in letzter Minute auf eine Überschrift mit meinem Namen. *Privatdetektiv Nestor Burma bringt gefährliche Einbrecher zur Strecke,* hieß es dort. In den darauffolgenden fünf Zeilen wurde versprochen, in der nächsten Ausgabe weitere Einzelheiten nachzuliefern. Ich hoffte, diese weiteren Einzelheiten würden woanders plaziert werden als an dieser versteckten Stelle. Dennoch, ich konnte mich nicht beklagen.

Ali Ben Cheffour, der anständige, dunkelhäutige Staatsbürger, krepiert wie ein Hund im Dreck einer öffentlichen Mülldeponie, wurde nirgendwo erwähnt.

* * *

„So langsam nimmt die Geschichte Gestalt an“, sagte ich zu Hélène.

Wir saßen in einem Restaurant und machten uns gerade über unsere Châteaubriands her, die leider weniger zart waren als ihr Ruf.

„Moktar, das Honigkuchenpferd, leitet eine Organisation, die illegal Algerier ins Land schleust. Klar, die Leute brennen darauf, hier in Paris das große Geld zu machen. Aber anstatt dicke Gehälter zu kassieren, werden sie zunächst arbeitslos und dann Gangster.“

Meine Sekretärin sah von ihrem Teller auf.

„Oder sie verdingen sich als Randalierer bei politischen Versammlungen, egal welcher Richtung."

„Stimmt genau. Eine Hand wäscht die andere. Gratis wird man diesen Leuten nicht helfen. Wahrscheinlich müssen sie alles hergeben, was sie besitzen. Und wenn sie dann erst mal hier sind, kassieren Gangster wie Belkacem einen Teil von dem, was sie verdienen."

„Hatte denn Belkacem etwas damit zu tun?"

„In seiner Brieftasche habe ich den Lohnstreifen eines Bauunternehmens gefunden. Belkacem selbst war keiner, der täglich zur Arbeit marschierte. Er vermittelte lieber billige Arbeitskräfte und leistete ihnen eine Zeitlang bei der Arbeit Gesellschaft, bis sie sich... eingelebt hatten, wenn ich das mal so ausdrücken darf."

„Aber das beweist noch nicht..."

„Er ist in meine Wohnung eingedrungen, und zwar mit den Schlüsseln, die man mir im *Antinéa* geklaut hat. Außerdem hat er mit einem weiteren alten Bekannten von mir, Sidi-dem-Beringten, vermutlich Dr. Embarek gekidnappt."

„Und warum?"

„Ali Ben Cheffour hat sich nicht in der Rue Chérubini mit Typhus angesteckt. Der Arzt ist ein Landsmann von ihm. Stellen Sie sich mal vor, daß der letzte Schub Einwanderer von dieser Krankheit befallen ist..."

Hélène erschauerte.

„... und dringend behandelt werden muß", ergänzte sie.

Ich schüttelte den Kopf.

„Jetzt nicht mehr. Ich weiß, was ich weiß. Die Gangster wollten nur wissen, um welche Krankheit es sich handelte. Nachdem Dr. Embarek Typhus festgestellt hatte, wurden alle umgebracht... Einschließlich des Arztes, auf dessen Verschwiegenheit man sich vielleicht nicht hundertprozentig verlassen konnte."

„Wenn man Ihnen so zuhört", bemerkte Hélène, „muß man zu der Überzeugung kommen, daß diese Kerle töten, wo sie gehen und stehen."

„Ich weiß, was ich weiß", wiederholte ich. „Kennen Sie Théophile Gautier?"

Sie lächelte spöttisch.

„Ist der auch mit von der Partie?"

„Wer weiß? Tot ist er jedenfalls. Warum sollte man ihn nicht auch auf die Liste setzen, die täglich länger wird? Théophile Gautier hatte gewisse Erfahrungen mit Rauschgift. In einem Vorwort zu Baudelaires *Blumen des Bösen* führt er aus, daß die Droge nicht aus dem Nichts erschaffe und die Art der – himmlischen oder höllischen – Halluzinationen von der Umgebung und der besonderen Disposition des Konsumenten abhänge. Wenn ich also zum Beispiel mein Rauschgift in luxuriösem Rahmen konsumiere, an Sie denke und einem mittelmäßigen Pianisten lausche, erwarten mich unerwartete Sinnesfreuden. Sitze ich aber zwischen Steuerbescheiden und Mietforderungen, wird die erwartete Verzückung zu einem furchtbaren Alptraum. Mit anderen Worten, die Halluzinationen sind keine richtigen Halluzinationen, sondern die bis zur höchsten Potenz gesteigerte Realität. Ich habe Ihnen von meinem Traum erzählt. Alles, was ich in der letzten Nacht erlebt habe, existiert tatsächlich. Nur daß dort, wo ich Tausende von Leichen gesehen habe, vielleicht nur zehn oder zwölf lagen … was ja auch schon ganz schön ist."

„Aber … aber das ist ja scheußlich!" stammelte Hélène. „Und das waren …"

„… arme Kerle, Algerier, die ihren ersten Lohn kassiert haben", versuchte ich zu scherzen. „Sozusagen schadhafte Ware, wie es bei jeder Lieferung schon mal vorkommen kann …"

„Und Ali Ben Cheffour?"

„Lag auch auf dem großen Haufen. Durch seinen Bruder, den er in Paris erwartet hatte, entdeckte er die Geschichte mit dem Menschenhandel. Angenommen, er empört sich, droht vielleicht sogar mit einer Anzeige … und wird mit den Neuankömmlingen eingesperrt. Fälle von Typhus treten auf. Ali steckt sich an, kann aber fliehen und stirbt da, wo ich ihn gefunden habe. Seine Flucht macht die Gangster nervös. Sie besitzen seine Adresse. Bei ihrer Manie, in fremden Brieftaschen herumzuwühlen ... Sidi-der-Beringte schaut nach, ob Ali sich vielleicht zu Hause verkrochen hat. Bei der Gelegenheit sehe ich diesen interessanten Zeitgenossen zum ersten Mal. Am selben Abend wage ich mich ins *Antinéa*. Mit meinem Schnüfflergesicht mache ich mich verdächtig. Und daß ich mich mit Andréjol unterhalte, verbessert meine Lage auch nicht grade. Andréjol hat einen Einsatz in Montreuil geleitet, bei dem Waffen gefunden wurden, und sitzt nun im *Antinéa*! Ein Mitglied der Bande, wahrscheinlich Belkacem, erkennt mich und gibt Alarm. Moktar, der honigsüße Boß, hat mir verraten, daß man mich mit Dumonteil gesehen habe, einem Clubmitglied (aber zu dämlich, um irgendwie an der Sache beteiligt zu sein). Außerdem sei ich an einem Ort gewesen, an dem ich nichts zu suchen hätte. Mit Dumonteil hat man mich bestimmt gesehen, als wir zusammen das Restaurant verließen. Und der verbotene Ort, das war wohl in Bagneux, in der Nähe des Bistros, in dem ich mich so glänzend mit dem Stummen unterhalten habe. Auf einem Feldweg hat mich ein verdreckter Lastwagen überholt, der seine Ladung gleichmäßig in der Landschaft verteilte. Vermutlich saß Belkacem im Fahrerhaus. Meine versaute Hose ist der unwiderlegbare Beweis dafür, daß er ungelöschten Kalk transportiert hat. Haben Sie mal den Namen Dr. Petiot – noch ein Arzt! – gehört?“

„Wollen Sie damit sagen ...“

„Ja, genau das will ich damit sagen. Die Toten in eine Grube geworfen und Kalk drüber! Auch für mich war ein Platz reserviert, weil sie annahmen, ich wüßte zuviel. Dabei weiß ich viel zu wenig! Sie wollten mir die Körperflüssigkeit entziehen, Hélène! Als wenn ich nicht schon sozusagen von Natur aus ständig auf dem Trockenen säße ... Reichen Sie mir mal bitte die Flasche.“

Ich goß mein Glas voll und fuhr fort:

„Ich habe nicht den besten Moment für meinen Antrittsbesuch im *Antinéa* gewählt. Nach all den Pannen – Entdeckung des Waffenlagers, Typhus usw. – lagen ihre Nerven blank. Sie hatten Andréjol als Flic identifiziert und beschlossen, ihn aus dem Wege zu räumen. Als Vorspiel hatten sie Rauschgift in sein Getränk gemischt. Dumonteil, Andréjol und ich steckten ihrer Meinung nach unter einer Decke. Wie die Dinge lagen, konnten sie ihre Samthandschuhe ausziehen und uns zu den anderen Todgeweihten stecken. Glücklicherweise hatte ihr dicker Chef die Idee, uns sozusagen an unserer eigenen Beerdigung teilnehmen zu lassen. Uns wurde eine Spezialdroge verabreicht. Aber dann findet Andréjol in irgendeiner Ecke zwei Handgranaten und wirft sie unters Volk. Bei dem darauffolgenden Tumult gelingt es mir, mich aus dem Staub zu machen. Sie verfolgen mich nicht sofort, weil sie glauben, ich wäre unter der herabfallenden Decke begraben oder in die Sikkergrube gefallen, was auch beinahe passiert wäre. Als sie merken, daß ich auf und davon bin, schicken sie mir Belkacem auf den Hals."

„Wirklich atemberaubend", warf Hélène ein, als ich kurz Luft holte. „Aber sagen Sie mal... Sie haben Faroux zu einer Razzia im *Antinéa* geraten. Ist es Ihnen lieber, daß er alles selbst aufdeckt, anstatt es von Ihnen zu erfahren? Das sieht Ihnen gar nicht ähnlich..."

„Faroux' Aktion wird in die Hose gehen", erwiderte ich lächelnd. „Der Club ist geschlossen. Von so einer bewegten Nacht müssen sich auch Araber erst einmal erholen. Bestimmt haben sie inzwischen das Weite gesucht. Ich habe Faroux den Tip nur gegeben, damit er nicht an meinen guten Absichten zweifelt und mich in guter Erinnerung behält. Schließlich brauche ich ihn noch... Der Bitte, in der Flauvigny-Affäre keinen Staub aufzuwirbeln, ist er bereits nachgekommen. Was mir nämlich ähnlich sieht, Hélène, ist, keinen Klienten in etwas hineinzuziehen, womit er nichts zu tun hat."

„Ach ja, Flauvigny! Den hatte ich total vergessen..."

Sie lächelte und sah mich durch den Vorhang ihrer halbgeschlossenen Augenlider verschmitzt an.

„Und der Alte hat wirklich nichts damit zu tun?"

„Kommt drauf an, was Sie meinen“, sagte ich. „Ich glaube zum Beispiel, daß Roland ermordet wurde.“

„Endlich!“ rief Hélène. „Darauf warte ich schon seit gestern... Sagen Sie, Sie verdächtigen doch wohl nicht seinen Vater?“

„Ich werde Ihnen gleich verraten, wessen ich ihn verdächtige.“

„Weil nämlich... Hm... Also verdächtigen Sie ihn wegen irgend etwas?“

„Na klar! Wozu sonst bin ich Detektiv?“

„Auch wieder wahr. Also, Roland...“

„Könnte sein, daß er eins der Geheimnisse des *Antinéa* gelüftet hatte. Nehmen Sie diese Revolver zum Beispiel, für die sich Faroux so brennend interessiert. Wenn ich mich nicht sehr täusche, lagen in der Waffenkiste von Montreuil ähnliche Modelle. Belkacem hatte einen, Péricats Mörder hatte einen, und ich habe einen in Flauvignys Schublade gesehen. Wenn nun der Alte die Waffe seinem Sohn abgenommen hat? Das würde auch erklären, warum er sich solche Sorgen um Rolands zweifelhaften Lebenswandel gemacht hat.“

„Und da er nichts so sehr fürchtet wie einen Skandal...“

„Wer vor dem Skandal flieht, kommt darin um“, kalauerte ich. „Wissen Sie, wer Péricat erschossen hat? Nach dem letzten Stand meiner Ermittlungen: Gérard Flauvigny!“

Ich legte ihr meine Theorie auseinander.

„Aber warum denn, zum Teufel?“ fragte Hélène beinahe ärgerlich. „Ist der Alte plötzlich verrückt geworden?“

In der Tat schien nichts weniger logisch.

„Ich habe die Schlüssel zu Péricats Wohnung“, sagte ich achselzuckend. „Begleiten Sie mich? Sie könnten den Wachposten verführen... falls Faroux einen aufgestellt haben sollte.“

18
Hausdurchsuchung

Ein Taxi setzte uns am Rande der Cité de la Muette ab. Zu Fuß gingen wir zu dem Haus, das uns interessierte. Kurz vor dem Ziel schreckte ich überrascht auf: Jemand hielt Wache! Doch es war niemand, der sich am Quai des Orfèvres seine Brötchen verdiente. Ein Kabriolett älteren Modells, das ich sehr gut kannte, parkte auf der gegenüberliegenden Straßenseite. Joëlle starrte zu den geschlossenen Fensterläden des verstorbenen Arztes hinauf. Ich lief zu dem jungen Mädchen hin, doch die Kleine startete den Motor und fuhr davon. Vielleicht war ihr Dienst beendet; vielleicht jedoch hatte sie mich erblickt und das Weite gesucht, weil sie sich um keinen Preis mit mir unterhalten wollte. Ich sah dem Wagen hinterher, der um die nächste Straßenecke bog.

„Verscheuchen Sie junge Mädchen immer so?" lachte Hélène.

„Diese hier hab ich heute schon zum zweiten Mal verscheucht", erwiderte ich. „Und dabei wünscht sie sich nichts sehnlicher, als in meine Arme zu sinken. Es ist Flauvignys Tochter."

„Sah traurig aus, die Kleine."

„Ein komischer Vogel ist Flauvignys Tochter! Ich möchte bloß wissen, was sie hier wollte..."

Als ich zum zweiten Mal „Flauvignys Tochter" sagte, klickte es in meinem Hirn. Verflixt und zugenäht! Ihre Augen! Ihre Augen, die auf diese Fenster starrten, hinter denen die sterblichen Überreste von Dr. Péricat, in der Morgue sorgfältig untersucht und ordentlich herausgeputzt, noch ein paar Stunden ruhen würden, bevor die Leiche ihre letzte Reise antreten würde. Diese haselnußbraunen Augen, die in feierlichen Momenten ins Kastanienbraune spielten! Und dann die anderen Augen, die blauen, die von Flauvigny sen. und jun.! Die braunen Augen von Joëlle und Péricat! Georges Péricat, seit ungefähr zwanzig Jahren Freund des Hauses Flauvigny! Solche Geschichten spielen sich meistens unter guten Freunden ab... Wenn der Doktor kein Bilderstürmer gewesen war, mußte ich die Bestätigung für meine Vermutung in seinen Dokumenten finden.

Von einem nahen Café aus versicherte ich mich telefonisch, daß niemand in der Wohnung war.

„Los, gehen wir!“ sagte ich zu Hélène. „Kein Flic weit und breit zu sehen. Wenn er das Mädchen beobachtet hätte, hätten wir unsererseits seine Fußspitzen im Spalt der Haustür bemerkt... Übrigens, sollte die Concierge Sie fragen, sagen Sie nur, Sie wollen zu Macé. Der wohnt auch in dem Haus. Das wird zwar sowohl Ihrem als auch seinem guten Ruf schaden, aber was soll's... Warten Sie in der dritten Etage auf mich.“

Meine Sekretärin betrat vor mir das Haus. Während sie schnurstracks die Treppe hinaufging, näherte ich mich der Conciergesloge. Eine mächtige Frau saß, in eine Zeitung vertieft, mit dem Rücken zum Hausflur. Ich sah keinen Grund, ihre Lektüre zu unterbrechen, und huschte vorbei. Doch die Instinkte der Frau funktionierten tadellos. Sie drehte sich zu mir um. Ich betrat ihr kleines Zimmerchen.

„Polizei“, knurrte ich im Polizeiton, um jeden Zweifel zu zerstreuen. Gleichzeitig hielt ich ihr einen Ausweis hin, den die Farben der Trikolore schmückten: die Mitgliedskarte der Vereinigung ehemaliger Kriegsgefangener, die mir gegen eine geringe Gebühr ausgehändigt worden war. „Ist der Kommissar oben?“

Ich nahm nicht an, daß die Concierge mich wiedererkennen würde. Bei meinem gestrigen Besuch hatte ich keine Auskunft von ihr gebraucht, da auf einem Schild neben dem Eingang angegeben war, wo der Arzt seine Kunst ausgeübt hatte.

„Ach!“ seufzte die Frau. „Sie sind wegen dem armen Doktor hier! Nein, die Herren von der Kripo sind schon wieder weg. Waren hier, aber sind schon wieder weg. Und einer war dabei, der hat mir die Treppe mit seinen Latsch... seinen Schuhen versaut..."

„Meine sind sauber", beruhigte ich sie. „Ich gehöre nämlich zur eleganten Truppe. Also, ich geh dann mal hinauf. Wenn die anderen kommen, sagen Sie mir bitte Bescheid. Ist die Haushälterin in der Wohnung?"

„Nein, wo denken Sie hin! Sie ist zu einer Verwandten in die Rue Nicolo geflüchtet. Die Schlüssel hat sie mir hiergelassen, für alle Fälle. Brauchen Sie sie?"

Ich nahm die Schlüssel und tat gut daran. Der Schlüsselbund nämlich, den ich zunächst für meinen gehalten hatte und der mir nicht gehörte, hatte ebensowenig dem Toten gehört. Entgegen meiner Annahme paßte keiner der Schlüssel ins Schloß. Ich fragte mich, wem sie denn dann wohl gehörten, verschob die Lösung des Problems aber auf später. Mit Hilfe der Schlüssel, die mir die Concierge gegeben hatte, betraten Hélène und ich die Wohnung.

Hier und da waren noch die Spuren der polizeilichen Durchsuchung zu sehen, obwohl die Haushälterin sich bemüht hatte, Ordnung ins Durcheinander zu bringen.

„Was suchen wir überhaupt?" fragte Hélène.

„Faroux ist überzeugt davon, daß Péricat Verbindungen zu Waffenhändlern hatte. Hat nach Indizien gesucht, aber wohl keine gefunden. Vielleicht haben wir mehr Glück bei der Suche..."

„Noch einmal: Was suchen wir?" beharrte meine Sekretärin.

„Spuren einer Vaterschaft", antwortete ich. In einem Fotoalbum fand ich, was ich suchte: das Bild einer jungen Frau, die Joëlle zum Verwechseln ähnlich sah. Es war ihre Mutter, die zweite Frau von Gérard Flauvigny. Eine zärtliche Widmung auf der Rückseite – für einen „Georges", der bestimmt nicht König von England war! – bestätigte meine Vermutung.

„Ein Freund seit zwanzig Jahren!" lachte ich. „Hat die schwindenden Kräfte seines älteren Kumpels ausgeglichen, indem er dessen Frau ein Kind machte! Ein ehrenhaftes Motiv, finden Sie nicht auch?"

„Das finde ich überhaupt nicht", sagte Hélène. „Flauvigny hätte dann erst gestern davon erfahren und sich stehenden Fußes gerächt?"

„Sie kennen Flauvigny nicht. Der Tod seines Sohnes – Roland war nämlich wirklich sein Sohn! – war ein furchtbarer Schlag für ihn. Das muß seinen Geist verwirrt haben. Bestimmt wußte er von Anfang an, daß Joëlle nicht seine Tochter ist. Er scheint sie nicht übermäßig zu lieben. Nach Rolands Tod wird sie alles erben, wenn es erst mal soweit ist. Dem Gesetz nach ist das Mädchen seine Tochter, und er kann sie nicht völlig enterben. Bei dem Gedanken daran, daß auch der Rivale Péricat ein paar Krümel von dem Kuchen abkriegt, steigt unmäßige Wut in ihm hoch. Wie finden Sie das?"

„Hm", brummte Hélène. „Aber warum hat er sich dann noch weiter von Péricat behandeln lassen?"

Ich hob die Schultern, unzufrieden mit mir selbst. Noch stimmte nicht alles, das wußte ich wohl.

„Morgen spreche ich mit Joëlle", sagte ich. „Sie wird reden, das verspreche ich Ihnen! Sie wird alles ausspucken, was sie weiß, und wenn ich sie vorher verprügeln muß!"

„Da seien Sie mal nicht so sicher", lachte Hélène. „Manche mögen das und stöhnen dabei vor Vergnügen!"

* * *

Die darauffolgenden Augenblicke verbrachte ich damit, die geheimnisvollen Schlüssel noch einmal unter die Lupe zu nehmen. Mit keinem der Schlösser, denen ich sie bisher zugeführt hatte, wollten sie sich anfreunden. Ich war ein miserabler Kuppler. Nachdem ich die Schlüssel eine Weile betrachtet hatte, betastete ich sie mit geschlossenen Augen. Die Schlüssel blieben dieselben. Ganz normale Schlüssel, nichts weiter. Verwandelten sich weder in eine Wasserpistole noch in eine Primaballerina. Aber sie gehörten nicht mir und auch nicht dem toten Doktor. Vielleicht gehörten sie Albert, vielleicht dem Papst. Die Schlüssel der Peterskirche! Ich war sicher, sie auf dem Parkweg vor der kleinen Tür aufgehoben zu haben. Hatte ich sie vielleicht doch woanders gefunden? Wollte vielleicht jemand mein Hirn beschäftigen, indem er mir irgendwelche Schlüssel in die Tasche gesteckt hatte? Vielleicht! Ich war das Wort leid. Sollte es einem professionellen Zweifler und Vermuter übergeben... Doch meine Intuition sagte mir, daß die Schlüssel mir – vielleicht! – weiterhelfen würden. Spricht man nicht von dem „Schlüssel zum Geheimnis" oder auch vom „Schlüssel zum Erfolg"? Ich hatte einen ganzen Bund mit verschiedenen Schlüsseln. Das waren zuviele. Vielleicht.

Ich ließ es dabei bewenden. Morgen war auch noch ein Tag. Hélène und ich gingen ins Kino. Der tuberkulosekranke jugendliche Liebhaber würde nie zum Ziel kommen, was seinen geliebten Vamp betraf, eine junge Frau, die ihn zwar von seiner Krankheit kurieren wollte, ansonsten jedoch eher einem Boxer zugetan war. Als wir das begriffen hatten, verließen wir den dunklen Saal. Die Geschichte stimmte hinten und vorne nicht: Der Vamp hatte den Sex-Appeal eines Gasmannes, der den Verbrauch abliest, der Boxer war erledigt, und der Tuberkulosekranke strotzte vor Gesundheit. Während sich die unglaubwürdigen Figuren mehr schlecht als recht auf der Leinwand bewegten, hatte ich beschlossen, Faroux bei seiner nächtlichen Säuberungsaktion im *Antinéa* zuzuschauen. Ich hatte meinem Freund zu dieser Razzia geraten. Desinteresse an dem Ergebnis zu zeigen, so als würde ich es schon im voraus kennen, schien mir taktisch unklug.

Es war elf Uhr. Die Gegend um die Moschee war weiträumig von Uniformierten abgeriegelt. Ein Polizeiwagen wartete mit laufendem Motor auf die menschliche Fracht. Es roch nach Uniformstoff, Schweiß sowie Jucken in Fingern und weißen Stöcken. Das schummrige Licht der Straßenlaternen fiel auf die Helme, mit denen sich die Flics mit ihrem Sinn fürs Dramatische geschmückt hatten. Faroux maß der Aktion eine Bedeutung bei, die er mir verheimlicht hatte.

Ein Uniformierter kam auf uns zu und verlangte unsere Papiere. Die Befehle „Weitergehen!" oder „Rein in den Wagen!"

warteten nur auf ein Zeichen, um sich von seinen Lippen zu lösen. Das Zeichen blieb aus. Der Flic erkannte mich und lächelte. Es war der Inspektor aus der Rue Lhomond.

„Wollen Sie sich das Schauspiel ansehen, Monsieur Burma?“ fragte er.

„Kommissar Faroux hat mich eingeladen“, erwiderte ich. „Dies ist meine Sekretärin, Mademoiselle Châtelain. Sie ist noch nie in eine Razzia geraten. Mit etwas Glück könnte sie vielleicht die Nacht in Polizeigewahrsam verbringen.“

Der Inspektor kapierte sofort, daß das ein Witz sein sollte. Er lachte kurz auf, um dann eine besorgte Miene aufzusetzen. Er schien die Pointe zu suchen.

„Der Kommissar ist im Club“, sagte er dann. „Soll ich Sie dorthin begleiten?“

„Das Lokal ist geöffnet?“ fragte ich erstaunt.

„Natürlich! Meinen Sie, wir hätten die Leute gewarnt?“

Er lachte schallend. Endlich ein Witz, den er kapierte!

Vor dem *Antinéa* sah es aus, als wäre nichts Besonderes los. Nur ein Flic ging vor dem Eingang auf und ab. Ich war verblüfft.

Sowohl der Rausschmeißer als auch das grellgeschminkte Mädchen an der Garderobe waren auf ihrem Posten. Etwas nervös, aber auch nicht mehr. Ich sah sie mit großen, staunenden Augen an. Dann erinnerte ich mich daran, daß man sie in der vorigen Nacht abgelöst hatte, um mir den Trick mit der Rasierklinge vorzuführen. Die beiden waren nicht in das Geheimnis der Götter eingeweiht. Ich vermutete, daß man nicht viele – um nicht zu sagen: niemanden – in dem Club finden würde, die wußten, was im *Antinéa* gespielt wurde. Der Boß war alles andere als dumm, auch wenn er sich manchmal von seinem Zorn hinreißen ließ. Er hatte bestimmt eine Ersatzmannschaft in der Hinterhand. Das Sicherheitssystem hatte funktioniert. Als ich Faroux traf, gestand er mir den Reinfall. Unten in dem Lokal kontrollierten seine Leute die Gäste. Ein Araber begleitete sie auf ihrem Rundgang, ganz Milch und

Honig, so als wollte er sagen: ‚Also wirklich... so eine Maßnahme... Ihr Beruf, natürlich...'

„Nichts", sagte Faroux zu mir, „Fehlanzeige. Außer zwei Verdächtigen, die wir festgenommen haben. Keine Spur von Rauschgift. Einen prima Tip haben Sie mir da gegeben!"

In diesem Augenblick kam etwas Bewegung in die dämmrige Bude. Ein Beamter der Sittenpolizei, begleitet von einem Uniformierten mit Maschinenpistole im Anschlag, kam auf uns zu. Er hatte ein kleines, schmächtiges Kerlchen am Wikkel. Der Mann war weißer als sein schmutziger Hemdkragen, und auf der Stirn standen ihm Schweißperlen. Der Beamte erklärte, es handle sich um einen Süchtigen, der bei der Sitte bestens bekannt sei. Wenn er sich hier aufhalte, dann bestimmt nicht, um Pfefferminztee zu trinken.

„Also doch 'n prima Tip", stellte ich fest.

„Mitnehmen", entschied Faroux. „Holen Sie die Quintessenz aus ihm heraus. Vielleicht wird er uns was erzählen."

Die Festnahme hatte ihn ein wenig aufgemuntert. Der Beamte von der Sitte schob seinen Hut in den Nacken und kratzte sich am Kopf.

„Die Quintessenz", murmelte er nachdenklich.

Plötzlich hellte sich sein Gesicht auf. Er hatte soeben seinen Wortschatz um einen Begriff erweitert, der so was Ähnliches wie „Herausprügeln" bedeuten mußte. Mit vielversprechender Grobheit schubste er sein Opfer zum Ausgang.

Eine gute halbe Stunde noch wurde das Lokal auf den Kopf gestellt, wurde in Ecken und Winkel geleuchtet, die dennoch im Dunkeln blieben. Ich verfolgte die Inspektion. Beflissen machte der honigsüße Araber die Honneurs. Ich erfuhr, daß er der offizielle Inhaber des *Antinéa* war. Gestern nacht hatte er hier noch keine so herausragende Rolle gespielt. Ich erkannte die Treppe hinter der Garderobe wieder, den Korridor, durch den ich gegangen war, Revolver im Kreuz und Rasierklinge an der Kehle; das Büro, in dem ich so herzlich empfangen worden war. Alles war sauber und ordentlich, alles roch nach einwandfreier Anständigkeit. Unter dem spöttischen

Blick des Arabers, der aussah wie eine große, Zucker absondernde Dattel, traten wir den Rückzug an.

Ich wollte mir gerne die Verdächtigen ansehen, von denen Faroux gesprochen hatte. Also begleitete ich meinen Freund aufs Revier in die Rue Lhomond, wo sie vorübergehend festgehalten wurden. Man wußte nicht so recht, was man ihnen vorwerfen sollte; aber da sie den hartnäckigen Fragen der Flics ein noch hartnäckigeres Schweigen entgegensetzten, würden sie wohl wegen Beamtenbeleidigung angeklagt werden. Ihre Gesichter kannte ich nicht. Faroux erkundigte sich nach dem Rauschgiftsüchtigen.

„Ich brauchte ihm gar nicht die Essenz zu verabreichen", berichtete der Mann, der ihn festgenommen hatte. „Er hat sofort ausgespuckt. Wollen Sie zu ihm? Er schimpft auf die Inhaber des *Antinéa* und verlangt, daß man ihren Club auf der Stelle in Schutt und Asche legt. Dagegen hätte ich nichts einzuwenden, aber die Befehle geben hier ja nicht die Süchtigen, oder? Der Kerl versorgt sich im *Antinéa* mit Drogen, hat aber angeblich seit einem Monat keinen Fuß mehr über die Schwelle gesetzt. Er meint, der Inhaber habe gewechselt. Als er erklärt hat, was er wollte, hat man ihn beinahe rausgeschmissen."

Faroux ging zu dem Festgenommenen, der außer Flüchen auch den Namen seines Dealers von sich gab: Mohammed. Klang genauso wie Dupont Ben Durant. Diese Information war nichts wert, bewies jedoch, daß mein Tip gar nicht so schlecht gewesen war.

„Wir werden den Club aufmerksam beobachten", schloß Faroux. „Für den Fall, daß die Geschäfte dort wieder aufgenommen werden."

* * *

Mitternacht war vorüber. Unter lautem Getöse fuhren Lastwagen, beladen mit Obst und Gemüse, den fast leeren Boul' Mich' hinunter in Richtung Hallen. Eine amerikanische Limousine bog leise aus der Rue des Ecoles ein. Ihre Motorhaube blitzte im Licht des *Dupont-Latin*. Ein Clochard, der als Nachtlager den Eingang der *Sociéte Générale* gewählt hatte, kratzte sich. Nirgendwo war ein Taxi zu sehen, das Hélène hätte nach Hause bringen können. Wir bogen in den Boulevard Saint-Germain ein. Die Gegend um das Café Flore bot eine größere Wahrscheinlichkeit, ein Taxi zu bekommen. Der *Boubal's Club* öffnete um diese Zeit gerade seine Pforten.

Wir rauchten und plauderten, und mechanisch betastete ich die herrenlosen Schlüssel in meiner Tasche. Ich konnte nicht umhin, mich immer wieder zu fragen, wer denn nun der Besitzer sei. Ich konnte mich einfach nicht dagegen wehren. Und ganz plötzlich, auf der Höhe der Rue de Seine, kam mir eine Idee.

Nichts lag näher, als sie zu überprüfen. Ich zog Hélène mit mir fort. Vor dem *Méphisto* rannte uns beinahe ein Farbiger um, der aus dem Eingang stürzte.

Das Haus Nr. 60 schlief vom Keller bis zum Dachboden. Rechts und links neben der schweren Eingangstür befanden sich ein Blumenladen und eine Apotheke. Die Tür sah so verschlossen aus, daß man sich nicht davon überzeugen mußte. Ich wählte aus dem geheimnisvollen Bund einen Schlüssel aus, der zu solch einer Riesentür zu passen schien. Er paßte. Spielend leicht ließ er sich in das Schloß einführen. Kein Wunder, er hatte in seinem bisherigen Leben nichts anderes gemacht. Die Tür öffnete sich widerspruchslos.

„Dumonteils Schlüssel", murmelte ich ein wenig überrascht.

„Sie sind aber auch nie zufrieden", tadelte mich Hélène. „Wäre es Ihnen etwa lieber, wenn sie hier genausowenig passen würden wie anderswo? Immerhin ist jetzt wenigstens ein Geheimnis gelüftet..."

„Wenn wir alle Geheimnisse auf diese Weise lüften können, werden wir noch dem Schwarzen Löwen ernsthaft Konkurrenz machen", brummte ich. „Fest steht jetzt, daß Dumonteil gestern in *La Feuilleraie* war und seine Schlüssel auf dem Gelände verloren hat. Ich bleibe nämlich dabei: Ich habe sie dort und nirgendwo anders gefunden!... Worauf warten wir?" fragte ich nach kurzem Zögern. „Gehen wir hinauf. Heute ist der Tag der Hausbesuche. Dumonteil ist mir die ganze Zeit schon wie ein komischer Heiliger vorgekommen. Also werde ich die Gelegenheit, seine Hütte zu durchsuchen, nicht ungenutzt verstreichen lassen."

An einem der Briefkästen entzifferten wir einen Namen, der auf ... onteil oder ... orteil endete, und erfuhren so, in welchem Stockwerk der andere Freund des Hauses Flauvigny wohnte. Kurz darauf standen wir vor seiner Tür. Der entsprechende Schlüssel paßte. Irrtum ausgeschlossen.

Im Telefonbuch stand hinter seinem Namen die Bezeichnung: „Phot." Telefonbücher lügen nicht. Wir konnten uns nun davon überzeugen. Studio, Dunkelkammer und der ganze notwendige Kram waren vorhanden. Auch einige Fotos entdeckten wir.

Die meisten Abziehbilder lagen offen auf einem niedrigen Büfett und stellten Pin-up-Girls dar. Daneben stapelten sich ein paar Fachzeitschriften der Serie „*Exciting*", die alles andere als *exciting* waren. Ich blätterte sie durch und stellte fest, daß auf etwa hundert Fotos ein einziges mit Dumonteils Signatur kam.

„Ein Prozent, das ist nicht viel", bemerkte ich. „Der Junge muß seine Einkünfte aus einer anderen Quelle beziehen."

„Zumal er Geld für Drogen braucht", ergänzte Hélène und hielt mir eine Schatulle mit fingerdicken Zigaretten hin.

„Ich weiß", sagte ich. „Hab's gestern erfahren."

Ich ging zu einer Kommode, deren Schubladen abgeschlossen waren. Auch hier funktionierte der Schlüssel-Trick. In den Schubladen lagen weitere Fotos. Doch hier handelte es sich um vollständige Sammlungen, die in drei Ordnern zusammengefaßt waren. Auf den Aktendeckeln stand „Micheline", „Andrée" und „J.-R. Fl.". Letzteres schien mir interessant zu sein. Ich schlug den Ordner auf.

„Hier", sagte ich zu Hélène und reichte ihr das erste Foto. „Joëlle".

Meine Sekretärin rümpfte die Nase, so als sei sie peinlich berührt.

„Wenn ich gewußt hätte, daß Sie mir solche Fotos zeigen wollten, wäre ich nicht mit Ihnen hinaufgegangen!"

„Wie finden Sie das Kunstwerk?" fragte ich sie.

„Gepfeffert! Also wirklich, so vor einem Fotografen zu posieren..."

Die Sammlung konnte man zwar nicht als richtige Pornographie bezeichnen, aber weit davon war sie nicht entfernt. Aktfotos, nichts als Aktfotos. Eine nackte Joëlle, alleine zwar, aber in höchst anstößigen Positionen. Auch wenn das Mädchen leicht verdreht war, so konnte ich mir doch nicht vorstellen, daß sie freiwillig in solch verdrehten Haltungen posiert hatte. Ich wehrte mich dagegen, mußte mich aber den nackten Tatsachen beugen. Die Fotos in meiner Hand waren keine Halluzinationen.

Die „Akte Flauvigny" enthielt auch einige Fotos von Roland, die keinen Deut besser waren als die von seiner Schwester. Man sah dem Jungen an, daß er unter Rauschgift stand. Der „Künstler" hatte den richtigen Moment gewählt. Die sensationellsten Fotos wurden von einem Gummiband zusammengehalten. Auf einem Zettel stand: „Dazu Nr. 12". Wahrscheinlich handelte es sich um ein Kunstwerk ähnlichen Kalibers.

Ich sah mir auch die anderen Ordner an. In gewissem Sinne eigentlich eine angenehme Pflicht. Alles nette Leute, sexy, wie man so sagt, durchweg gut gebaut und nicht grade dabei, in ihrem Katechismus zu blättern. Ich mußte wohl ein merkwürdiges Gesicht gemacht haben, denn Hélène riß mir die Fotos aus der Hand und sagte streng:

„Das macht Sie nur unnötig nervös, Chef."

„Ob Sie wohl auch so posieren würden?" fragte ich verträumt.

„Reden Sie keinen Quatsch! Selbst wenn der Fotograf mich

sehr beeindrucken würde, müßte er sich's etwas kosten lassen. Richtige Pornographie ist anspruchsvoller."

„Dumonteil hat sich dies hier bestimmt nichts kosten lassen", sagte ich. „Und beeindrucken... Nein, er macht nicht den Eindruck, als könnte er jemanden beeindrucken."

„Dann hat er seine Opfer überrascht."

Sogleich machten wir uns daran, seine Utensilien zu untersuchen. Nichts ließ auf besondere Tricks schließen.

Stattdessen machten wir eine interessante Entdeckung: Die verglaste Verbindungstür zwischen Studio und Schlafzimmer war mit einer Decke verhangen. Behelfsmäßig angebracht, diente sie als Vorhang. Die Tür war mit einem Riegel versehen. Wenn man die Decke anhob und wieder fallenließ, schloß er sich sozusagen ganz von selbst.

„Sehr interessant, Hélène!" rief ich begeistert. „Genauso wie der Riegel an Rolands Wohnungstür. Sollte die Idee hier ausgebrütet worden sein?"

Wir durchsuchten die Wohnung und förderten nacheinander zwei Badeanzüge aus ganz speziellem Nylonstoff, einen anregenden Zeitungsausschnitt, eine Gasmaske aus dem Bestand der deutschen Armee und ein Paar Schuhe mit verwikkelten Schnürsenkeln zutage. Einer der Schnürsenkel war nachlässig – wohl in aller Eile – durch die Löcher gezogen worden, und an einem Ende fehlte die Verstärkung aus Plastik. Das Plastikröhrchen am anderen Ende war grau. Das perfekte Gegenstück zu dem, das Hélène in der Rue Tournefort gefunden hatte.

Die gesammelten Fundsachen eröffneten so weite Horizonte, daß mir leicht schwindlig wurde. Das spezielle Nylon der Badeanzüge gestattete es Dumonteil, seine Modelle in den abenteuerlichsten Stellungen zu fotografieren. Sie protestierten nicht, da sie sich in ihrem Badeanzug in Sicherheit wiegten. Eine trügerische Sicherheit! Das Kleidungsstück beeindruckte (durch seine chemische Zusammensetzung) die fotografische Platte in keinster Weise. Dafür war das Resultat um so beeindruckender. Und die Mädchen konnten später –

nachdem sie zum Beispiel einen Mann geheiratet hatten, der in dem Glauben war, wenn auch keine Jungfrau, so doch wenigstens ein anständiges Cover-Girl geehelicht zu haben – zu Recht behaupten, sie hätten niemals im Evaskostüm vor einem Fotografen posiert. Mit den Fotos konfrontiert, würden sie sich hüten, den Betrug an die große Glocke zu hängen. Nein, sie würden schweigen... und zahlen!

Allerdings sind zwei Opfer verdammt wenig für ein gut ausgestattetes Fotostudio. Also hatte er noch eine weitere Einnahmequelle gesucht... und gefunden. Bei seiner Suche hatte sich Dumonteil von Zeitungsartikeln inspirieren lassen, die den Mechanismus gewisser Betrügereien offenlegten. Welchen Profit er aus dieser Quelle bisher gezogen hatte, wußte ich nicht.

Unter den Artikeln befand sich einer aus einer englischen Zeitung. Da Hélène dieser Sprache mächtig ist, konnte sie mir den Text übersetzen. Es war eine „Vermischte Nachricht“: Ein Aufsichtsratsmitglied war tot umgefallen, nachdem er einen katastrophalen Bericht über den Lauf seiner Geschäfte gelesen hatte. Der Mann hatte ein schwaches Herz gehabt.

* * *

Eine Kirchturmuhr in der Nähe läutete zur halben Stunde, als wir die Fundgrube wieder verließen.

„Ein schöner Schurke, dieser Dumonteil“, sagte ich zu Hélène. „Morgen knöpfe ich mir Joëlle vor. Sie wird – freiwillig oder mit Gewalt – einige noch unklare Punkte klären. Doch ich hab schon jetzt eine ziemlich genaue Vorstellung von dem Treiben des Berufsfotografen. Dumonteil hat sich folgendes ausgedacht: Den Bericht eines Detektivs, garniert mit den beredten Fotos, die wir in der Tasche haben (tatsächlich hatte ich es vorgezogen, solche wertvollen Kunstwerke nicht einfach so herumliegen zu lassen!), würde Flauvigny nicht überleben. So wie der Engländer, von dessen plötzlichem Ende wir soeben gelesen haben. Leider hat das nicht funktioniert, weil die Wahl des Detektives ..."

„... zufällig auf Nestor Burma und nicht auf Mercadier fiel", ergänzte Hélène.

„Ja. Daraufhin beschließt dieser Schlauberger – ich meine Dumonteil! –, Roland umzubringen, um Flauvigny den tödlichen Stoß zu versetzen und Nestor Burmas Aktivitäten zu stoppen."

„Und die Araber? Wollen Sie deren Schuld an Rolands Tod einfach unter den Tisch fallen lassen?"

„Ja, und ich fürchte, noch einige andere meiner Ideen werden dasselbe Schicksal erleiden... Im Falle Roland jedenfalls hat Dumonteil auf eigene Faust gehandelt. Große Vorarbeit war nicht zu leisten. Er mußte lediglich Roland besuchen, um ihn zum Beispiel vor mir zu warnen. Dabei würde sich bestimmt eine günstige Gelegenheit ergeben. Denken Sie an die Gasmaske, die höchstwahrscheinlich aus Rolands Trophäensammlung stammt! Dank der Wirkung des Rauschgifts schläft Roland ein oder ist zumindest betäubt. Dumonteil dreht den Gashahn auf und inszeniert einen Unfall. Er hält es für unvorsichtig, dem Zufall freie Hand und ihn den Rest der Arbeit unbeobachtet erledigen zu lassen. Also wartet er geduldig darauf, daß alles so abläuft, wie er sich's ausgedacht hat. Die Gasmaske dient ihm zum Schutz. Danach macht er sich – verrichteter Dinge! – aus dem Staub, nimmt die Gasmaske mit und wendet den Trick mit dem Vorhang an, um den Riegel von innen vorzuschieben. Vorher aber bindet er mit seinem Schnürsenkel die Stoffrolle zusammen und befestigt sie unten an der Tür. So wird der Gasgeruch nicht zu früh in den Hausflur dringen. Die Tür ist zwar nicht abgeschlossen, aber der Riegel ist von innen vorgeschoben. Das wird die Selbstmord- oder Unfallthese nahelegen. Niemand hat den Mörder hineingehen oder herauskommen sehen. Wenn doch, ist das auch nicht weiter schlimm. Sie konnten sich selbst davon überzeugen, welches Kommen und Gehen wegen der Arztpraxis im dritten Stock herrscht, so daß selbst die Concierge nicht auf jeden einzelnen achtet."

„So ein Schwein!“ ereiferte sich Hélène. „Jemanden umzubringen und seinem Opfer beim Todeskampf auch noch zuzusehen!“

„Immerhin hat es ihn Nerven gekostet, so viele, daß er unsere Verabredung – die ja inzwischen überflüssig geworden war – sausen ließ. Er mußte sich erst mal erholen, bevor er mir gegenübertrat. Hinterher ist er dann doch noch ins *Antinéa* gekommen, um sich ein wenig vollzudröhnen. Damit, daß er mich dort antreffen würde, hat er sicher nicht gerechnet. In seiner Wohnung lag vielleicht etwas Rauschgift, aber seine Schlüssel waren ja weg...“

„Er hätte einen Schlosser anrufen können.“

„So spät in der Nacht? Vergessen Sie nicht, daß ich seinen Schlüsselbund im Park von *La Feuilleraie* gefunden habe.“

„Ich merke schon“, sagte Hélène, „daß Sie gerade dabei sind, noch eine Ihrer Ideen zu revidieren.“

„Wenn Roland sich einen Revolver im *Antinéa* besorgen konnte“, sagte ich, „dann konnte es Dumonteil ebenso. Jetzt, da ich den Kerl kenne, traue ich ihm alles zu.“

„Sogar den Mord an Péricat?“

„Warum nicht? Dumonteil schläft mit Joëlle, jedenfalls so ungefähr. Deswegen heckt er diesen teuflischen Plan gegen ihren Vater aus. Er hat sowohl Joëlle als auch Roland in der Hand. Wenn Flauvigny sen. stirbt, gehört das Erbe so gut wie ihm. Nehmen wir an, Dr. Péricat kommt ihm gestern irgendwie in die Quere. Also... In Joëlles Badezimmer gibt es kein trockenes Handtuch, und der Teppich in ihrem Schlafzimmer weist einen feuchten Fleck auf.“

„Dumonteil hat Blutspuren ausgewaschen?“

„Ge-nau! Der Arzt ist tot, und die Inszenierung seines Selbstmordes läuft so ab, wie ich sie mir – allerdings mit Flauvigny oder seinem Butler in der Hauptrolle – vorgestellt habe. Zwei Inszenierungen am selben Tag, das ist zuviel für Dumonteil, der schließlich kein Gaston Baty ist! Es verlangt ihn, alles im Drogenrausch zu vergessen, und er eilt ins *Antinéa*... und bekommt seine Strafe. Immanente Gerechtigkeit oder so.“

„Joëlle ist völlig aufgewühlt, geht in ihrem Zimmer auf und ab, nähert sich dem Fenster und sieht Sie im Park."

„Beherbergt mich und versucht, meinen angeschlagenen Zustand auszunutzen, um mich in die Tasche zu stecken... Der Anwalt ihres Vaters macht ihr Angst, da sie seinen Besuch ungerechtfertigterweise damit in Zusammenhang bringt, was ein paar Stunden vorher in *La Feuilleraie* passiert ist."

„Und was hat die Agentur Fiat Lux von dem ganzen Durcheinander?" fragte Hélène seufzend.

„Keine Ahnung. Zu Hause werde ich erst mal ein wenig Ordnung in meinen Gedankensalat bringen. Wieder eine schlaflose Nacht in Aussicht! Schlafen kann ich ja dann am Ende des Monats..."

Ich sollte tatsächlich keinen Schlaf finden!

Ich brachte zuerst Hélène nach Hause. Als ich kurz darauf dann meine eigene Wohnungstür – mit meinem eigenen Schlüssel! – aufschloß, stieg mir Tabakgeruch in die Nase. Ich zückte meinen Revolver und näherte mich im Dunkeln dem Büro, aus dem der Geruch kam.

„Spiel hier nicht den Blödmann und mach Licht", knurrte eine Stimmte mit Marseiller Akzent. „Ich bin hierhergekommen, um mit dir zu reden."

Ich knipste das Licht an. Wieder warteten zwei Personen auf mich. Diesmal ein Mann und eine Frau. Die Frau war unverkennbar eine Hure, und der Mann wußte offensichtlich nichts mit seinen Händen anzufangen. Um seine Verlegenheit ein wenig zu überspielen, hielt er eine sehr wirksame *Automatic* in seiner Rechten. Das mürrische Gesicht mit dem schwarzen Schnurrbart ähnelte verteufelt den Fotos, die in den Zeitungen veröffentlicht worden war.

Der Mann war Riton, genannt „der Spinner".

19

Riton-der-Spinner

„Potz Blitz!“ rief ich. „Am Ende werd ich noch glauben, was die Journalisten schreiben! Gibt es dich also tatsächlich, Riton?“

„Fängt ja gut an!“ kreischte die Frau. „Ich hab dir doch gesagt, daß du spinnst!“

„Schnauze“, knurrte der Gangster.

Er saß in meinem schönsten Sessel. Seine Freundin lehnte mit dem Hintern am Schreibtisch. Riton stand auf, und ohne die Richtung seiner Waffe zu ändern, schlug er seiner Freundin freundschaftlich ins Gesicht.

„Ist ja schon gut“, schmollte die Hure.

„Schnauze“, wiederholte er.

Das mußte wohl so ’ne Art Losung zwischen den beiden sein. Zu mir gewandt, schlug er vor:

„Stecken wir unsere Kanonen ein, verdammt nochmal! Ich bin hier, um mit dir zu reden.“

Ich schob meinen Revolver in die Tasche, und er folgte meinem Beispiel.

„Reden, worüber?“ fragte ich.

„Setz dich“, befahl er. „Fühl dich hier wie zu Hause.“

„Reizend“, sagte ich, zog einen Stuhl zu mir heran und stopfte mir eine Pfeife. „Wenn man dein Ohrfeigengesicht sieht, sollte man’s nicht glauben, Riton, aber du bist ein reizender Mensch.“

„Schnauze“, knurrte er wieder. Ich war in den Geheimbund aufgenommen! „Schluß mit dem Quatsch! Du bist doch Nestor Burma, oder? Der dynamische Detektiv, der das Geheimnis k.o. schlägt... und noch so einiges andere.“

„All das bin ich, jawohl“, gab ich zu. „Du hast was verloren, und ich soll dir helfen, es wiederzufinden, stimmt’s?“

„Ja. Meine Ruhe."

Ich sah ihn überrascht an.

„Wir sollten erst mal was trinken", schlug ich vor. „Das stimuliert mein Begriffsvermögen. Ich hab Martini da..."

„Prima Idee. Laß die Luft aus den Gläsern, Gigi."

Gigi übernahm den Part der Bedienung, nachdem ich ihr verraten hatte, wo sie Gläser und Flasche finden konnte.

„Nun, gut so?" fragte ich und zeigte auf Ritons Glas.

„Gut so. Hab gehört, du wärst 'n korrekter Typ, Burma", begann der Gangster, nachdem er sein Glas in einem Zug geleert und sich eine Zigarette angezündet hatte. „Ich bin hergekommen, um dir ein Geschäft vorzuschlagen. Du sollst zwischen mir und den Flics vermitteln."

„Um die Bedingungen deiner Kapitulation auszuhandeln?"

„Gepfiffen! Die Flics sollen mich in Ruhe das Geld ausgeben lassen, das bei dem Coup in der Zentralbank rausgesprungen ist. Ich hab was anzubieten."

„Was denn?"

„Paß auf, Riton", warnte ihn die Frau.

„Schnauze", knurrte der Gangster.

„Ja gut, Schnauze", schmollte sie.

„Wenn was laufen soll", sagte ich, „muß das, was du anzubieten hast, 'ne Menge wert sein. Schließlich hast du monatelang Kassierer umgelegt..."

Er lachte und entblößte seine Pferdezähne. Sein kalter Blick wurde eiskalt.

„Staatsfeind Nr. 1, was?" stieß er hervor. „Auf den Titel hab ich schon mit zwölf Jahren spekuliert, als ich noch auf dem Markt geklaut hab. Aber glaub mir, Burma, davon bin ich geheilt. Staatsfeind, das ist kein Beruf mit Zukunft. Du wunderst dich, daß es mich tatsächlich gibt? Nun, du hast recht: Mich gibt es gar nicht! Ich bin eine Erfindung der Journalisten, denen sonst nichts einfällt. Eine Erfindung der Flics, für die es sehr bequem ist, mir alles anzuhängen. Eine Erfindung der Kollegen, die mich kopieren. Ich bin ein Alibi! Findest du das lustig?"

„Mit anderen Worten: Du fühlst dich ausgebeutet, ja?"
„Und ich hab's satt! Ich hab's satt, mich im sechsten Stock zu verkriechen, wo's nach verbranntem Fett stinkt. Ich hab's satt, für andere den Kopf hinzuhalten. Ich hab's satt, und jetzt bin ich in der Lage, mich aus der Scheiße rauszuwühlen."
„Gut, Riton. Ich höre."
„Noch nicht", lachte er. „Meinst du, ich werd dir einfach so alles auf die Nase binden? Nein, Alter! Erst müssen wir uns einig werden. Du gehst zu den Flics und sagst ihnen: ‚Riton hat sen-sa-tio-nelle Enthüllungen zu machen. Als Gegenleistung verlangt er, daß ihr die Sache mit der Zentralbank vergeßt. Das ist nämlich der einzige Coup, den er gelandet hat!' Einverstanden?"
„Kostet mich ja nicht viel, ihnen das zu sagen. Auch wenn die mich womöglich wegen Begünstigung drankriegen wollen. Aber wahrscheinlich wollen sie wissen, was du zu verkaufen hast. Oder bist du erst mal auf eine erste Verständigung aus?"
„So ähnlich hab ich mir das gedacht. Später werd ich dann auspacken."
„Wenn du dann noch auspacken kannst", warf die Frau bissig ein. „Vergiß es, Riton! Sonst schnappen die dich noch! Los, komm, laß uns abhaun! Jetzt ist noch Zeit..."
„Schnauze, hab ich gesagt", knurrte er. „Ich hab lange genug den Blödmann gespielt. Jetzt will ich endlich was davon haben. Das ist doch kein Leben, in einer Mansarde, auf einem Sack Mäuse, die nur drauf warten, rausgelassen zu werden!"
„Ich hab dich gewarnt", seufzte die Hure achselzuckend. „Aber du wirst ja nicht umsonst ‚der Spinner' genannt..."
„Das ist auch so 'ne Erfindung der Journalisten."
„Das erste Mal, daß die recht haben!"
Wütend sprang Riton auf, die Waffe wieder in der Hand, damit ich nicht auf die Idee käme, irgendeinen Nutzen aus dem Ehekrach zu ziehen. Er landete einen hübschen linken Schwinger mitten im Gesicht seiner Partnerin, deren Nase

und Lippen zu bluten anfingen. Schachmatt gesetzt, sank sie auf meinen Schreibtischsessel.

„Wischen Sie sich das Blut ab, sonst versauen Sie noch die Schreibunterlage“, sagte ich.

Sie warf mir einen gehässigen Blick zu. Riton lachte, nahm wieder in meinem schönsten Sessel Platz und bediente sich mit Martini.

„In Ordnung“, sagte ich. „Werd sehen, was sich bei den Flics machen läßt. Aber kannst du nicht vielleicht schon mal andeuten, worum's geht? Um mein Interesse zu wecken, sozusagen, verstehst du?“

„Hör zu, Burma“, erwiderte er und beugte sich vor. „Findest du's in Ordnung, daß man mir sämtliche Schweinereien anhängt?“

„Das findet niemand in Ordnung. Aber wenn das alles ist, was du anzubieten hast...“

„Einen Coup vorzubereiten, das ist kein Kinderspiel“, sagte er lächelnd. „Man muß Waffen besorgen und alles... Bei einigen Überfällen tappen die Flics noch immer völlig im Dunkeln. Nimm nur den Einbruch in der Rue de la Paix! Juwelen, die kein Hehler haben will, so selten sind die. Aber die Jungs haben die Klunker nicht geklaut, um sie im Mondschein zu bestaunen. Könnte doch sein, daß irgend jemand 'n bißchen Wirbel machen wollte, hm?“

„Und warum?“

„Manche sind nie zufrieden. Bekloppte eben.“

„Und du kennst die bekloppten Wirbelmacher?“

„Ich weiß 'ne ganze Menge! Du meinst vielleicht, ich würde bluffen“, fauchte er, als er meine skeptische Miene sah. „Warum bin ich denn deiner Meinung nach hergekommen?“

„Weil du Vertrauen zu mir hast, wahrscheinlich. Nicht jeder stellt sich freiwillig zwischen Riton-den-Spinner und die Flics.“

„Natürlich, aber wenn ich nicht in der Zeitung gelesen hätte, daß Belkacem dich überfallen hat, dann hätte ich dir das Geschäft nicht vorgeschlagen. Hab mir gesagt, wenn der Araber sich für dich interessiert hat, dann deswegen, weil du was mit Moktar zu tun hast. Und wenn du was mit Moktar zu tun hast, verstehst du besser als jeder andere, was mein Vorschlag für einen Sinn hat."

„Ich weiß alles über Moktar", sagte ich, wobei ich zu verbergen suchte, daß mein Interesse bei der Erwähnung des Big Boss sprunghaft angestiegen war. „Er schleust unterernährte Algerier ins Land und handelt mit Waffen. Das brauchst du den Flics nicht zu erzählen. Sie werden's aus meinem Munde erfahren."

„Du bist ein ganz Schlauer, Burma. Das hast du also schon rausgekriegt... Was sonst noch? Nichts mehr? Hör mal, Burma, ich bin mindestens genauso schlau wie du. Ich knacke nämlich auch Geheimnisse. Eigentlich bin ich zum Detektiv geboren. Du meinst immer noch, ich würde bluffen, was? Na schön! Hier..." Er holte eine Ausgabe des *Crépuscule* aus der Tasche und reichte sie mir. „Lies mal den angestrichenen Artikel."

Ich las. Es war der Bericht über Rolands Tod, dreizeilig. Ich las ihn dreimal, mit gesenktem Kopf, damit der Gangster nicht merkte, wie aufgeregt ich war.

„Ja und?" fragte ich möglichst beiläufig.

„Der Junge ist nicht durch einen Unfall gestorben", verkündete Riton stolz. „Einer seiner Freunde – wenn man so was ‚Freund' nennen kann! – hat ihn besucht, hat sich nackt ausgezogen, seine Klamotten ans Fenster gehängt, damit sie nicht nach Gas rochen, und hat sich 'ne Gasmaske über den Kopf gezogen. Als ich in der Zeitung gelesen hab, daß der Junge an einer Gasvergiftung gestorben ist, hat's bei mir gefunkt. Der Nackte hat den Gashahn aufgedreht, die Maske übergestülpt und gewartet, bis sein Kumpel krepiert ist."

„Der perfekte Mord!" rief ich begeistert. „Und warum erzählst du mir das?"

„Um dir zu beweisen, daß ich nicht bluffe. Wenn ich sag, ich weiß 'ne Menge, dann weiß ich 'ne Menge."

„Wenn du 'ne Menge weißt, dann weißt du bestimmt auch, wer diesen... Flauvigny umgebracht hat, oder?"

Riton grinste. Eine seltsame Grimasse, triumphierend… und noch etwas anderes, was schwer zu definieren war.

„Ja, Kumpel, das weiß ich. Ich hab ihn gesehen."

„Ich meine nicht nur sein Äußeres, sondern auch und vor allem seinen Namen."

„Seinen Namen kenne ich auch. Und auch sein Motiv kenne ich."

„Im Ernst? Dumonteil, was? Paul Dumonteil!"

„Nie gehört, den Namen", brummte Riton.

In seinen schwarzen Augen blitzte es nervös auf. Ich beschrieb Dumonteil.

„Verdammte Scheiße!" schnauzte Riton. „Das ist genau der Kerl, den ich am Fenster gesehen habe! Also… dann… dann interessierst du dich für diesen Flauvigny?"

„Genauso wie du."

Wir sprangen gleichzeitig auf.

„Du hast uns in die Höhle des Löwen gelockt, Riton!" kreischte die Frau. „Ich hab dir gesagt…"

„Ich glaub, du hast recht, Gigi!"

Der Gangster fluchte. Ich stürzte mich auf ihn. Jetzt wußte er Bescheid. Wenn ich ihn entwischen ließ, konnte ich mein Testament machen. Vorsichtshalber machte ich es schon mal. Er wich meinem rechten Haken aus und schlug mir den Revolverkolben zwischen die Augen. Gigi brachte sich und den Telefonhörer ins Spiel. Nein, solch einen Schlag mit dem Telefon sollte man sich nicht zu oft einfangen. Ich wurde mit dem Netz ETOile verbunden. Jede Menge Störgeräusche waren zu hören, dann wurde getrennt, und ich kippte aus den Latschen.

20
Joëlle

Als ich wieder zu mir kam, graute der Morgen. Ich warf mich auf mein Bett und versuchte, einen klaren Gedanken zu fassen. Ich fühlte mich so überholungsbedürftig wie die Verfassung.

Eine Weile döste ich so vor mich hin, dann wollte ich telefonieren... und stellte fest, daß das Kabel herausgerissen war. Ich duschte mich und ging hinunter ins Bistro. Bei einem schwarzen Kaffee überflog ich die noch druckfrische Zeitung. Plötzlich erschrak ich so heftig, daß ich hochfuhr und den Inhalt meiner Tasse beinahe meinem Thekennachbarn, einem Arbeiter der Frühschicht, über den Overall geschüttet hätte.

Am gestrigen Abend, wahrscheinlich kurz nachdem Hélène und ich sie in der Cité de la Muette überrascht hatten, wie sie zu Péricats Fenster hinaufstarrte, war Joëlle vom Pont Saint-Michel in die Seine gesprungen. In ziemlich jämmerlichem Zustand hatte man sie wieder herausgefischt und ins Zentralkrankenhaus Hôtel-Dieu transportiert. Die Zeitung berichtete, daß es sich um die Tochter des bekannten Industriellen Gérard Flauvigny handle, dessen Sohn Roland (auch das hatten sie inzwischen herausgefunden) am gestrigen Morgen durch austretendes Gas ums Leben gekommen war. Der Grund für die Verzweiflungstat des jungen Mädchens sei offenbar der Kummer über den Tod des Bruders gewesen.

* * *

„Komische Familie, was?“ sagte Faroux, als ich ihn telefonisch erreichte. „Der Bekanntschaft mit einem Nestor Burma wirklich würdig! Wenn das so weitergeht, stirbt sie nach und nach aus.“

„Und dabei ist dem Familienvater jede Aufregung strikt untersagt!" spottete ich.

„Ach, ich glaube, dem ist das schnurzegal. Hat die Nachricht vom Todessprung seiner Tochter recht gelassen aufgenommen."

„Und wie geht es ihr?"

„Sehr mitgenommen, die Kleine, vor allem nervlich. Man wird sie noch zwei, drei Tage im Hospital festhalten. Sie macht nämlich den Eindruck, als würd sie's gern noch einmal versuchen. Bei der ist mehr als eine Schraube locker."

„Stimmt. Kann man sie besuchen?"

„Was wollen Sie von ihr? Damit Sie nicht auf irgendwelche abenteuerlichen Gedanken kommen, Burma: Ich kann Ihnen versichern, daß sie aus freien Stücken von der Brücke gehopst ist. Glauben Sie mir, wir haben das ganz aus der Nähe verfolgt. Die Familie wird langsam zu auffällig, als daß man die Aktivitäten ihrer Mitglieder einfach links liegenlassen könnte. Aber Sie können sie meinetwegen besuchen, wenn Sie wollen. Mehr als wir werden Sie auch nicht aus ihr rauskriegen, daß heißt: Nichts!"

„Abwarten", sagte ich. „Ich bin ein hübscher Bengel, und weil ich ihre Annäherungsversuche nicht beachtet habe, ist sie ins Wasser gegangen."

Joëlle lag in einem hübschen Bett in einem hellen Zimmer. Als sie mich eintreten sah, zuckte sie zusammen, sagte aber kein Wort. Ich setzte mich zu ihr aufs Bett und nahm ihre glühende Hand.

„Na? Spielen wir Martine Carol?" fragte ich lächelnd.

Der Auftakt, den ich gewählt hatte, war nicht lustig genug, um ihr ein Lächeln abzuringen und aus ihren haselnußbraunen Augen die Angst zu verscheuchen.

„Lassen Sie mich", flüsterte sie, zog aber ihre Hand nicht zurück. „Lassen Sie mich... Ich will sterben."

„Einverstanden", sagte ich. „Aber vorher müssen Sie mir noch sagen, wovor Sie sich fürchten. Vor Dumonteil oder vor Ihrem Vater? Ich meine... äh... vor Gérard Flauvigny."

„Ach, Sie wissen es?"
„Natürlich, ich bin schließlich Detektiv. Und Flauvigny?"
„Er ahnt etwas. Immer hat er Roland vorgezogen. Ich glaube, er hat sich nicht mal nach meinem Befinden erkundigt."
„Und Sie, wie haben Sie von Ihrer... Ihrer Abstammung erfahren?"
„Das weiß ich nicht mehr. Ich..." In ihren Augen blitzte es plötzlich auf. „Verschwinden Sie! Ich hab genug! Ich will sterben! Ich hasse euch alle: Roland, Paul, meinen Vater und Sie mit Ihren gemeinen Fragen."
„Regen Sie sich nicht auf", sagte ich sanft. „Warum haben Sie denn nicht versucht, Ihr eigenes Leben zu leben, weit weg von diesen Leuten? Waren Sie zu schwach dazu?"
„Ich habe weder einen Beruf noch Geld. Dafür hat Flauvigny gesorgt. Und mein... mein wirklicher Vater war zu arm. Außerdem glaube ich, daß er mich auch nicht sehr geliebt hat. Ich habe mir immer nur eins gewünscht: von ihm geliebt zu werden und ihn zu lieben und... und..."
Sie warf sich zurück und rief herausfordernd:
„Ich war's, die ihn getötet hat!"
„Wen? Henry IV., Carnot oder Doumer? Erzählen Sie mir, wie Sie's gemacht haben. Das wird Sie erleichtern, und dann können Sie beruhigter sterben."
Sie redete wie im Traum. Es war ein unzusammenhängender Bericht voller Widersprüche, aus dem etwa folgendes herauskam:
Vorgestern abend kam sie zusammen mit Dumonteil, der sich ganz merkwürdig benahm, nach Hause. Auf der Straße vor der kleinen Tür parkte der Wagen von Dr. Péricat. Der Arzt saß am Steuer. Er sagte zu seiner Tochter, daß er mit ihr sprechen wolle und daß ihn die Gegenwart ihres Liebhabers nicht störe, da der sicherlich mit ihr unter einer Decke stecke. Während Joëlle ihr Kabriolett in die Garage stellte, betraten die beiden Männer durch die kleine Tür das Gelände von *La Feuilleraie* (diesen Eingang benutzte Dumonteil gewöhnlich),

und kurz darauf trafen sich alle drei in ihrem, Joëlles, Zimmer. Péricat eröffnete sofort das Feuer, leise, aber heftig; beschuldigte seine Tochter, ein verdammtes Weibsstück zu sein, ganz wie die Mutter. Verrückt sei sie und bösartig und für Rolands Tod verantwortlich, weil sie das gesamte Erbe kassieren wolle. Der Privatdetektiv, der mit dem Fall betraut sei – ebenfalls ihre Schuld! – spiele eine sehr dubiose Rolle, stoße dunkle Drohungen aus, und Gérard Flauvigny wolle das Gesetz selbst in die Hand nehmen. Wohin solle das Ganze noch führen? Sie mit ihren Machenschaften habe eine ganze Kette von Ereignissen ausgelöst... Die Diskussion verschärfte sich, Péricat griff Dumonteil an, der wiederum bedrohte den Arzt, und der holte schließlich einen dicken Revolver heraus. Allgemeines Handgemenge, an dem sich auch Joëlle beteiligte...

„Ich wollte ihm nur den Revolver abnehmen", flüsterte das Mädchen. „Es hat gar keinen richtigen Knall gegeben... Ich wunderte mich nur darüber, daß mein Vater zusammenbrach... Paul sagte mir, ich hätte abgedrückt und..."

„Das hat er Ihnen gesagt, der falsche Hund? Sie können sicher sein, daß er selbst geschossen hat! Vielleicht, ohne es wirklich zu wollen. Vorgestern war nicht sein Glückstag. Aber er hat sie natürlich lieber davon überzeugt, daß Sie die Tat begangen hätten... Und dann", fuhr ich fort, „hat er die Leiche weggeschafft und Sie mit Ihren Ängsten alleingelassen... und mit dem Blutfleck, den Sie auswaschen mußten. Sie haben sich ausgezogen und ins Bett gelegt, weil Sie glaubten, Sie könnten schlafen. Konnten Sie aber nicht. Also, wieder raus aus dem Bett und hin und her gegangen, hinter dem Fenster gestanden und auf was weiß ich gewartet. Plötzlich tauche ich im Park auf, Sie bringen mich in Ihr Zimmer und versuchen, mich auf Ihre Seite zu ziehen, sozusagen als Schutz gegen böse Mächte, die Sie entfesselt zu haben glauben."

Sie schien nicht erstaunt über das, was ich alles so wußte. Mit einer erschöpften Geste bestätigte sie das, was ich gesagt hatte.

„Aber Roland habe ich nicht getötet!" rief sie plötzlich

schluchzend. „Ich habe ihn nicht geliebt, aber ich habe ihn nicht getötet."

„Sie haben weder ihn noch Ihren Vater getötet... Ihren richtigen Vater meine ich jetzt. Sie haben sich nur von Dumonteil in eine dreckige, dumme Geschichte hineinziehen lassen. Sie haben nichts mehr zu befürchten, von niemandem", beruhigte ich sie.

Ich fragte sie ein wenig über Dumonteils Gaunereien aus. Auch hier war Joëlle der Spielball für den sauberen Fotografen gewesen. Sicher, das Mädchen war alles andere als ein Engel und wollte sich an Roland und an dem Alten rächen, indem sie letzteren über den Lebenswandel ihres Bruders informierte. Die schrecklichen Folgen aber hatte sie nicht vorausgesehen. Auf Dumonteils Rat hin hatte sie vorgeschlagen, Mercadier zu engagieren. Damit dieser „verständnisvolle" Kollege den Fall zur Zufriedenheit aller zu Ende führe, hatte Joëlle eingewilligt, sich dem Detektiv gegenüber... willig zu zeigen. Was Dumonteil wollte, war ein niederschmetternder Bericht über Roland, für den Mercadier in Naturalien bezahlt werden sollte... mit Joëlles Körper...

„Hier ein bißchen Haut, dort ein bißchen Haut, so was würzt angenehm die Unterhaltung. Denn angenehm war's doch bestimmt, oder? Aber eins sage ich Ihnen: In Zukunft können Sie sich die Mühe schenken, mich verführen zu wollen!"

„Ich bin ein Biest", hauchte Joëlle. „Wie meine Mutter."

„Du bist eine reizende, aber leider dumme Gans, mein Schatz", sagte ich. „Das muß mit den Hormonen zusammenhängen."

Sie lächelte mich an, weil sie's im Blut hatte. Sie mußte lächeln, ihren Charme spielen lassen. Mir persönlich gefällt so was übrigens. Sie lächelte mich an, aber ihre Haselnußaugen blieben kalt. Ich stand auf.

„Und kein Wort davon zu den Flics, hören Sie? Noch einen Rat: Gehen Sie nicht ins Wasser! Sie haben einen schönen

Körper und ein hübsches Gesicht. Wasser schwemmt auf, macht häßlich. Das wäre doch zu schade..."

„Ich werde nicht ins Wasser gehen", sagte sie.

In der Tür drehte ich mich noch einmal um und sah zu ihr hin. Sie lächelte.

„Ich werde nicht ins Wasser gehen", wiederholte sie. „Ich versprech's Ihnen."

Ich hob die Schultern. Es gibt soviele Arten, sich umzubringen...

21

... und die Fortsetzung

Nach dem Mittagessen kündigte ich mich telefonisch in *La Feuilleraie* an und fuhr nach Sceaux. Gérard Flauvigny war offensichtlich fix und fertig. Sein Herz war zwar robuster, als man angenommen hatte; aber es würde nicht ewig mitspielen, und ich fragte mich, ob ich es nicht zu sehr strapazierte. Doch ich hatte die Absicht, noch etwas länger auf Kosten des alten Halsabschneiders zu leben.

Als Vorspeise servierte ich ihm ein Märchen, das den Selbstmordversuch seiner Tochter erklären sollte. Zum ersten Mal versuchte er nicht, um den heißen Brei herumzureden.

„Joëlle ist nicht meine Tochter", sagte er. „Mir ist es völlig egal, was mit ihr passiert."

„Sagen Sie das nicht zu laut", riet ich ihm. „Sonst pfeifen das die Spatzen von den Dächern, und man könnte Sie des Mordes an Péricat verdächtigen."

Der Alte beugte sich zu mir herüber und fragte herausfordernd:

„Sagen Sie mal, Burma, was suchen Sie eigentlich?"

„Nichts. Ich habe Neuigkeiten, die ich Ihnen nicht vorenthalten will. Zunächst und erstens: Ihr Sohn Roland hatte keinen Unfall, sondern ist umgebracht worden", schleuderte ich ihm brutal ins Gesicht.

Ein Schatten verdüsterte seine blauen Augen.

„So was Ähnliches habe ich vermutet", murmelte er. „Ihre geheimnisvollen Andeutungen..."

„Ich habe die Unfallthese vertreten, um Sie zu schonen und einen Skandal zu vermeiden."

„Und jetzt", lachte er bitter, „wollen Sie mich nicht mehr schonen?"

„Sie können den Schlag besser als jeder andere verwinden. Man kann offen mit Ihnen reden."

„Also los, nur zu! Der Teufel soll mich holen, wenn ich wüßte, warum ich Ihnen zuhöre!"

„Péricat hat geglaubt, Joëlle wäre irgendwie für Rolands Tod verantwortlich", fuhr ich ungerührt fort. „Er hat sie vor ihrem Liebhaber beschuldigt, einem gewissen Paul Dumonteil, auf den wir gleich noch zu sprechen kommen. Es gab ein Handgemenge, und Dumonteil hat den Arzt erschossen. Er legte nämlich keinen großen Wert darauf, daß jemand in seinem Dreck herumwühlte: Er hat Ihren Sohn umgebracht..."

Je länger ich redete, desto kleiner wurde der hochmütige Greis in seinem Sessel.

„Rein zufällig habe ich oben, in der Schublade Ihres Schreibtischs, einen Revolver entdeckt. Ich vermute, daß Sie diese Waffe – ein ganz besonderes Modell – Roland abgenommen haben. Er hatte sie sich im *Antinéa* besorgt. Ich wüßte gerne, ob der Revolver immer noch in der Schublade liegt."

„Nein", stieß Flauvigny hervor, wobei er mich mit Blicken tötete.

„Dann hat Péricat seinerseits Ihnen die Waffe weggenommen", vermutete ich weiter, „nachdem er Ihnen ein starkes Schlafmittel verabreicht hatte. Offensichtlich hatte er etwas falsch verstanden. Ich hatte ihm gesagt, daß Sie das Gesetz in Ihre eigenen Hände nehmen wollten. Und mit der Waffe aus dem *Antinéa* ist Péricat getötet worden."

„Sie scheinen verdammt viel zu wissen, Burma", sagte der Alte mit einem seltsamen Unterton.

„Ich bin Detektiv", erklärte ich bescheiden. Mein Lieblingssatz in letzter Zeit! „Wollen Sie auch noch wissen, warum Dumonteil Ihren Sohn umgebracht hat?"

Flauvigny gab keine Antwort. Seine Lippen zitterten, aber er sagte nichts. Nur eine schwache Geste forderte mich zum Weiterreden auf.

„Weil Roland schlimme Dinge über den Nachtclub gehört hatte... dunkle Geschäfte, die dort abgewickelt werden...

Dumonteil wurde abkommandiert, um ihn unschädlich zu machen. Riton-der-Spinner... Oh ja, es gibt ihn", fügte ich als Antwort auf eine ungeduldige Bewegung des Alten hinzu. „Glauben Sie nicht, ich würde bluffen!" In Wirklichkeit bluffte ich. Nur ein wenig. Genug, um eine Auftragsverlängerung zu erreichen. „Riton-der-Spinner wird mir sehr bald verraten, worum es genau dabei geht. Und gleichzeitig werde ich den Mörder Ihres Sohnes bestrafen können... wenn Sie mir die Mittel dazu geben."

Flauvigny legte eine lange Denkpause ein und stieß dann sein unangenehmes Lachen aus, unangenehmer noch als die vorangegangenen Male. Das Blut konnte einem in den Adern gefrieren. Schmerz und gleichzeitig boshafter Sarkasmus lagen darin.

„Lassen Sie mich mit Riton in Ruhe", fauchte er. „Alles, was Sie wollen, ist Geld, nichts als Geld und immer wieder Geld! Wie alle die Dreckskerle, die sich Detektive nennen... Hören Sie, Burma, der Fall ist abgeschlossen. Mein Sohn ist tot. Unfall oder Mord, was ändert es daran! Er ist tot. Reicht das nicht? Morgen wird er beerdigt. Das ist mehr, als ich ertragen kann... Ihre Mission ist damit beendet, Monsieur Burma, wenn sie überhaupt jemals begonnen hat. Sie müssen nicht meinen, Sie könnten mir bis zum Sankt-Nimmerleins-Tag das Leben damit vergiften. Ich werde..."

Seine Hände klammerten sich an die Lehne seines Thrones. Er riß eine Hand los und fuhr sich damit über die Stirn.

„Ich sollte mich nicht so aufregen", flüsterte er. „Verstehen Sie doch: Sie haben mir einen Skandal erspart. Dafür danke ich Ihnen. Aber belassen wir es dabei! Alles, was wir noch tun könnten, gibt mir nicht meinen Sohn zurück."

„Amen", sagte ich. „Der Fall ist abgeschlossen."

Flauvigny wurde ruhiger. Er öffnete eine Schublade, nahm ein Bündel Geldscheine heraus und schob es zu mir herüber. Dann drückte er auf einen Klingelknopf.

„Das Geld fürs Taxi", erklärte er. „Adieu."

Ich sammelte die Scheine ein. Albert begleitete mich bis

zum Eingangstor von *La Feuilleraie.* Sein Blick war hart und undurchdringlich.

* * *

Ich fuhr in meine Agentur zurück und traf dort Hélène und Reboul an. Mein einarmiger Mitarbeiter hatte in Sceaux nichts Neues erfahren können, aber das war jetzt auch nicht mehr so wichtig. Ich erzählte den beiden, was ich in der letzten Nacht erlebt hatte. Sie waren einhellig der Meinung, daß ich eine seltsame Art hätte, meine Freizeit auszufüllen. Ich berichtete ihnen auch das, was Joëlle und der alte Flauvigny mir anvertraut hatten.

„Die Sache ist gestorben", schloß ich. „Ich hätte nicht übel Lust, mich Riton zuzuwenden. Mit seinen Andeutungen hat der Blödmann mein Interesse geweckt. Wir müssen herausfinden, wo er sich verkrochen hat. Mit ein wenig Glück müßte das möglich sein..."

Ich nahm Reboul mit in die Rue Tournefort. Ohne Zwischenfälle gelangten wir in die fünfte Etage zu Rolands ehemaliger Wohnung. Flauvigny hatte die Habseligkeiten seines Sohnes abholen lassen. Die leeren Mansardenzimmer sahen trist aus. Ich zauberte ein Fernglas aus meiner Tasche hervor.

„Riton hat von einer Mansarde im sechsten Stock gesprochen", sagte ich zu Reboul. „So genau, wie er Dumonteils Vorgehen beschrieben hat, muß er Augenzeuge der Tat gewesen sein, und zwar von einer der Mansarden aus, die wir von hier aus sehen können. Wahrscheinlich vertreibt er sich die Zeit damit, durch ein Fernglas Dienstmädchen beim Auskleiden zu beobachten. Im Moment wohl die einzige Zerstreuung des Millionärs in Klausur. Wir müssen vorsichtig sein, für den Fall, daß er immer noch seinem Zeitvertreib nachgeht."

Ich hob das Fernglas an meine Augen und suchte die Dächer von Paris ab. Niemand weit und breit, der sich demselben Sport widmete. Wir machten rund zwanzig Mansarden aus, die in Frage kamen, und zeichneten sie auf ein Planquadrat des Viertels ein. Damit gingen wir auf die Jagd.

Wir stiegen Treppen verschiedenster Bauart hoch, klopften an unzählige Türen und erfanden die intelligentesten Vorwände, um zu rechtfertigen, daß wir friedliche Bürger in ihrer Ruhe aufschreckten. Nur unseren Vogel, den schreckten wir nicht auf.

Es wurde dunkel, und wir gaben auf. Drei Häuser waren noch zu besichtigen. Wir hoben sie uns für den nächsten Tag auf.

In dieser Nacht störte niemand meinen Schlaf, und ich schlief wie ein Murmeltier. Als ich erwachte, stellte ich erstaunt fest, daß niemand im Zimmer war, einen Revolver auf mich richtend oder eine Axt über meinem Kopf schwingend. Wie man sich doch an alles gewöhnen kann! Und wenn das Erwartete dann einmal nicht eintritt, vermißt man es und ist ganz verwirrt.

Unser erstes Ziel am nächsten Morgen war ein ziemlich baufälliges Haus in der Rue Rollin. Der Concierge stellten wir uns als Architekten der Stadtverwaltung vor, die damit beauftragt waren, die Dachgeschosse zu inspizieren.

Auf dem Flur oben unterm Dach lag alles Mögliche herum. Sandsäcke aus dem Krieg, Zigarettenkippen aus neuerer Zeit und Katzenscheiße aus allen möglichen Epochen. Drei Türen gingen von diesem dunklen, widerlich stinkenden Flur ab. Die erste ließ sich zwar quietschend, aber widerstandslos öffnen. In dem winzigen Zimmerchen befanden sich ein Klappbett (zugeklappt) und verschiedene Küchengeräte (außer Gebrauch). Alles war vollkommen verwahrlost. Die zweite Tür war verschlossen. Wir klopften, doch niemand öffnete. Bei der dritten und letzten Tür war es dasselbe. Doch nachdem ich durchs Schlüsselloch gelinst hatte, brach ich das Schloß auf.

Vom Fenster dieser Mansarde aus hatte man einen ausgezeichneten Blick auf Roland Flauvignys ehemalige Bleibe. Um dem jungen Studenten nicht ins sterbende Auge sehen zu müssen, hatte Dumonteil sich mit seiner Gasmaske ans Fenster gestellt und hinausgeschaut. Klar, solch eine Maske hatte Ritons Aufmerksamkeit erweckt. In Zukunft würde allerdings nichts mehr ihn und seine Aufmerksamkeit erwecken.

Er hätte auf Gigis Ratschlag, vorsichtiger zu sein, hören sollen. Jetzt lag er da, nackt, halb auf dem Bett, halb auf dem staubigen Boden, und badete in seinem eigenen Blut. Sein Kopf war durch einen professionell ausgeführten Schnitt mit einem Rasiermesser beinahe vom Rumpf abgetrennt worden.

22

Das Pappelhaus

Mein alter Freund Marc Covet, der trinkfreudige Journalist, empfing mich in seinem Büro, begeistert und reserviert zugleich.

Rar hätte ich mich in letzter Zeit gemacht, warf er mir vor. Ob ich den Artikel über meine Balgerei mit Belkacem gelesen hätte? Warum er die Meldung nicht aus erster Hand erhalten habe? Er habe versucht, mich telefonisch zu erreichen. Ohne Erfolg. Ob ich mit einem neuen Fall beschäftigt sei? Falle eventuell für ihn dabei etwas ab?

„Wollen Sie einen Artikel über Riton-den-Spinner schreiben?" fragte ich ihn.

„Das überlasse ich lieber den Anfängern", antwortete er verächtlich. „Wenn Sie meine Meinung hören wollen: Ich habe nie so recht an ihn geglaubt. Überhaupt hat er langsam ausgedient."

„Mehr als Sie meinen!" lachte ich. „So sehr, daß er auseinanderzufallen droht, reif fürs Leichenschauhaus."

„Was?" schrie Covet, jetzt plötzlich hellwach.

Ich erzählte ihm, was dem Gangster passiert war, wahrscheinlich weil er sich zu kräftig rasiert habe.

„Deibler hätte es nicht besser machen können. Nehmen Sie einen Fotografen mit und sehen Sie zu, wie Sie ihn rein zufällig entdecken. Und vor allem: Lassen Sie mich aus dem Spiel!"

Die Mittagsausgabe des *Crépu* war ihre Schlagzeile wert.

„Herrlich!" jubilierte Covet, ein Exemplar in seinen frischverkleckstеn Tintenfingern. „Das ist eine Sensation!"

Auf dem Bürgersteig sieben Etagen tiefer schrien sich die Zeitungsjungen die Kehlen heiser, ein Paket der Sonderausgabe unterm Arm:

„*Crépu!* Extrablatt! Riton-der-Spinner aufgetaucht!"

... Unser Redakteur Marc Covet und sein Fotograf Jean Rongeul, die gerade eine Serie über die „Dächer von Paris" vorbereiten (eine Überraschung für unsere Leser!) haben in einer Mansarde ...

Ich suchte vergeblich nach einem Detail.

„Eins habe ich Ihnen noch gar nicht erzählt", sagte ich zu meinem Freund. „Aber im Moment noch: Mund halten! Riton besaß nämlich Informationen, die er der Polizei verkaufen wollte. Na ja, kaputt ist kaputt! Ich weiß nur, daß es um ein Riesending geht, mehr nicht. In seinem Loch konnte ich nichts finden, was auf Einzelheiten hindeutete. Klar, die Mörder haben Hausputz gehalten. Aber davon abgesehen ..." Ich wies auf die Zeitung. „Der eigentliche Knüller fehlt in Ihrem Bericht. Die Legende von Riton-dem-Spinner war auf Sand gebaut! Viel Wind um nichts ... Ich frag mich, ob der Gangster im Laufe seiner kriminellen Karriere früher mal einen Anwalt hatte. Der könnte mir vielleicht weiterhelfen und mich auf eine Idee bringen. Es müßte doch was rauszukriegen sein, verdammt nochmal! Seine Akte war bestimmt nicht leer, bevor er – dank Ihrer Kollegen und weniger naiver Zeitgenossen – zum Staatsfeind Nr. 1 befördert wurde."

„Man müßte mal im Archiv nachsehen", sagte Covet augenzwinkernd. „Aber da ist es immer so staubig ..."

„Schicken Sie doch einen Laufburschen in den Keller", schlug ich vor. „Wir können in der Bar auf seinen Bericht warten."

Gesagt, getan. Eine Stunde später kam ein zartes Bürschchen zu uns in die Kantine. Er reichte Covet das Ergebnis seiner Nachforschungen. Nach einem kurzen Blick auf die Notizen sagte Covet geringschätzig:

„Er war früher ein drittklassiger Ganove. Dreimal verurteilt, und jedesmal hatte er einen anderen Anwalt. Pflichtverteidiger wahrscheinlich. Hier, lesen Sie."

Die Anwälte, die Riton verteidigt hatten, waren Maître David, Maître Boisset und Maître Lenormand. Maître Lenormand? Letzteren wollte ich mir vorknöpfen. Im Telefonbuch waren fünf Anwälte unter diesem Namen aufgeführt, glücklicherweise mit verschiedenen Vornamen. Ich ließ mir fünf Telefonmarken geben und rief die Namensvettern nacheinander an, um sie zu fragen, ob sie früher einmal Riton-den-Spinner verteidigt hätten, der damals noch schlicht Henri Calas hieß. Vier verneinten meine Frage. Der fünfte – Eugène Lenormand in Neuilly – mußte der richtige sein. Er war nicht zu Hause. Ich rief einen sechsten Anwalt an, einen Freund von mir, mit dem ich den Telefonreigen besser begonnen hätte. Ich befragte ihn über das Aussehen von Eugène Lenormand. Spindeldürr oder kugelrund? Eher ein Schwergewicht, antwortete mein Freund.

Ich ließ Covet mit dem Versprechen allein, ihm bald wieder einen Sensationsartikel zu liefern, und fuhr nach Neuilly.

Der Sensationsartikel schien noch ein wenig auf sich warten zu lassen. Maître Lenormand war immer noch abwesend, als ich bei ihm zu Hause klingelte. Ich sagte dem Butler, der mir die Tür geöffnet hatte, daß ich später noch einmal vorbeikommen würde.

„Nicht vor ein paar Tagen“, riet mir der Mann. „Monsieur ist zur Erholung aufs Land gefahren.“

Ich sah mir den Wächter des Hauses an. Er machte nicht den Eindruck, als würde er Privates ausplaudern, auch nicht gegen Bezahlung. Resigniert hob ich die Schultern. Maître Lenormand hatte Henri Calas-Riton verteidigt. Man hatte Hand an seinen Mandanten gelegt. Zu Recht befürchtete er, daß sich die Journalistenmeute auf ihn stürzen würde. Also machte er sich aus dem Staub. Vielleicht hatte er genausowenig wie ich ein Haus auf dem Land. Und angenommen, er hatte eins, so war durch nichts bewiesen, daß er sich auch dort aufhielt. Doch irgendwie kam mir sein Verhalten merkwürdig vor. Ich ging in das nächste Bistro und schnappte mir wieder das Telefonbuch. Manchmal ist dort auch der Zweitwohnsitz eines Teilnehmers aufgeführt. Bei dem Anwalt traf das leider nicht zu. Ich überlegte, wer mir den gewünschten Hinweis geben könnte...

Ein Taxi brachte mich zum Hôtel-Dieu. Joëlle hielt sich immer noch dort auf und war putzmunter. Zwei Dinge, mit denen ich eigentlich nicht gerechnet hatte.

„Ich will Sie noch ein wenig quälen“, sagte ich, nachdem wir die üblichen Höflichkeitsfloskeln ausgetauscht hatten. „Der Anwalt Ihres... nun, von Gérard Flauvigny ist doch Maître Lenormand, nicht wahr?“

„Ja. Warum?“

„Es hat nichts mit Ihnen zu tun, es geht um einen anderen Fall. Schließlich arbeite ich nicht nur für die Familie Flauvigny!“ fügte ich lachend hinzu. „Hat er ein Haus auf dem Land?“

„Ja, in Coutances“, sagte Joëlle verträumt. „Im Departement Manche. Nicht weit von unseren Häusern.“

„Ach, Flauvigny hat dort Häuser? Dann können Sie sich ja dort ausruhen, wenn Sie hier rauskommen.“

„Was hat das jetzt noch für einen Sinn“, seufzte sie mit der Miene von jemandem, für den nichts mehr einen Sinn hat. „Und außerdem gehören die Häuser nicht mir... Was gehört mir überhaupt?“ fügte sie etwas lebhafter hinzu. „Was gehört mir von den Flauvignys, außer dem Namen... Und der noch zu Unrecht.“

„Aber, aber“, tröstete ich sie, „irgend etwas wird schon für Sie übrigbleiben.“

„Zwei Häuser“, fuhr sie nach einer Pause fort, und ihre Haselnußaugen sahen durch einen Nebel hindurch auf eine ferne Kindheit. „Ich war lange nicht mehr dort... Eins in Lindreville, aus großen Felssteinen, am Rande des Dorfes... Ich mochte es nicht... Mir war das andere lieber, das vor den Dünen, achthundert Meter vom Meer entfernt... Sand, sumpfiges Gelände, der Wind, der über das Dünengras strich... und in den Pappeln pfiff... Wir nannten es das Pappelhaus... Ein kleines Haus... ein Dachboden mit altem Plunder...“

Sie verstummte und blickte mich an, als hätte sie mich noch nie gesehen. In ihren Augen standen Tränen.

„Wenn ich gewußt hätte“, sagte ich sanft, „daß es Sie so sehr berühren würde, hätte ich mir die Auskunft woanders geholt. Lassen Sie die Vergangenheit ruhen, davon wird man nur melancholisch! Wir trauern alle unserer Kindheit hinterher, aber was hilft's?"

Ich verließ das Krankenhaus, wütend über mich selbst. Ich hatte das Gleichgewicht zerstört, das sich gerade wieder in dem jungen Mädchen herzustellen begann. Ziellos ging ich durch die Straßen und dachte an Maître Lenormand. Coutances! Der Name kam mir irgendwie bekannt vor. Ach ja, ein Freund, den ich während des Krieges aus den Augen verloren hatte, hieß so ungefähr. Das konnte es aber nicht sein. Der Name spukte mir aus einem anderen Grund im Kopf herum. Hatte ich dem Martini zu sehr zugesprochen? Nein, es war drei Uhr nachmittags, und ich hatte erst zwei getrunken. Vielleicht war ich zu nüchtern?

Plötzlich fing ich an, laut vor mich hin zu fluchen.

„Alles klar, Alter?" fragte ein Taxifahrer aus seinem Wagen heraus, der vor einer Ampel warten mußte.

„Dich schickt der Himmel, Chef!" rief ich und stieg in sein Taxi. „Schnell zu mir nach Hause!"

„Und wo ist das, bei dir zu Hause? In Sainte-Anne?"

Ich gab ihm meine Adresse und beschwor ihn, kräftig aufs Gaspedal zu treten. Ich würde jeden Augenblick niederkommen.

Als ich zu Hause ankam, war es tatsächlich beinahe soweit. Ich stürzte mich auf die schmierigen Papiere, die ich dem toten Belkacem abgenommen und nur flüchtig durchgesehen hatte. Sogleich fand ich das gesuchte Dokument, den Grund für meine plötzliche Aufregung: den Lohnstreifen eines Bauunternehmens in Coutances (Manche).

* * *

„Benzin ist teuer", stellte Covet fest und zog an seiner Zigarette. „Sie werden's nicht bewilligen."

„Scheiße!" fluchte ich. „Haben Sie ihnen mit dem Riton-

Finale einen Sensationsartikel geliefert, ja oder nein? Erzählen Sie ihnen, das sei die Fortsetzung."

„Und? Ist es die Fortsetzung?"

„Meine Intuition brüllt mir das so laut in die Ohren, daß ich schon Kopfschmerzen habe. Lenormand war Ritons Anwalt. Riton kennt ein Geheimnis und wird ermordet. Riton hatte einen Araber in seiner Bande. Belkacem hat in Coutances gearbeitet. Na ja, hat jedenfalls so getan. Sofort nach Ritons Ende rast Lenormand nach Coutances. Das nenne ich eine Kette von Ereignissen! Wär schade, wenn meine Intuition sich und mich täuscht; aber ich will wissen, was der Anwalt in Coutances treibt."

„Ich habe Vertrauen in Ihre Intuition, aber mein Chef, der denkt ans Geld. Na gut, ich werd's ihm erklären."

„Das werden Sie hübsch bleibenlassen! Sie brauchen einen Wagen, um sofort aufs Land zu fahren, wegen Riton. Mehr nicht! Keine weiteren Erklärungen!"

„Also, dann wird's nicht klappen! Oder er dreht mir 'ne alte Kiste an, keinen dicken amerikanischen Wagen!"

„Bloß keinen Amerikaner! Was wir brauchen, ist ein Auto, das zügig fährt und unauffällig aussieht. Schmucklose Karosse, normale Scheinwerfer, schlichte Kotflügel."

„Großen Erfolg bei den Frauen werden wir damit aber nicht haben. Mit einem Amerikaner dagegen..."

„Sie wollen wohl die Frauen auf der Stoßstange sitzen haben, was? Also, das können Sie sich abschminken! Wenn wir Glück haben, bringen wir 'n dicken Hund mit zurück... und keine Küken!"

* * *

Endlich bekamen wir den Wagen. Die Bemühungen darum hatten jedoch soviel Zeit gekostet, daß wir trotz Covets abenteuerlichem Fahrstil Coutances erst nach Einbruch der Nacht erreichten. Und wie die Nacht hereingebrochen war! Der tintenschwarze Himmel schien uns ersticken zu wollen. In der

Nähe des Bahnhofs, der zum Teil aus Holz gebaut war, gab es ein Hotel. Rechts und links davon mußten früher mal Häuser gestanden haben. Die Trümmer waren noch zu sehen. Vorher waren wir an Baracken vorbeigefahren, aus denen jämmerliches Akkordeongejaule drang. Auch arabische Laute hatten in der Luft gelegen; aber das überraschte mich nicht. Während in den oberen Etagen des *Crépu* um Benzin gefeilscht worden war, hatte ich ein wenig in den Zeitungsausgaben der letzten Wochen geblättert und verschiedene Artikel über den Wiederaufbau Frankreichs gelesen. Mehrere zerbombte Städte – darunter Coutances – beschäftigten im zur Zeit blühenden Baugewerbe mehr oder weniger exotische Ausländer: Polen, Araber, Schwarze usw.

Im Erdgeschoß des Hotels befand sich eine schummrig beleuchtete Kneipe. Der Wirt saß an einem Tisch und gähnte. Wir nahmen unsere Zimmerschlüssel in Empfang. Mit ein wenig Geschick und etwas mehr Geld entlockte ich dem Zimmermädchen, das Maître Lenormand kannte, wo der Anwalt aus Paris sein Haus hatte. Ich schlug Marc Covet vor, eine Kleinigkeit zu essen, einen Schluck zu trinken und dann einen Blick auf Lenormands Landsitz zu werfen. Der Journalist war einverstanden. Der Wirt sagte uns, daß es gleich elf sei und er seinen Laden bald dichtmachen werde. Wenn wir zurückkämen, sollten wir nur recht laut klopfen.

Wir hatten kaum Zeit, einen Blick auf Lenormands Zweitwohnung zu werfen. Sie lag etwas außerhalb, und als wir uns näherten, rollte gerade ein langer Wagen aus der Garage. Trotz der Dunkelheit erkannte ich den *Studebaker,* den ich bereits vor *La Feuilleraie* gesehen hatte. Die beeindruckende Limousine fuhr an unserem schäbigen Auto vorbei, ohne es zu beachten. Ich sah in den Rückspiegel. Der *Studebaker* bog an der nächsten Straßenkreuzung nach rechts ab.

„Das ist unser Mann“, sagte ich zu Covet.

„Verdammt!“ schimpfte mein Freund. „Wenn der jetzt nach Paris zurückfährt, verliere ich meinen Job. Dann haben wir nämlich unseren Ausflug für die Katz gemacht.“

„Sie sollten sich einen Kompaß schenken lassen“, knurrte ich. „Er hat nicht die Richtung nach Paris eingeschlagen... Möchte wissen, warum er um diese Zeit noch eine Spritztour unternimmt... und wohin. Wenden Sie und folgen Sie ihm, wenn Sie können. Aber unauffällig, wenn Sie das ebenfalls können!“

Fluchend wendete Covet. Beinahe wären wir im Graben gelandet, aber die *Crépu*-eigene Klapperkiste rappelte sich noch rechtzeitig hoch und nahm schnaufend die Verfolgung des großen Bruders auf. Wir hatten diegleichen Chancen, Lenormand einzuholen wie die, Greta Garbo als Anhalterin am Straßenrand aufzulesen. Vielleicht würden uns die Namen der Nester, die durch diese Straße miteinander verbunden wurden, irgendeinen Aufschluß geben. Der erste Wegweiser, den unsere Scheinwerfer der Dunkelheit entrissen, kündigte an, daß es noch zwölf Kilometer bis nach Lindreville waren.

„Auf nach Lindreville!“ rief ich vergnügt. „Dort wohnt noch einer seiner Mandanten. Einer mit zwei Häusern.“

„Der hat aber auch überall Mandanten“, knurrte Covet, der sich tapfer mit der Gangschaltung herumschlug.

Wir bogen in eine breite Allee ein. Von Zeit zu Zeit fiel das Licht unserer Scheinwerfer in einer Kurve auf Mauerflächen oder schlafende Bauernhöfe, die sofort wieder in der Dunkelheit verschwanden. Bald wurde die Gegend hügelig. Wir holperten über Schlaglöcher, die Covet zu spät bemerkte. Der Wagen gab sein Bestes, aber es reichte nicht. Soweit wir auch blickten, die Straße blieb leer. Und dunkel. Schwarz wie die Nacht eben, eins mit dem Himmel. Wir hatten den Eindruck, durch einen endlosen Tunnel zu fahren.

Plötzlich, nachdem wir ein kleines Dorf und das wütende Gebell eines Hundes hinter uns gelassen hatten, sahen wir in der Ferne ein rotes Licht. Ich bat Covet, langsamer zu fahren. War das Lenormand? Und wenn ja, hatte er eine Panne, oder war er schon am Ziel?

Es war nicht Lenormand, sondern ein Bauer, der die sechs noch verbleibenden Kilometer bis nach Lindreville zu Fuß zurücklegen mußte, sein Fahrrad mit den platten Reifen an der Hand. Wir nahmen ihn samt Fahrrad mit, und als Gegenleistung erhielt ich wertvolle Informationen von ihm. Erst einmal sagte er mir, daß vor uns ein großer Wagen – sooo lang – an ihm vorbeigefahren sei. Wir befanden uns also auf der richtigen Spur. Dann fragte ich, ganz interessierter Tourist, ihn über das Dorf aus. So erfuhr ich alles, was ich über Flauvignys Häuser wissen wollte. Über das, was am Dorfrand stand, und über das Pappelhaus. Über Flauvigny selbst wußte der Mann nichts, hatte ihn nie gesehen. Es war nicht ausgeschlossen, daß er noch nie seinen Namen gehört hatte.

Am Ziel angekommen, luden wir den Mann mit seinem Fahrrad vor seinem Haus ab und blieben noch eine Weile im Wagen sitzen. Covet bekam Durst und entnahm der Werkzeugkiste eine Flasche, die er „für alle Fälle" mitgenommen hatte.

„Sehen wir uns das Pappelhaus doch mal an", schlug ich vor, nachdem wir uns noch mehr Mut angetrunken hatten. „In Paris gibt es eine junge Frau, die davon träumt, noch einmal zwölf zu sein und auf dem Dachboden herumzukrabbeln."

„Romantischer Quatsch", murmelte der Journalist.

Krachend legte er den ersten Gang ein. Wir fuhren einen schmalen Weg entlang, der zum Meer führte. Er war beinahe unbefahrbar, so tief hatten sich Radspuren eingegraben. Dann wurde er noch enger, und wir ließen den Wagen stehen, um zu Fuß das Meer zu suchen. Es mußte ganz in der Nähe sein. Man hörte sein dumpfes Grollen, das aus allen vier Himmelsrichtungen zu kommen schien. Ein feuchter, salziger Wind peitschte unsere Gesichter. Ich riß die Augen weit auf, um dieses verdammte Pappelhaus zu entdecken. Doch die Nacht war so schwarz, daß man nichts sehen konnte. Mitternacht. Meine Armbanduhr war sogar schon etwas weiter voraus. Schweigend setzten wir unseren Weg fort. Der Boden unter unseren Füßen wurde weicher. Unsere Hosen wurden von Disteln gestreift. Hecken, die uns bis hierher begleitet hatten, wurden seltener, Bäume, die über uns gerauscht hatten, blieben hinter uns zurück. Plötzlich, ohne zu wissen wie, standen wir oben auf einer Düne, und vor uns lag das Meer mit seinen tosenden Wellen, die in der Dunkelheit weißlich schimmerten. Aus der Nähe von Granville schickte ein Leuchtturm in regelmäßigen Abständen sein Licht zu uns herüber. Gräser und Distelsträucher beugten sich dem scharfen Wind. Unsere Regenmäntel klatschten gegen unsere Beine.

Plötzlich packte Covet meinen Arm, aber ich hatte es schon gesehen. Auf dem Stück Strand, das wir zwischen den Dünen hindurch sehen konnten, bewegten sich mehrere Schatten.

„Angler?“ fragte Covet ungläubig.

„Bestimmt nicht.“

Ich tastete mich ab und unterdrückte einen Freudenschrei: In einer meiner Taschen befand sich noch das Fernglas, das mir tags zuvor schon so gute Dienste geleistet hatte. Ich hob es an meine Augen, stellte es ein und erkannte undeutlich ein kleines Schiff, das dort vor Anker lag. Vor ihm tanzte ein Boot auf den Wellen, wohl die Verbindung zwischen Strand und Schiff. Eine Düne verbarg seine Anlegestelle vor meinen neugierigen Augen.

„Schmuggler, was?“ fragte Covet aufgeregt, als er ebenfalls durchs Glas geschaut hatte. „Das gibt immerhin ’ne anständige Geschichte.“

Ohne zu antworten, nahm ich ihm das Glas wieder ab. Vor dem dunklen Horizont zeichnete sich eine Gruppe Menschen ab. Sie gingen gebeugt unter einer schweren Last. Der Wind trug Geräusche heran, so etwas wie Reifenquietschen, gefolgt von einem dumpfen Knall. Die Leute verschwanden aus meinem Gesichtskreis. Ich versuchte, so genau wie möglich den Weg zu verfolgen, den sie eingeschlagen hatten. Hinter einer Baumreihe entdeckte ich schließlich weitere Bäume, höher, schlanker, deren Wipfel sich leicht im Wind hin und her bogen. Pappeln! Wo Pappeln sind, da muß auch ein Pappelhaus sein, sagte ich mir. Die Aufregung brachte mich beinahe um!

„Das wollen wir uns doch mal aus der Nähe ansehen, Covet", sagte ich, vor Neugier zitternd. „Wenn mich nicht alles täuscht, gibt es da was Unglaubliches zu bestaunen!"

Wir kehrten um, und als ich mir sicher war, daß sich das Pappelhaus rechts von uns ganz in der Nähe befand, ließ ich den Journalisten alleine zurück und schlug mich seitwärts in die Büsche. Der Himmel hatte sich inzwischen ein wenig aufgehellt. Plötzlich tauchte das Haus vor mir auf, eingerahmt von seinen hochaufgeschossenen Wächtern, den Pappeln.

Es bestand aus zwei Stockwerken und dem Dachboden. Nirgendwo wurde seine dunkle Masse von einem Lichtstrahl durchbrochen. Die Pappeln rauschten, ein Ast knackte, aber im Haus selbst herrschte Totenstille. Ich fing schon an zu bereuen, daß wir unseren Beobachtungsposten auf der Düne verlassen hatten. Hier sah ich noch viel weniger. Das Haus, ja, aber das war auch alles. Das stille, düstere, triste und sicherlich leere Haus. Hierhin brachten die geheimnisvollen Schauerleute ihre Kisten bestimmt nicht!

Gebückt trat ich meinen Rückzug an. Nach ein paar Metern richtete ich mich auf und tat zwei, drei Schritte. Zweieinhalb, um genau zu sein. Der dritte blieb in der Schwebe. Eine der Pappeln war vom Wind entwurzelt worden und mir direkt auf den Hinterkopf gefallen. Vor meinen Augen brannten tausend von schwarzen Kreisen umrahmte Kerzen. Die Kerzen wurden ausgeblasen (bestimmt wieder vom Wind!), und die schwarzen Kreise verwandelten sich in Scheiben, in Schallplatten, auf denen Glocken läuteten. Ich freute mich über die hübsche Darbietung. So langsam gewöhnte ich mich an den Zustand wie an einen alten Freund.

Jemand hatte mir einen Schlag mit einem Knüppel verpaßt. Bewußtlos brach ich zusammen.

23

Inschallah!

An einem staubigen Ort kam ich wieder zu mir. Über meinem schmerzenden Kopf pfiff der Wind, und Dachziegel klapperten. Joëlle hatte am selben Tag von „altem Plunder" geredet, der auf dem Dachboden des Pappelhauses herumliege. Wie recht sie hatte! An besonders schönen Tagen lagen dort sogar dynamische Detektive herum, geknebelt und gefesselt.

Ich robbte zu zwei schlecht aneinandergefügten Bohlen, die mir einen Blick auf das gewährten, was sich unter mir abspielte. Ein Araberquartett wuchtete gerade eine schwere Kiste auf eine andere. Es waren Sidi-der-Beringte, der schöne Jüngling und der Mann, der mir im *Antinéa* die Rasierklinge an die Kehle gehalten hatte. Eine Tür, die direkt in meinem Blickfeld lag, öffnete sich, und Moktar persönlich betrat die Bühne. Offensichtlich hatte ich ganz schlechte Karten. Bevor sie sich mir widmen würden, erledigten sie noch die Arbeiten, die dringend zu erledigen waren. Danach würden sie mich ins Jenseits befördern. Endgültig. Moktar sagte etwas in seiner Sprache und verschwand wieder. Kurz darauf kam er mit jemandem zurück, der ihm den Titel als dickste Kugel ernsthaft streitig machen konnte: Maître Lenormand, auf dem Weg in die eigene Gefängniszelle, wahrscheinlich um herauszufinden, ob er auch sich selbst gut verteidigen könne.

Die Gangster unterhielten sich eine Weile über die Verteilung der Ware, dann fragte Lenormand:

„Habt ihr geprüft, ob die Kugeln dasselbe Kaliber haben? Nicht so wie beim letzten Mal..."

Eine Kiste wurde geöffnet. Gewehre mit kurzem Lauf, Parabellums und anderes sympathisches Gerät kamen zum Vorschein. Die Araber luden einige Waffen, um sich zu vergewissern, daß alles zum Besten bestellt sei.

„Wir haben einen Kerl erwischt, der uns belauert hat", sagte der arabische Fettsack zuckersüß. „Ich kannte ihn bereits: Nestor Burma, der Privatdetektiv."

„Ah, ja!" rief der französische Fettsack. „Der bei euch im Club war. Wir hätten euch vorwarnen sollen, aber der Chef konnte mich nicht rechtzeitig benachrichtigen. Na ja, an dem Tag ist wohl so einiges schiefgelaufen... Aber, wie zum Teufel, ist er hierhergekommen?"

„Zuerst ist er uns kurz vor der Kiesgrube entwischt, und dann hat er Belkacem umgelegt, obwohl das genau umgekehrt geplant war. Hab gehört, daß Riton unvorsichtig geworden ist und man ihn deshalb..."

„Bringt den Kerl her!" unterbrach Lenormand die Liste meiner Vergehen.

Moktar gab ein Zeichen, und Sidi ging, zusammen mit dem Rasiermesserhelden, zu einer Treppe, die todsicher zu mir auf den Dachboden führte. Doch plötzlich bewegte sich niemand mehr im Raum. Alle lauschten mit gespitzten Ohren auf ein Motorengeräusch, das sich dem Haus näherte. Covet, um Gottes willen! Covet! Schritte polterten die Treppe in den ersten Stock hinauf. Die Tür öffnete sich, und zwei Männer stürzten herein.

„Halt!"

Der Befehl kam von dem einen der beiden, den ich kannte: Albert. Der Butler stand in strammer Haltung in seinem beigefarbenen Regenmantel da. Seine erstaunliche Autorität verdankte er einer Maschinenpistole, die er im Anschlag hielt. Er trat einen Schritt zur Seite, um zwei weiteren Männern Platz zu machen. Ein Jüngerer stützte einen Älteren. Der Ältere trug einen pelzgefütterten Mantel, aus dem sein Kopf wie der eines Geiers herausragte. Er stützte sich auf einen dicken Stock. Es war Gérard Flauvigny.

„Platz da!" brüllte Albert. „Der Boß will mit euch sprechen! Hört ihm zu, Saubande! Ihr kennt euren Boß noch nicht, euren Wohltäter, der euch nach der Befreiung aus dem Knast geholt oder dafür gesorgt hat, daß ihr nicht eingelocht worden seid. Hier ist er! Und ihr wolltet ihn verraten! Jetzt verlangt er Rechenschaft."

„Ich versteh kein Wort", keuchte Lenormand. „Was soll der Unsinn mit dem Verrat?"

„Seien Sie still!" schnauzte Flauvigny ihn an.

„Einen Stuhl für den Boß, Araber!" brüllte Albert.

„Ihr habt meinen Sohn in eure Lasterhöhle gelockt, Moktar", sagte Flauvigny, nachdem er sich gesetzt hatte.

„Ich kenne Sie nicht", erwiderte der dicke Araber. „Hab nicht mal Ihren Namen gehört. Alle sagen, daß Sie der Boß sind. Und wer beweist mir das?"

„Sie haben saubere Arbeit geleistet, Lenormand", sagte der alte Raubvogel grinsend. „Glückwunsch!"

„Ach, Sie verdächtigen mich, Ihre Autorität untergraben zu haben?"

„Das wissen Sie ganz genau, Sie Schweinehund! Bestimmt waren Sie's, der Roland zu Moktar geschleppt hat. Ich wollte wissen, was da gespielt wurde, und mußte erfahren, daß er Rauschgift nahm. Damit wollten Sie Druck auf mich ausüben, was? Nun, zur gleichen Zeit, da ich von seiner Sucht erfuhr, erfuhr ich von seinem Tod. Ihr habt ihn umgebracht! Ich glaube zwar nicht alles, was ein Privatdetektiv mir erzählt, aber als der Mann mir das gesagt hat, hab ich ihm sofort geglaubt, auch wenn er sich im Tatmotiv geirrt hat. Das bestätigte nur meine Meinung über euch. Verdammte Bande! Araouine, du warst doch bei der Gestapo, stimmt's? Hast du dich nie gefragt, warum du hinterher nicht eingesperrt worden bist? Nun, mit Geld kann man alles erreichen. Und von wem kam das Geld, wenn nicht von mir? Wer hat euch das Geld gegeben, mit dem ihr euren Club aufgezogen habt? In dem ihr Idioten jetzt mit Rauschgift handelt, obwohl ich's euch verboten habe… Wer…"

Um Himmels willen! Der alte Geier hatte seinen Sohn tatsächlich geliebt. Er hatte geglaubt, was ich ihm erzählt hatte, und nun riskierte er, wenn auch nicht sein Leben, so doch zumindest den Erfolg seiner kriminellen Unternehmungen, indem er versuchte, an diesem abgelegenen Ort mit seinen Komplizen abzurechnen!

Ich sah einen kleinen Hoffnungsschimmer für den angeschlagenen Nestor, einen Weg zu seiner Rettung. Ich fing an, herumzuzappeln und mit den Absätzen auf die Bohlen zu klopfen. Daraufhin hörte ich Alberts kreischende Stimme:

„Was ist das denn? Wer ist da oben?"

„Nestor Burma", antwortete Moktar haßerfüllt. „Der Detektiv, den Sie uns auf den Hals gehetzt haben. Und Sie behaupten, unser Boß zu sein!"

„Bringt ihn her!" befahl Flauvigny.

Sie kamen zu zweit, um mich zu holen. Wenn man Alberts Maschinenpistole mitzählte, waren es drei. Sie stießen mich die Treppe hinunter, etwas schneller, als mir lieb war. Vor der untersten Stufe fiel ich der Länge nach hin. Sie stellten mich wieder auf die Beine und setzten mich auf einen Hocker. Ich drehte mich so, daß meine Hände, die auf dem Rücken gekreuzt waren, von ihnen nicht gesehen werden konnten. Alle starrten mich an. Es herrschte eine beängstigende Stille. Der Kongreß der Schakale!

Ich brach als erster das Schweigen. Das war nötig, um mir Mut zu machen.

„Nach bestem Wissen und Gewissen", begann ich, „schwöre ich, die Wahrheit zu sagen, die ganze Wahrheit und nichts als die Wahrheit! Es ist wahr, daß der hier anwesende Maître Lenormand den ebenfalls hier anwesenden Monsieur Flauvigny ausschalten wollte..."

„Flauvigny?" brüllte Moktar. „Unser angeblicher Boß heißt Flauvigny? Die Mitgliedskarte, mit der sich dieser Detektiv ins *Antinéa* eingeschlichen hat, war auf den Namen Flauvigny ausgestellt. Wir haben sie in seiner Brieftasche gefunden. Er steckte mit Inspektor Andréjol unter einer Decke und... Wir haben uns schon gefragt, woher Andréjol seine Informationen hatte..."

„Aha!" rief Lenormand. „Mir scheint, das ist jetzt sonnenklar, oder? Wo ist der Verräter, bitte schön? Immerhin haben

Sie Nestor Burma engagiert, Flauvigny! Sie haben zu mir gesagt: ‚Ich wollte Sie vor ihm warnen, aber ich war so erledigt von der Nachricht über Rolands Tod, daß mein Arzt mir ein Schlafmittel verabreicht hat. Deshalb konnte ich Sie nicht anrufen.' Ich hab's Ihnen abgenommen. Aber hätte nicht Albert mich benachrichtigen können?"

„Albert war nicht eingeweiht."

„Hörst du, Albert, man hat Sie ausgebootet!"

„Schnauze, du Arsch!" krächzte der Butler und richtete seine Kugelspritze auf den dicken Bauch des Anwalts.

„Tja", sagte der gelassen, „Monsieur Burma wird uns jetzt genauestens erzählen, wie der Auftrag lautete, den er von Flauvigny bekommen hat. Er hat geschworen, die ganze Wahrheit zu sagen, und er ist so gut wie tot. Zwei Gründe also, um ganz offen zu reden."

Er kam zu mir, blieb aber auf halbem Wege stehen. Langsam, beinahe majestätisch, hatte Flauvigny sich erhoben und war auf den dicken Anwalt zugegangen. Ein lustiges Bild, wie die beiden sich so gegenüberstanden, der Dicke und der Dünne. Na ja, es hätte jedenfalls lustig sein können.

„Lenormand", grollte der Alte mit seiner düsteren Stimme, „du hast meinen Sohn getötet!"

„Nein, er hat ihn töten lassen!" rief ich dazwischen. „Er hat ihn vom Dumonteil töten lassen. Sie wollten, daß Sie daran krepierten. Sie haben geglaubt, daß Sie nicht mehr die nötige Autorität besäßen!"

Mit diesem Appell an seine angeknackste Autorität wollte ich dem Alten Beine machen. Ich dachte, das würde ihn mehr schmerzen als der Tod seines Sohnes.

Aus den blauen Augen des Industriekapitäns wich alles Leben. Sogleich begriff ich, daß dieses Pappelhaus genausogut Zypressenhaus oder Totenkiste hätte heißen können. Und tatsächlich wich das Leben nicht nur aus den Augen des Alten. Der Revolver, den er in der Hand hielt, leerte sein Magazin. Die Kugeln drangen in den mächtigen Leib des Anwalts ein wie in Butter. Lenormand schrie auf und ging zu

Boden. Flauvigny ließ seinen Revolver fallen und leistete ihm Gesellschaft.

Was nun folgte, war weder lustig noch ein Schauspiel für Herzkranke. Es knallte aus allen Richtungen. Ich hopste, so gut ich konnte, zu der Kiste, in der sich eine Ladung Waffen befand. Meine Füße waren nach wie vor gefesselt, meine Hände inzwischen jedoch frei. Während ich oben auf dem Dachboden gelegen und mitangehört hatte, wie man sich unter mir stritt und beschimpfte, hatte ich meine Handgelenke von den Fesseln befreien können.

Ich schnappte mir irgend etwas, das einen soliden Eindruck machte, und fing an, ein wenig in der Gegend herumzuballern. Moktar hatte es schon erwischt, aber ich setzte noch eins drauf. Im selben Augenblick fing ich mir selbst eine Kugel in der Schulter ein, die mir höllisch weh tat. Auf der Treppe hörte man Getrappel wie von einer Büffelherde. Das mußte Verstärkung für die Gangster sein. Ich machte meine Rechnung mit dem Himmel. Gleichgültig gegenüber allem, was sich um mich herum abspielte, richtete ich meine Waffe auf die Tür. Der erste, der hereinkommen würde...

Sie kamen herein. Drei Männer. Einer in Zivil und zwei in Uniform. Der in Zivil hielt einen Revolver in der Hand, die Uniformierten je eine Maschinenpistole.

„Um Himmels willen, Burma! Schießen Sie nicht!“ schrie Faroux.

* * *

Bett, Wände und Decke waren weiß. Der Himmel, den man hinter den Fensterscheiben sah, war blau mit ein paar weißen Wolkentupfern. Meine Besucher hatten eine ganz normale Farbe, außer Covet mit seiner roten Schnapsnase.

„Sie hätten mich beinahe abgeschossen“, sagte Faroux lächelnd.

„Ich wußte nicht mehr, was ich tat“, entschuldigte ich mich. „Ich war vollkommen verrückt geworden. Aber da stehe ich in dieser Geschichte nicht alleine da, oder?“

„Nein, wirklich nicht! Zum Beispiel Flauvigny, dieser verrückte Kerl! Ein autoritärer Mensch, vor dem alles kuschen mußte, außer wenn er sich die Ehre gab, großzügig seine Gaben zu verteilen. Die Erlebnisse nach der Befreiung haben ihn geschockt. Er hat sich gesagt: ‚Ich werde über ein Bandenimperium herrschen, ich werde für Aufregung sorgen, Überfälle werd ich finanzieren, ein Phantom erfinden – Riton-den-Spinner, das lebende Alibi –, mit Waffen werd ich handeln, arme Araber auf die großen Städte loslassen, Leute, die keinen Sou in der Tasche haben und schon das Ihre tun werden...' So ungefähr steht es in der Akte, die wir in der letzten Woche zusammengestellt haben, während Sie hier in der Klinik auf der faulen Haut gelegen haben."

„Flauvigny hat sich für Napoleon gehalten. Ein ganz normaler Fall!"

„Aber wenn er doch in alle diese Geschichten verwickelt war", warf Hélène ein, „warum hat er Sie dann damit beauftragt, sich bei seinen Komplizen einzuschleichen?"

„Das", sagte der Kommissar, „war sein schwacher Punkt: sein Sohn Roland."

„Genau", stimmte ich meinem Freund zu. „Als Joëlle aus bekannten Gründen Flauvigny über Rolands schlechten Umgang aufklärt, ist der Alte doppelt beunruhigt: einerseits wegen des Lebenswandels seines Sohnes, andererseits wegen der Aktivitäten seiner Komplizen. Er ahnt, daß sie ihn unter Druck setzen wollen, und wendet sich an einen Privatdetektiv. Der soll verhindern, daß Joëlle Dinge erfährt, die sie nicht erfahren soll. Besser, so denkt er, ich halte die Fäden selbst in der Hand. Als ich ihm den Tod seines Sohnes mitteile, verdächtigt er sofort seine Komplizen. Ich dringe darauf, die Dealer aufs Korn zu nehmen, und er ist damit einverstanden. Er glaubt, daß mich die pure Abenteuerlust zu dem Unternehmen treibt. Nach dem alten Grundsatz: Immer mutig voran! Wahrscheinlich wollte er es so einrichten, daß ich im *Antinéa* nichts finden und aufgeben würde. Ich aber finde mehr, als ich suche, weil er meinen Besuch nicht ankündigen konnte. Die starken Beruhigungs- und Schlafmittel haben ihn außer Gefecht gesetzt. Der Arzt nämlich befürchtet, daß sein alter Freund seiner Tochter Joëlle etwas antut. Im *Antinéa* dann schnappen sich die Araber, die nach den Fehlschlägen der letzten Wochen ein wenig nervös geworden sind, Paul Dumonteil, Andréjol und mich... Übrigens, was ist eigentlich mit Andréjol?"

„Nicht hübsch anzusehen, der Ärmste", antwortete Faroux und verzog das Gesicht. „Wir haben das Häuschen gefunden, das auf einer ehemaligen Kiesgrube steht..."

„Und in dieser Kiesgrube", fragte ich weiter, „wieviele Leichen ungefähr – von Andréjol mal abgesehen – haben Sie gefunden, von ungelöschtem Kalk zerfressen?"

„Alles in allem etwa fünfzig."

Es herrschte Schweigen im Krankenzimmer.

„Um wieder auf Flauvigny zurückzukommen", fuhr ich nach einer Gedenkminute fort, „als ich ihm erzähle, daß sein Sohn auf Befehl aus dem *Antinéa* umgebracht worden ist, bestärke ich ihn in seiner Meinung und gebe ihm den nötigen Anstoß, zur Tat zu schreiten. Gleichzeitig veranlaßt er, Riton zum Schweigen zu bringen. Dessen Schuld bestand darin, mit mir Kontakt aufgenommen zu haben."

„Was wußte Riton?"

„Eine ganze Menge, nach eigener Aussage. Vor allem aber wußte er, daß Flauvigny der Boß war. Und – darüber können wir allerdings nur spekulieren, aber ich bin mir sicher, daß es die Wahrheit trifft – als er behauptete, Rolands Mörder zu kennen, da meinte er nicht den, der den Befehl ausgeführt, sondern den, der ihn gegeben hatte: Flauvigny. Riton glaubte bestimmt, daß Roland ebenfalls schlimme Dinge über seinen Vater herausgekriegt hatte. Daher sein bitteres Ende."

„Mit anderen Worten: Er hat den Alten ganz richtig eingeschätzt."

„Ja. Aber sagen Sie, Faroux, warum haben Sie sich eigentlich in der Normandie herumgetrieben?"

„Nach Joëlles Selbstmordversuch habe ich Flauvigny beschatten lassen. Inzwischen war es Inspektor Grégoire, von Natur aus mißtrauisch, gelungen, die Identität des Butlers zu lüften. Grégoire gefiel dessen Gesicht irgendwie nicht. Zu Recht: Albert hatte während der Besatzung Verbindungen zur Gestapo in der Rue Lauriston... Nach der Beerdigung seines Sohnes hat Flauvigny Vorbereitungen für seine Abreise getroffen. Wir sind dem Alten gefolgt. In Montmartre hatte er zwei bekannte Gangster angeheuert, und ab ging's in die Normandie! In Lindreville angekommen, spüre ich, daß irgend etwas im Busch ist. Ich alarmiere die Gendarmerie und halte mich bereit. Nach Mitternacht verläßt Flauvigny sein Haus am Dorfrand. Wir verlieren seine Spur, finden sie aber wieder..."

„Mit meiner Hilfe", mischte sich Covet ein. „Ich hab von weitem mitgekriegt, daß Sie überfallen wurden, und bin zur Gendarmerie von Coutances gesaust."

„Ergebnis: Vier Verwundete, darunter Albert", bilanzierte Faroux, wobei er seine Finger zur Hilfe nahm, „sowie sieben Tote, darunter Flauvigny. Keine Schußwunde, aber das Herz..."

„Verflixt und zugenäht!" schimpfte ich. „Wenn ihn sein Herz schon früher im Stich gelassen hätte... Sagen Sie mal, wird sein gesamtes Vermögen beschlagnahmt? Schließlich hat er eine Tochter... jedenfalls nach den Buchstaben des Gesetzes!"

Meine Besucher blickten verlegen zur Seite oder an die Decke. Hélène zog einen Umschlag aus der Tasche, stand auf und kam an mein Bett.

„Sie war keine Heilige", sagte sie. „Aber... In derselben Nacht, in der Sie beinahe in dem Haus ihrer Kindheit das Leben verloren hätten..."

Ich sank in meine Kissen zurück und starrte an die Decke.

„Sie hatte mir versprochen, nicht ins Wasser zu gehen", sagte ich.

„Ist sie auch nicht. Sie... Hier, ihr Brief an Sie."

Ich las.

...Ich mußte ständig an meinen Dachboden denken... Wasser schwemmt auf, macht Körper und Gesicht häßlich? Ein Strick auch, wahrscheinlich. Doch was soll ich tun? Verzeihen Sie mir, daß ich mich verunstalte. Ich küsse Sie... dieses letzte Mal ohne Hintergedanken.

Gibt es modische Totenhemden? Des Lebens letzter Schrei? Särge jedenfalls werden nur in einer Ausführung geliefert: länglich.

ENDE

Paris, 1948

Anmerkungen

1. Kapitel:

Werden die Todeskandidaten…: Gleich nach der Befreiung wurden Kollaborateure in der Festung von Châtillon (auf dem Gebiet der Kommune Fontenay-aux-Roses) erschossen. Später wurde dort ein atomares Forschungszentrum mit dem berühmten Reaktor „Zoë" errichtet.

…wie ein Vertreter von Borniol: Bekanntes Beerdigungsinstitut in Paris.

2. Kapitel:

Zwanzigtausend Francs: Bei allen Geldbeträgen, von denen im Laufe des Romans die Rede ist, handelt es sich um alte Francs.

6. Kapitel:

Roncesvalles: Dorf in Spanien (in den Pyrenäen), in dessen Nähe Karl der Große im Jahre 778 geschlagen und Roland getötet wurde. (frz.: Roncevaux)

8. Kapitel:

Diana Slip: Vor dem Krieg ein Geschäft für erotische Unterwäsche in der Rue Richepanse.

15. Kapitel:

Wir treffen uns immer auf dem Lande: Inspektor Grégoire spielt auf ein Zusammentreffen in der Umgebung von Marseille an, in der Villa von Jackie Lamour. („Das Fünfte Verfahren". Elster Verlag 1991)

20. Kapitel:

Martine Carol: Anspielung auf den (vorgetäuschten oder tatsächlichen?) Selbstmord, über den die Presse ausführlich berichtete und durch den die schöne, sympathische und viel bedauerte Schauspielerin die Aufmerksamkeit auf sich zog.

Léo Malet

Kriminalromane im Überblick

Léo Malets Reihe »Geheimnisse von Paris«:

Léo Malet,	Bilder bluten nicht	1. Arrondissement	24,–
Léo Malet,	Stoff für viele Leichen	2. Arrondissement	24,–
Léo Malet,	Marais-Fieber	3. Arrondissement	24,–
Léo Malet,	Spur ins Ghetto	4. Arrondissement	24,–
Léo Malet,	Bambule am Boul'mich'	5. Arrondissement	24,–
Léo Malet,	Nächte von St. Germain	6. Arrondissement	24,–
Léo Malet,	Corrida	8. Arrondissement	24,–
Léo Malet,	Streß um Strapse	9. Arrondissement	24,–
Léo Malet,	Wie steht mir Tod?	10. Arrondissement	24,–
Léo Malet,	Kein Ticket für den Tod	12. Arrondissement	24,–
Léo Malet,	Die Brücke im Nebel	13. Arrondissement	24,–
Léo Malet,	Die Ratten im Mäuseberg	14. Arrondissement	24,–
Léo Malet,	Ein Clochard	15. Arrondissement	24,–
Léo Malet,	Das stille Gold	16. Arrondissement	24,–
Léo Malet,	Wer einmal...	17. Arrondissement	24,–
Léo Malet,	Kassette Nr. 1 / Arrondissement 1–5		98,–
Léo Malet,	Kassette Nr. 2 / Arrondissement 6–12		98,–
Léo Malet,	Kassette Nr. 3 / Arrondissement 13–17		98,–

Léo Malets Reihe »Ermittlungen des Nestor Burma«:

Léo Malet,	120, rue de la Gare	24,–
Léo Malet,	Nestor Burma	24,–
Léo Malet,	Blüten, Koks und blaues Blut	24,–
Léo Malet,	Tödliche Pralinen	24,–
Léo Malet,	Das fünfte Verfahren	24,–
Léo Malet,	Applaus für eine Leiche	18,–

Elster Verlag

Jean Mazarin

Sonnige Kriminalromane von der Côte d'Azur

Frankie-Pat Puntacavallo ist eine herrlich komische Figur. Er hält sich selbst für einen Nachfahren jener herbmännlichen Leinwanddetektive vom Schlage eines Humphrey Bogart/Phillip Marlowe. Ein Gläschen Pastis im Café zieht Frankie-Pat jeder langweiligen Verfolgung vor. Ermittlungen führt er auf seine eigene Art und Weise. Immerhin hat er es nach fünfjähriger Detektivtätigkeit in Nizza schon auf acht spannenden Fälle gebracht.

Jean Mazarin, Zur Hölle mit dem CIA,
Kriminalroman, 200 Seiten, 24,– DM.

Fordern Sie unser Gesamtverzeichnis an!
ELSTER VERLAG, Schillerstr. 7, 7570 Baden-Baden

Kriminalroman
aus der
französischen Provinz

Pierre Véry

KRIMI AUS DER NORMANDIE

Ein braches Stück Land löst in einer Kleinstadt in der Normandie unzählige Wünsche und Hoffnungen aus. Was soll damit geschehen! Soll ein Sanatorium, eine Kirche oder ein Schlachthaus darauf erbaut werden? Honorige Bürger, die sich zunächst um ihre Stadt verdient machen möchten, beginnen ihre eigenen Interessen zu entwickeln ... Noch während Spekulationen und Diskussionen in vollem Gange sind, gibt es den ersten Toten.
Pierre Véry, Böser Traum um braches Land
Kriminalroman, 200 Seiten, 24,– DM.
Unsere Bücher erhalten sie in jeder Buchhandlung!

ELSTER VERLAG

Inhaltsverzeichnis